Ón tSeanam Anall

Scéalta Mhicí Bháin Uí Bheirn

Mícheál Mac Giolla Easbuic
a chuir in eagar

Cló Iar-Chonnachta
Indreabhán
Conamara

An Chéad Chló 2008
© Cló Iar-Chonnachta 2008

ISBN 978-1-905560-23-3

Dearadh clúdaigh: Clifford Hayes
Dearadh: Deirdre Ní Thuathail

 Bord na Leabhar Gaeilge

 Foras na Gaeilge

Tá Cló Iar-Chonnachta buíoch de Bhord na Leabhar
Gaeilge (Foras na Gaeilge) as tacaíocht
airgeadais a chur ar fáil.

the arts council chomhairle ealaíon

Faigheann Cló Iar-Chonnachta cabhair airgid
ón gComhairle Ealaíon

Clóchur: Cló Iar-Chonnachta, Indreabhán, Conamara
Teil: 091-593307   **Facs:** 091-593362   **r-phost:** cic@iol.ie
Priontáil: Future Print, Baile Átha Cliath 13.
Teil: 01-8399800

do nianna agus neachtanna Mhícheáil agus Bhríd

Micí Bán Ó Beirn (1899–1980),
a d'aithris na scéalta.

Bríd Ní Bheirn (1898–1997),
a bhreac síos na scéalta ó bhéal
Mhicí Bháin Uí Bheirn i 1930.

CLÁR

BROLLACH

Is iomaí samhail a tháinig chugam agus na scéalta seo á léamh agam ar dtús. Chonaic mé Micí Sheáin Néill i Rann na Feirste, mic léinn agus múinteoirí cruinnithe thart fán tine s'aige, ag éisteacht le hómós leis an scéalaíocht cheannann chéanna ó bhéal bhinn an tseanchaí. Chonaic mé daoine bochta ina gcónaí ar dhroim caoráin agus istigh i gcroí na gcnoc, ina gcuid bothán cois cladaigh, a gcuid laethe á n-idiú ag streachailt leis an tsaol, ag iarraidh colainn agus anam a choinneáil i gceann a chéile. Chonaic mé na daoine bochta céanna seo, teacht na hoíche, ag tarraingt ar na tithe airneáil, le caint agus comhrá a dhéanamh agus éisteacht le seanchas agus scéalaíocht a tháinig anall chucu ó thús diamhair dorcha na staire. Agus chuimhnigh mé ar chaint Sheosaimh Mhic Grianna agus é ag trácht ar mhuintir na Gaeltachta san am atá thart:

Bhí said bocht, fíorbhocht. Ach má bhí féin, níor chloígh an t-ampla an spiorad iontu. Bhí faill ag na daoine seo caint agus comhrá a dhéanamh, troid a dhéanamh, grá a thabhairt do dhaoine, greann agus gol agus guíodóireacht a dhéanamh. Bhí siad chomh héagsúil leis an dream bheag daoine atá in Éirinn inniu agus atá capall uasal fiáin nár iompair ualach riamh, le seanghearrán spadánta a chaith a shaol ag lódaíocht ar chlábar na mbóithre.

M'anam gurbh fhiú an tuairim sin a spíonadh!

Tugann na scéalta agus na smaointe seo rudaí eile chun cuimhne: i bhfoirm an bhéaloidis a thosaigh an uile litríocht. Tá scéalta béaloidis le fáil i litríocht na hÉigipte agus na Bablóine, i litríocht na Gréige agus na Róimhe – tá siad sa Bhíobla fiú. An té a dhéanann léamh ar bith ar litríocht na Gaeltachta i dTír Chonaill san aois seo caite, tchífidh sé go bhfuil an litríocht sin iontach cóngarach do thraidisiún an bhéaloidis.

B'fhiú, b'fhéidir, an cheist sin a chíorú arís fosta.

Dúirt an t-eagarthóir, Mícheál Mac Giolla Easbuic, liom go raibh an t-ádh air teacht ar an lámhscríbhinn a scríobh Bríd Ní Bheirn, O.S., ó bhéal Mhicí Bháin. Thig liom a rá go fírinneach go bhfuil an t-ádh dearg orainne gur tháinig sé ar an lámhscríbhinn sin, agus gur thug a deirfiúr siúd, Mairéad, cead dó é a chur in eagar agus a fhoilsiú.

Ar ndóigh, b'éigean dó an teanga a chaighdeánú, ach tá iarracht inmholta déanta aige a bheith dílis don bhunchanúint sa dóigh nach millfí rithim nádúrtha na cainte agus nach mbáfaí an teanga inar scríobhadh síos í ar dtús.

Is dóigh liom gur éirigh leis na scéalta a chur in oiriúint don lá inniu gan an rithim cheolmhar chainte sin a chailliúint.

Tá ár mbuíochas tuillte aige.

Pádraig Mac Suibhne

RÉAMHRÁ

Tá lúcháir orm an deis seo a fháil ar eagarthóireacht a dhéanamh ar chnuasach scéalta Fiannaíochta agus eile a scríobh Bríd Ní Bheirn ó bhéal Mhicí Bháin Uí Bheirn i 1930. Measaim gur luachmhar an cnuasach é agus gur mhór an trua dá gcaillfí é.

Máistreás scoile ab ea Bríd a raibh siopa grósaera ag a muintir i gCill Charthaigh agus ba í a deirfiúr Mairéad (1904–2005) a thug an cnuasach domhsa ocht mbliana ó shin lena chur i gcionn a chéile, agus a thug lánchead domh é a chur i gcló. Mhair Bríd ó 1898 go 1997.

Ceoltóir, fidléir, file agus seanchaí ab ea Micí Bán a rugadh in 1899 agus a fuair bás i 1980. D'fhás sé aníos ar an Chaiseal i gCill Charthaigh i measc seanchaithe eile ar nós Chondaí Uí Laighin in áit a raibh saibhreas iontach cultúrtha. Duine de sheachtar clainne, triúr buachaill agus ceathrar deirfiúr, ab ea é. De bharr gurbh ailbíneach é ní fhéadfadh sé ach na cinnteidil a léamh sa pháipéar agus bheadh ar dhuine éigin an chuid eile a léamh fána choinne. Bhí intleacht thar an ghnáth aige agus choinnigh sé a chuid eolais uilig ina chloigeann. Bhí cliú agus cáil air féin agus ar a dhearthráir Prionsias mar fhidléirí ar fud na hÉireann.

Faoi dhuine a bheadh glic nó slítheánta déarfadh sé, "Tá ceann air a chaitheadh dhá cholainn." Faoi dhuine ar ghnáth leis béilí móra a ithe déarfadh sé, "Ní a bholg a thabharfas a bhás."

Gidh nach raibh radharc na súl go maith ba oibrí néata, slachtmhar é agus rinne sé obair fir ar an fheirm le Proinsias. Chomh maith le bheith ina fhidléir cumasach bhí sé mar dhrumadóir i mbuíon píopairí Chill Charthaigh ar feadh blianta fada.

Rinne mé iarracht rithim nádúrtha na cainte a bhí i measc an phobail san am sin a choinneáil. Sin an fáth go bhfuil "leofa" in áit "leo" agus a leithéid ann.

Gidh go ndearna mé taifeadadh ar "na trí ní" agus ar "na seacht n-óg" ó Mhicí, chaill mé cuid de "na seacht n-óg" agus tá mé buíoch d'Eoin Ó Curraighin as Teileann agus de Shéamus Mac Giolla Chearra as an tSrath Buí i nGleann Cholm Cille a tháinig i gcabhair orm leo. Rinne mé féin taifeadadh ar "Dhíoltas an Fhir Fhalsa" i 1977. Bhásaigh sé trí bliana ina dhiaidh sin.

Ba mhaith liom buíochas a ghabháil chomh maith leis na daoine a rinne an clóbhualadh, Martina Bean Mhic Giolla Easbuig, Máire Bean Uí Ghallchóir agus Anna Bean Mhic Aoidh, do Sheán Ó Beirn a rinne obair ar na pictiúir agus Pádraig Mac Suibhne agus Eithne Ní Ghallchobhair a thug comhairle litríochta agus gramadaí domh.

Tá súil agam go mbainfidh foghlaimeoirí Gaeilge, muintir an Oireachtais agus an pobal i gcoitinne tairbhe as na scéalta agus go rachaidh aon airgead a thiocfas as chun sochair do thograí cultúrtha a mbeidh reachtáil orthu san Áislann i gCill Charthaigh.

Mícheál Mac Giolla Easbuic

Na Scéalta

An Baoilleach agus Iníon Chormaic Mhic Airt

In aimsir Chormaic Mhic Airt
Bhí an saol go haoibhinn ceart,
Bhí naoi gcnó ar gach craobh
Agus naoi gcraobh ar gach slat.

In aice le cúirt Chormaic bhí léana deas le haghaidh iomána. Ní raibh a leithéid eile sa tír agus chruinníodh gaiscígh na háite ó am go ham ag imirt ann. Lá amháin bhí scaifte de bhuachaillí óga ag iománaíocht ann agus rinne siad dlí go gcaithfeadh fear ar bith a chuirfeadh an chnag thar na marcanna dul ina diaidh agus í a thabhairt ar ais.

Bhí Baoilleach, a bhí ina chaiptín óg loinge farraige, i measc na n-iománaithe. Bhuail sé buille ar an chnag agus cá ndeachaidh sí ach isteach i ngarraí Chormaic. Cé a bhí ag siúl aníos agus síos ach iníon Chormaic, cailín arbh ainm di Eachnais.

Chuaigh an caiptín óg suas ar an bhalla agus isteach ag cuartú na cnaige ach sháraigh air í a fháil. Bhí Eachnais anois ag teacht aníos agus chuir an caiptín ceist uirthi an bhfaca sí an chnag.

"Ní fhaca, leoga," arsa sise.

"Is tú ab éigean dúil a chur inti," ar seisean, "mar nach raibh duine ar bith eile anseo ach tú féin."

Sa bhomaite bhí an lasóg sa bharrach. Níor thug sí saothrú ná séanadh dó ní ba mhó ach a rá leis go bhfaigheadh sí a breithiúnas ar an chéad fhear a chasfaí uirthi. Ba é a hathair an chéad fhear a casadh uirthi agus rinne sí casaoid leis.

Glac Cormac an scéal go croí agus is é an breithiúnas a thug sé ná go gcaithfeadh an caiptín imeacht as an tír taobh istigh de cheithre huaire fichead agus gan pilleadh ar ais go hÉirinn go cionn cúig bliana.

Chuir an pionós céanna buaireadh go leor ar an chaiptín ach ní raibh aon leigheas air ach éirí go moch le bánú an lae agus Baile Átha Cliath a bhaint amach. Cé a casadh dó ach fear de na Dálaigh, duine muinteartha dó a raibh long fána chúram féin.

Bhí an long luchtaithe cois na céibhe agus an caiptín ag fanacht le cóir gaoithe a bhéarfadh ar shiúl as an chuan í ar a bealach go dtí na hIndiacha. D'inis an Baoilleach dó fán fhaopach ina raibh sé agus thoiligh an Dálach é a thabhairt leis.

Lá arna mhárach d'athraigh an ghaoth agus le tiontú an tsrutha d'imigh siad. Ar an bhealach bhuail tolgán tinnis an Dálach. Bhí sé ag dul chun olcais achan lá. Dar leis go raibh an bás aige agus rinne sé a thiomna.

D'fhág sé an long ag an Bhaoilleach agus nuair a bhí siad fá sheoltóireacht lae den talamh fuair sé bás. Thug an fhoireann a chorp isteach lena fhaire agus chuir siad i reilig dheas cois na farraige é.

D'fholmhaigh siad an long agus chuir siad lasta eile air a bhí le dul chun na Fraince. Nuair a bhí siad chóir a bheith réidh le n-imeacht, dar leis an Bhaoilleach gur chóir dó déanamh ar uaigh a chara agus cúpla paidir urnaí a rá agus slán a fhágáil aige.

Nuair a tháinig sé a fhad le ballaí na reilige bhí slua mór daoine istigh ann, uaigh déanta acu, cónair ar bhruach na huaighe agus cuid acu ag iarraidh an chónair a chur síos ins an uaigh agus cuid acu ag iarraidh í a fhoscailt.

Bhí siad ag streachailt agus ag strácáil agus bhí callán scanraithe acu. Bhí iontas mór ar an Bhaoilleach fán ghnoithe seo agus chuir sé ceist ar dhuine de na fir fá údar an challáin a bhí acu.

D'inis an fear dó go raibh fiacha ar an fhear a fuair bás agus nach raibh an mhuintir a raibh na fiacha acu air sásta an corp a ligean síos ins an uaigh go n-íocfaí na fiacha ar dtús. Ba é sin dlí na tíre.

D'fhiafraigh an Baoilleach cé mhéad fiacha a bhí ar an fhear a bhí ar lár. Dúirt bodach mór a bhí ann go raibh cúig phunt aigesean air. Dúirt fear eile go raibh trí phunt aigesean air. Dúirt bean dá raibh ann go raibh punt aici féin air agus scairt siad amach ina nduine agus ina nduine cé mhéad na fiacha a bhí acu in éadan an fhir a bhí marbh go dtí gur chuntas an Baoilleach fiche punt. Chuir sé a lámh ina phóca, tharraing aníos sparán agus chuntas sé a sciar féin d'achan duine acu agus d'iarr sé orthu an corp a chur.

Bhain sé uaigh an Dálaigh amach, dúirt urnaí, d'fhág slán aige agus d'imigh leis ag tarraingt ar an long agus é ag meabhrú ina intinn féin gurbh uaigneach an áit a raibh cnámha an Dálaigh sínte i bhfad óna chairde i dtír choimhthíoch. Ach ní raibh neart air.

Chuaigh sé féin ar bord agus le tiontú an tsrutha sheol sé amach as an chuan ag tarraingt ar an Fhrainc. Aimsir na Samhna a bhí ann. Bhí an aimsir ciúin, fuar, dorcha agus bhí siad ag dul ar aghaidh i gceo ar feadh coicíse, ach más fada an lá tagann an oíche fá dheireadh agus ba mar sin acusan é. Tháinig oíche cheomhar agus níor léir daofa méar a chur ina súil agus caidé a tharla ach gur rith long eile fríofa agus fágadh na fir uilig ar bharr na farraige.

Nuair a thig an chaill tig an fheall. Scaipeadh na créatúir soir agus siar agus chuaigh an uile dhuine acu ar a bhealach féin. Chuaigh an Baoilleach i bhfastadh i gceann de na bádaí beaga a thit den long agus d'éirigh leis dul isteach inti, ach ní raibh seol ná stiúir ná rámha aige agus ní raibh ach mar a chaitheadh gaoth ins an sruth í. Bhí sé mar sin achan oíche, agus i rith an lae lá arna mhárach i gcónaí bhí sé ag dúil go bhfeicfeadh sé long nó bád ag tarraingt air a dhéanfadh tarrtháil air.

Ach ba dúil an gnás sin dó. Fá dheireadh, nuair a bhí a uchtach ar shéala a bheith caillte aige, cartadh an bád isteach ar oileán beag i lár na farraige móire. Ní raibh caoirigh ar bith ar an oileán seo agus ní raibh bia ar bith ar fáil ann ach amháin an chreathnach a bhí ag fás ar na carraigeacha. Ach bhí neart uisce ann. D'ith sé an chreathnach agus d'ól sé an t-uisce agus choinnigh sin beo é, ach leoga beo bocht a bhí sé. Bhí sé ar feadh trí lá ar an oileán agus ní fhaca sé seol báid ná seol loinge ag dul thart ar aon taobh de.

Tráthnóna an tríú lá chonaic sé bád beag ag tarraingt air. Ní raibh inti ach fear amháin agus bhí sé chomh lúfar leis an ghaoth Mhárta. I bhfaiteadh na súl bhí sé istigh ag na carraigeacha agus d'iarr an fear ar an Bhaoilleach a bheith de léim isteach sa bhád. Ba é sin an ghuth a fuair a fhreagairt.

Chuaigh an Baoilleach ar bord mar go ndearna sé suas a intinn go mb'fhearr achan áit ná a bheith ar oileán mara gan bhia gan deoch gan leabaidh. Níor chuir an Baoilleach ceist ar fhear an bháid cá raibh sé ag dul agus níor labhair fear an bháid leis ní ba mhó.

D'imigh an bád léi agus níorbh fhada go dtáinig sé i dtír i gcasla beag ar chósta na Fraince. Chuaigh an Baoilleach de léim amach ar thalamh tirim agus d'fhiafraigh sé den fhear cérbh é féin agus cárbh as é.

"As na hIndiacha mise. Nach cuimhin leat an fear nach ligfí a chorp san uaigh go n-íocfaí na fiacha ar a shon?" arsa an bádóir.

"Is cuimhin liom," arsa an Baoilleach.

"Bhal, mise an fear sin. Dhíol tusa na fiacha agus ní thiocfadh liomsa mo shuaimhneas a fháil go dtabharfainn éiric duit agus tá mé socair leat anois," ar seisean. Mar a bhuailfeá do dhá bhois ar a chéile d'imigh sé agus níorbh fhearr leis an Bhaoilleach go bhfanfadh sé mar nach raibh dúil ar bith aige a bheith ag caint leis an mharbhán.

Thug an Baoilleach iarraidh ar an bhaile mhór ba dheise dó. Bhí sé ródhéanach san oíche nuair a tháinig sé a fhad leis agus ní raibh mórán daoine fán tsráid.

D'fhoghlaim an Baoilleach Francis ins an choláiste in Éirinn. Chuaigh sé chun cainte leis na fir a bhí ar an tsráid le feiceáil an dtiocfadh leofa é a sheoladh a fhad le teach ósta. Níor thuig sé na cainteoirí dúchais agus níor thuig na cainteoirí dúchais é. Thoisigh sé ag smaointiú ar caidé ab fhearr dó déanamh. Ní raibh mórán faill smaointe aige gur chuala sé callán ar a chúl. D'amharc sé thart agus tchí sé teach ar thine agus cailín óg ina seasamh ag fuinneog i mbarr an tí ag screadaidh agus ag scréachaidh. Bhí cuifeálán daoine ina seasamh taobh amuigh den teach agus gan uchtach ag aon duine acu tarrtháil a dhéanamh uirthi.

Níor fhan an Baoilleach le smaointiú ar an chontúirt a bhí roimhe. Ní raibh a dhath ina cheann ach an cailín a shábháil. Rith sé an méid a bhí ina chnámha suas an staighre fríd na bladhairí agus isteach sa tseomra ina raibh an cailín. Chuir sé a chóta faoina ceann, fuair greim uirthi idir a dhá láimh, chaith thar a ghualainn í, rith síos an staighre léi agus d'fhág ina seasamh amuigh ar an tsráid í. Nuair a d'fhág sé ise ina seasamh ar an tsráid thit sé féin in áit na mbonn. Ní raibh cosúlacht dóite uirthise i dtaca le holc ach bhí seisean dóite go millteanach, agus bheadh sé ní ba mheasa murarbh é nach raibh a chuid éadaigh sách tirim.

Tugadh an bheirt go dtí an otharlann. I gcionn cúpla lá bhí biseach ar an chailín mar nach raibh mórán uirthi ach scanradh, ach níorbh é sin dósan é. Bhí sé go holc. Ní raibh aon mheabhair aige agus ní raibh a fhios ag duine ar bith cén t-ainm a bhí air, cé ar leo é ná cárbh as é. Bhí an cailín an-bhuartha faoi. Ní raibh lá ar bith nach dtéadh sí go dtí an otharlann ag amharc air mar go raibh sé i gcontúirt bháis.

Lá amháin a ndeachaigh sí isteach bhí sé ag rámhaille agus ba i nGaeilge a bhí sé ag caint. Ba é sin an chéad uair a d'aithin sí gur Éireannach a bhí ann agus má bhí sí buartha roimh ré bhí sí dhá uair chomh buartha nuair a d'aithin sí gurbh as a tír féin é.

Cé a bhí ins an chailín ach Eachnais Nic Airt, a chuaigh go dtí an Fhrainc ag foghlaim Fraincise, ach ní cailltear a leath a dté i gcontúirt agus ba é a dhálta sin aige sin é.

Ar lá arna mhárach bhí tiontú bisigh aige agus d'inis an dochtúir d'Eachnais gurbh é a bharúil é go raibh an báire leis, agus bhí, nó ní raibh lá ar bith ní ba mhó nach raibh biseach an lae le n-aithne air. Ba ghoirid go raibh sé chomh maith agus a bhí riamh. I rith an ama ní raibh a fhios ag an Baoilleach cérbh í Eachnais agus ní raibh a fhios ag Eachnais cé hé agus ba doiligh le ceachtar acu ceist a chur ar an duine eile.

Fá dheireadh leag an Baoilleach amach go rachadh sé ar lorg oibre. Cheannaigh sé culaith úr éadaigh mar go raibh an chulaith a bhí aige millte i ndiaidh na tine. Nuair a bhí sé gléasta don tsiúl chuaigh sé a fhad leis an chailín le slán a fhágáil aici.

Thairg sí airgead dó ar son a beo a shábháil ach ní ghlacfadh sé pingin uaithi. D'fhiafraigh sí de an raibh sé ag dul go hÉirinn. Dúirt sé léi nach raibh cead aige. D'fhiafraigh sí de cad chuige agus d'inis sé dithe agus ansin d'aithin sí é agus d'aithin seisean í.

Scríobh sí litir chun an bhaile chuig a hathair agus d'inis sí an scéal dó. Thug Cormac cuireadh daofa go hÉirinn agus ar ndóigh tháinig siad. Pósadh an lánúin agus rinne siad bainis mhór a mhair seacht lá agus seacht n-oíche agus b'fhearr an oíche dheireanach ná an chuid eile uilig. Ní raibh beag ná mór, sean ná óg sa tír nach bhfuair cuireadh, agus fuair mise cuireadh mar dhuine agus a leithid de bhainis ní fhaca mé riamh roimhe agus ní dóiche go bhfeicfidh. D'ól siad agus cheol siad agus dhamhsaigh siad agus bhí siad ar a sáimhín suilt. Le bánú an lae ar maidin tháinig éan isteach ar an fhuinneog agus amach ar an doras agus dá mbeadh ruball ar an éan bheadh an scéal ní b'fhaide.

An Slaitín Draíochta

Ins an tseanaimsir anseo fad ó shoin bhí bean ann agus triúr buachaill aici. Ní raibh mórán aici le tabhairt daofa le n-ithe.

Dúirt an duine ba shine lá amháin go n-imeodh sé ag cuartú aimsire. Thug sé leis giota beag aráin ina phóca agus d'fhág sé slán ag a mháthair go cionn lá agus bliain.

Shiúil sé leis go dtí go dtáinig sé a fhad le áit a raibh trí bhealach ag imeacht as an bhealach amháin. Shuigh sé síos ag ithe giota beag den arán. Chonaic sé marcach agus beathach geal leis. Tháinig an marcach chuige agus d'fhiosraigh sé de caidé a bhí sé a iarraidh. Dúirt an buachaill, "Is buachaill bocht mé atá ag iarraidh aimsire."

"Bhal," arsa an marcach, "máistir atá ionamsa atá ag iarraidh buachalla."

"Is maith a tharla ionsar a chéile muid," arsa an buachaill.

"Caidé atá tú a iarraidh?" arsa an máistir.

"Cúig ghine bhuí óir," arsa an buachaill.

"Ní hé sin an margadh a dhéanaimse," arsa an máistir, "ach beidh tú agam go gcuirfidh duine againn fearg ar an duine eile. Má bhíonn fearg ort caithfidh tú luí go mbuailfidh mé thú agus go gcuirfidh mé faoi gheasa thú, agus má bhíonn fearg ormsa caithfidh mé luí go mbuailfidh tusa mise agus go gcuirfidh tusa faoi gheasa mé. Sin an margadh a dhéanaimse."

"Tá mé sásta," arsa an buachaill.

Chuaigh an buachaill leis chun tí. Ar maidin lá arna

mhárach rinneadh réidh bricfeasta an bhuachalla – pota de bhrachán, ba é sin a chuid an uile uair.

Nuair a bhí sé réidh le dul ag ithe scairt an máistir anuas ar chú mhór agus d'iarr air dul ag ithe leis an bhuachaill. D'ith an buachaill agus an cú a mbricfeasta.

"An bhfuil fearg ort," arsa an máistir, "an cú a bheith ag ithe leat?"

"Ó, níl," arsa an buachaill.

"Dá mbeadh," arsa an máistir, "chaithfeá luí go mbuailfinn thú agus go gcuirfinn faoi gheasa thú."

Ar an darna lá agus an tríú lá bhí an cú ag ithe leis an bhuachaill go dtí gur éirigh sé tuirseach den chú a bheith in aice leis. Bheir sé ar an mhaide bhriste a bhí lena thaobh agus bhuail sé an cú sa cheann.

"An bhfuil fearg ort?" arsa an máistir.

"Tá mo sháith," arsa an buachaill.

"Caithfidh tú luí go mbuailfidh mé thú," arsa an máistir. Bheir sé ar a shlaitín draíochta, tharraing sé buille ar an bhuachaill agus rinne sé cloch ghlas de taobh amuigh den doras.

"Beidh tú ansin," ar seisean "nó go dtige duine inteacht chun an tí seo a bhainfeas na geasa díot."

Bhí an buachaill ar shiúl ón bhaile lá agus bliain nuair a dúirt an darna fear go raibh a dhearthái ar shiúl bliain agus lá agus gan aon scéal uaidh. Dúirt sé go rachadh sé go bhfeicfeadh sé caidé a d'éirigh dó.

Chuir sé giota beag aráin ina phóca agus d'fhág sé slán agus beannacht ag a mháthair. Dúirt sé léi nach bhfeicfeadh sí é féin go cionn bliana eile.

Shiúil sé leis go dtí go dtáinig sé a fhad le cumar na dtrí mbóthar. Shuigh sé síos ag ligint a scríste. Níorbh fhada dó go bhfaca sé marcach ar bheathach bhán ag teacht ina threo.

Bheannaigh sé an t-am de lá don bhuachaill agus bheannaigh an buachaill dó.

"Cá bhfuil do thriall nó caidé atá tú a iarraidh?" ar seisean leis an bhuachaill.

"Muise, buachaill bocht atá ionam ag iarraidh aimsire."

"Muise, máistir atá ionamsa atá ag iarraidh buachalla. Caidé an méid atá tú a iarraidh?" arsa an máistir.

"Cúig ghine bhuí óir," arsa an buachaill.

"Bhal, ní mar sin a dhéanaimse margadh," arsa an máistir, "ach nuair a bheas fearg ort buailfidh mise thú agus cuirfidh mé faoi gheasa thú, agus nuair a bheas fearg ormsa buailfidh tusa mise agus cuifidh tú faoi gheasa mé."

"Bhal, tá mé sásta," arsa an buachaill.

Chuaigh an buachaill leis chun tí. Ar maidin lá arna mhárach, mar a d'éirigh dá dheartháir, rinneadh réidh pota bracháin. Nuair a bhí sé réidh lena ithe scairt an máistir anuas ar a chú mhór agus chuir sé ag ithe leis é. D'ith siad a sáith.

"An bhfuil fearg ort," arsa an máistir, "an cú a bheith ag ithe leat?"

"Ó, níl," arsa an buachaill.

"Dá mbeadh," arsa an máistir, "bhuailfinn thú agus chuirfinn faoi gheasa thú."

Bhí siad mar sin ar feadh trí nó ceathair de laethanta. Ins an deireadh bhí an gasúr ag éirí tuirseach den chú, agus mar a rinne a dheartháir roimhe bheir sé ar an mhaide bhriste agus bhuail sé an cú sa cheann.

"An bhfuil fearg ort?" arsa an máistir.

"Tá fearg orm, caidé a bheadh orm gan fearg a bheith orm nuair atá cú mór an uile lá ag ithe liom nuair atá mé ag déanamh mo choda."

"Caithfidh tú luí go mbuailfidh mé thú," arsa an máistir.

Thóg sé anuas an slaitín draíochta agus bhuail sé an

buachaill leis agus rinne sé cloch ghlas de ar an taobh eile den doras. Dúirt sé leis go mbeadh sé ansin go dtí go mbeadh an draíocht imithe den teach agus go ndéanfadh siad beirt áit mhaith do dhá bhuicéad uisce.

Bhí an lá agus bliain caite agus níor tháinig an darna fear abhaile. Dúirt an fear ab óige go dtáinig rud inteacht ar a bheirt dhearthár, go raibh fear acu ar shiúl dhá bhliain agus dhá lá agus go raibh an darna fear ar shiúl bliain agus lá agus go gcaithfeadh seisean imeacht go bhfeicfeadh sé caidé a tharla daofa.

D'fhág sé slán agus beannacht ag an bhaile. Dúirt sé lena mháthair nach bhfeicfeadh sí é go cionn bliana ach go dtiocfadh seisean abhaile nuair a bheadh an bhliain caite. Chuir sé giota aráin ina phóca agus d'imigh sé leis.

Shiúil sé leis go dtáinig sé go cumar na dtrí mbóthar. Shuigh sé ag déanamh scríste ar choirnéal an chlaí. Níorbh fhada dó go bhfaca sé marcach an ghearráin bháin ag teacht.

"Cá bhfuil do thriall, nó caidé atá tú a iarraidh?" arsa an marcach.

"Buachaill bocht mé atá ag iarraidh aimsire."

"Is maith mar a tharla ar a chéile sinn," arsa an marcach. "Máistir mise atá ag iarraidh buachalla. Cé mhéad atá tú a iarraidh?"

"Cúig ghine bhuí óir," arsa an buachaill.

"Ní hé sin an margadh a dhéanaimse," arsa an máistir, "ach nuair atá fearg ort buailfidh mé thú agus cuirfidh mé faoi gheasa thú agus nuair atá fearg ormsa buailfidh tusa mise agus cuirfidh tú faoi gheasa mé."

"Más mar sin atá, tá mé sásta," arsa an buachaill.

Chuaigh siad chun tí. Ar maidin lá arna mhárach rinneadh pota bracháin réidh don bhuachaill fá choinne bricfeasta. Nuair a bhí sé fuar go leor scairt an máistir anuas ar chú mhór as an tseomra agus chuir sé ag ithe leis an bhuachaill é.

"An bhfuil fearg ort," arsa an máistir, "an cú a bheith ag ithe leat?"

"Níl," arsa an buachaill.

"Dá mbeadh," arsa an máistir, "bhuailfinn thú agus chuirfinn faoi gheasa thú."

Bhí siad mar sin trí nó ceathair de laethanta agus ní raibh a fhios ag an bhuachaill caidé an dóigh a bhfaigheadh sé réitithe den chú. Fuair sé cloch gheal. Chuir sé ins an tine é agus nuair a bhí an chloch dearg go maith chuir sé isteach i dtaobh an phota ins an bhrachán é. Nuair a tháinig an cú thart shlog sí an chloch dhearg agus fuair sí bás. Nuair a bhí an cú marbh tháinig an máistir chuige.

"Tá mo chú marbh," ar seisean.

"Tá," arsa an buachaill. "An bhfuil fearg ort?"

"Níl," arsa an máistir.

"Caidé mo chuid oibre inniu?" arsa an buachaill.

"Caithfidh tú dul síos agus ceis a dhéanamh do chosa an eallaigh ins an áit bhog údaí thíos."

Dúirt an buachaill go ndéanfadh. Thug sé leis sábh agus tua agus chuaigh sé amach chun an bhóithigh. Ghearr sé na cosa den eallach agus chuir sé trasna ins an áit bhog iad. Tháinig sé aníos a fhad leis an mháistir agus d'iarr air dul síos go bhfeicfeadh sé an cheis a rinne sé de chosa an eallaigh. Nuair a chuaigh an máistir síos chonaic sé cosa an eallaigh trasna san áit bhog.

"Sin an cheis," arsa an buachaill.

"An iad cosa an eallaigh a ghearr tú?"

"Is iad," arsa an buachaill. "D'iarr tú orm é. An bhfuil fearg ort?"

"Níl," ar seisean.

Nuair a tháinig sé aníos abhaile bhí na cosa gearrtha dá chuid eallaigh agus ní raibh sé sásta. Dúirt sé leis féin go raibh buachaill aige a raibh eagla air nach bhfaigheadh sé díbirte ón teach choíche é.

Chuaigh sé a fhad le seanchailleach phisreogach a bhí ar an bhaile. D'inis sé dithe go raibh buachaill aige agus nach bhfaigheadh sé díbirte choíche é. Dúirt an chailleach leis a rá leis an bhuachaill nach gcoinníonn seisean buachaill ar bith ach go dtí go seinnfeadh an chuach agus go gcaithfeadh sé an baile a bhaint amach chomh luath agus a chloisfeadh sé an chuach ag seinm ins an chrann. Thug sé buíochas don chailleach agus dúirt sé go ndéanfadh sé sin.

Nuair a tháinig sé abhaile d'inis sé an scéal dá mháthair. Dúirt sé go gcuirfeadh sé comhla ar dhá bheanglán sa chrann nuair a bheadh an buachaill ina chodladh agus go rachadh sise suas ar an chomhla chomh hard agus a thiocfadh léi agus "cú-cú" a rá. Thug sé amach an chomhla. Chuir sé suas ins an chrann í agus an tseanbhean thuas uirthi. "Thig leat anois," ar seisean, "cú-cú a rá nuair atá mise ins an teach."

Bhí an buachaill ina chodladh nuair a mhuscail an máistir é. Dúirt sé leis nach mbeadh sé ansin ní b'fhaide nó go seinnfeadh an chuach thuas sa chrann. Ní raibh sé i bhfad ag caint nuair a chuala siad "cú-cú" trí nó ceathair de chuachla.

"Caithfidh tú éirí," ar seisean leis an bhuachaill, "agus a bheith ag dul chun do bhaile. Sin an margadh a rinne mise nuair a tháinig tú anseo. Ní raibh tú le bheith anseo ach go seinnfeadh cuach ar an chrann."

Nuair a chuala an buachaill an chuach dúirt sé nach bhfaca sé an chuach riamh agus gur mhaith leis í a fheiceáil. Dúirt an máistir leis dul amach.

Rith an buachaill amach go bhfeicfeadh sé an chuach agus fuair sé dhá chloch tuairim is ceithre phunt meáchain an ceann. Chaith sé cloch leis an chuach a bhí ag déanamh "cú-cú" sa chrann. Bhuail sé an tseanbhean idir an dá shúil agus leag sé anuas marbh ar an talamh í. Rith sé isteach chun tí.

"A mháistir," ar seisean, "mharaigh mé an chuach."

"A Thiarna, ní féidir gur mharaigh tú mo mháthair."

"Níor mharaigh," ar seisean. "Is í an chuach a mharaigh mé, ach go bhfuil sí cosúil le seanbhean."

Nuair a chuaigh an máistir amach fuair sé a mháthair sínte marbh agus ní baol dó gan fearg a bheith air.

"An bhfuil fearg ort?" arsa an buachaill.

"Tá mo sháith feirge orm," arsa an máistir.

"Bhal, luí go mbuailfidh mé thú agus go gcuirfidh mé faoi gheasa thú," arsa an buachaill.

Léim an slaitín draíochta isteach i láimh an bhuachalla agus nuair a bhí sé ag dul a tharraingt a bhuille ar an máistir, "Fóir ort," arsa an máistir, "agus ná maraigh mé. Bhéarfaidh mé duit do bheirt dhearthár atá ina dhá chloch ghlasa ar achan taobh den doras agus a bhfuil d'airgead fán teach seo uilig."

"Is liom féin sin ó do lá-sa amach," arsa an buachaill.

Tharraing sé buille den slaitín draíochta air agus rinne cloch ghlas de i gcroí an tí. Chuaigh sé amach agus tharraing sé buille ar an dá chloch a bhí taobh amuigh den doras. D'éirigh an bheirt dhearthár suas agus dúirt gur mór an codladh a bhí orthu. Bhí lúcháir ar an bheirt dhearthár an dearthár ab óige a fheiceáil agus d'inis gach duine acu a scéal féin. Chruinnigh siad suas a raibh d'airgead sa teach isteach i mála agus thug ionsar a máthair é. Chuir siad suas caisleán mór ar shuíomh an tí a bhí acu ins an bhaile. Níor tháinig siad ar ais riamh ag amharc ar an teach ná ar an fhear a bhí ina chloch ghlas istigh ina chroí.

Cumhall agus Goll

Fad ó shoin nuair a bhí na Fianna ina neart bhí siad i gceithre reigiúin na hÉireann agus ní raibh aon saighdiúirí ar an domhan ins an am ab fhearr ná iad. Bhí siad ag teacht as an uile chearn fríd an domhan ag iarraidh seirbhíse faoi ardchaiptín na bhFiann. Ba é Cumhall an caiptín san am.

Maidin amháin sa tsamhradh d'éirigh an ghrian go pléisiúrtha. Bhí na héanacha ag seinm le haoibhneas agus le suáilceas fríd choillte na hÉireann. Chruinnigh ceithre rí na hÉireann iomlán a gcuid fear.

Chruinnigh Clann Morna. Ba é Goll Mac Morna an gaiscíoch ba láidre a bhí in Éirinn san am. Dúirt Clann Morna gurbh fhearr an fear é Goll ná Cumhall agus gurbh é ba chóir a bheith ina chaiptín ar na Fianna. Dúirt Cumhall nach n-umhlódh sé a ghlúin choíche do Gholl Mac Morna agus go dtabharfadh sé rí-chogadh dó sula dtabharfadh sé isteach dá dhlí.

Ansin ghlac Clann Morna an fhearg. Chruinnigh siad dhá réigiún na hÉireann agus bhagair siad cogadh ar Chumhall. Chuaigh an dá réigiún eile ag cuidiú le Cumhall agus ar lá arna mhárach thoisigh an troid.

Throid siad oíche agus lá ar feadh dhá mhí agus nuair a bhí an cogadh chóir a bheith thart tháinig Luas Maol agus bhain sé an ceann de Chumhall. B'éigean dá chuid fear tabhairt suas nuair a maraíodh a gceannfort.

Nuair a mharaigh Luas Maol é thug sé leis mála a bhí ag

Cumhall agus bhí geasa na hÉireann ins an méid acraí a bhí sa mhála. Thóg Clann Morna fríd Éirinn gáir go raibh an cogadh bainte acu agus rinneadh caiptín de Gholl Mac Morna ar Fhianna na hÉireann.

D'imigh airm Chlainne Morna fríd cheithre réigiúin na hÉireann ag tabhairt ar an uile fhear d'fheara Chumhaill tabhairt isteach do dhlí Ghoill agus mionnú go mbeadh sé dílis dó. B'éigean d'fhir Chumhaill teacht isteach faoi dhlí Ghoill agus a bheith dílis dó ón lá sin amach.

Bhí seachtar gaiscíoch d'Fhianna Chumhaill ann. Dúirt fear acu leis an fhear eile nach dtabharfadh sé isteach choíche do dhlí Ghoill Mhic Mhorna go bhfaigheadh sé bás le hocras agus anró.

D'imigh siad leofa ó chnoc go sliabh agus ó shliabh go coill, ó choill go loch agus ó loch go habhainn. Bhí siad ag seilg fríd na coillte gach uile lá agus ansin bhí siad suaimhneach ins an oíche. Ach thug Goll Mac Morna ordú dá chuid Fianna dul ina ndiaidh agus breith orthu beo nó marbh nuair nach dtabharfadh siad isteach dá dhlí.

D'éirigh sé chomh cruaidh sin sa deireadh nach dtiocfadh leofa dul amach ag seilg sa lá leis an chuartú a bhí saighdiúirí Ghoill a dhéanamh. Théadh siad amach ag seilg ins an oíche agus chodlaíodh siad sa lá i gcoill thiar i réigiún Chonnacht.

Thoisigh siad ag obair ins an oíche agus rinne siad uaimh faoin talamh. Chumhdaigh siad os a chionn é le scratha glasa agus d'fhéadfá a bheith ag siúl os a chionn go cionn lá agus bliain agus ní shonrófá é.

Oíche amháin chuaigh siad amach ag seilg ach ní bhfuair siad ach éan amháin. Thug siad an t-éan abhaile agus rinne siad seacht gcuid de. Ins an am chéanna bhí siad sásta, agus níor dhúirt fear acu focal feargach leis an fhear eile ó tháinig siad chun na huaimhe. Ar an darna hoíche nuair a chuaigh siad amach ní bhfuair siad ach éan amháin, agus mar an gcéanna ar an tríú hoíche. Tháinig siad chun an bhaile agus rinne siad seacht gcuid de.

"A fheara," arsa an fear ab óige de na Fianna, "caithfidh sé go bhfuil rud inteacht iontach le teacht inár mbealach nuair nach bhfuair muid ach éan amháin in aghaidh na hoíche le trí oíche."

"Tá go cinnte," arsa an fear ba shine de na Fianna. "Tiocfaidh an oíche go fóill agus suífidh muid ar bharr Chnoc Almhain ar láimh dheis ár gcaiptín."

Gháir an chuid eile. "Nach muid a bheadh sásta dá mbeadh do scéal fíor."

Dúirt an fear ba shine go raibh sé scríofa i seantairngreacht na hÉireann go n-éireodh páiste gasúir suas amach as an iargúltacht, go mbeadh sé chomh láidir le leon, go mbeadh sé chomh lúfar le fia agus go mbeadh sé chomh dóighiúil leis an ghrian ag éirí, go maródh sé daoine, go leagfadh sé bailte móra agus sula bhféadfadh arm Ghoill teacht suas leis go mbeadh sé ar shiúl isteach i ndoimhneacht na coille agus nach gcaillfeadh Clann Morna treise in Éirinn go dtiocfadh mac Chumhaill, a raibh tóir ina dhiaidh ó tháinig sé ar an tsaol go dtí an oíche sin.

Dúirt an fear ab óige leis an chuid eile, "Caidé an gar dúinne cén uair a thiocfas sé nuair a bheas muid féin marbh le fuacht agus díobháil bia?"

D'iarr an fear ba shine de na Fianna orthu labhairt go socair mar go bhféadfadh Clann Morna teacht go dtí an doras agus iad a mharú mar nach raibh siad in innimh a gcuid claimhte a thógáil le tréan laige agus ocrais.

Dúirt an fear óg gur chuala sé siúl fear inteacht ag tarraingt ar an uaimh. Scairt an fear ba shine leofa seasamh lena gcuid arm. Bheir an uile dhuine ar a chlaíomh agus ba thruacánta an t-amharc é mar nach raibh siad in innimh a dtógáil den talamh.

Ansin bhuail fear an doras lena chlaíomh. Scairt an fear ab óige ag fiafraí cé a bhí amuigh agus ar duine muinteartha nó namhaid é. Dúirt an fear a bhí taobh amuigh gur duine muinteartha a bhí ann. Scairt an fear ba shine leofa an doras a fhoscailt ach dúirt an fear óg nach ndéanfadh mar go raibh magadh sa ghlór ag an fhear amuigh.

"Is cuma duit," arsa an fear ba shine. "Foscail an doras mar níor inis Clann Morna aon bhréag riamh."

D'fhoscail sé an doras agus shiúil an gaiscíoch ba dheise ar shoilsigh grian nó gealach riamh air isteach chun na huaimhe. Dúirt sé go raibh sé ag seilg i rith an lae fríd na coillte, go dtáinig an oíche air, nach raibh áit ar bith le dul aige, gur bhuail tart agus ocras é, gur tharraing sé ar an uaimh agus go raibh sé ag iarraidh lóistín agus bia go maidin.

Dúirt na Fianna go raibh fáilte roimhe teacht isteach agus suí ag an tine agus go dtabharfadh siad dó an méid a bhí acu le n-ithe. Shuigh an gaiscíoch síos ag bun crainn a bhí ag gobadh amach ón tine. Thug siad dó na seacht gcoda a rinne siad den éan. Dúirt siad gurbh é sin an méid a fuair siad ar an lá sin ach nuair a bheadh sé críochnaithe go dtiocfadh leis a lámha a ní san fhíoruisce, nach raibh leaba ar bith acu le tabhairt dó ach leaba feaga, nach raibh gléas seanma ar bith acu ach go raibh gaiscíoch amháin ann a d'inseodh scéalta fá chogaí go dtitfeadh sé thart ina chodladh.

Nuair a chonaic Fionn chomh beag is a bhí acu le n-ithe agus chomh maith is a bhí siad dó chuir sé a láimh faoina cheann agus thoisigh sé ag caoineadh go han-chráite.

"An duine bocht," arsa fear de na Fianna, "caithfidh sé go bhfuil an-bhuaireamh air nuair atá sé ag caoineadh chomh cráite sin."

Nuair a chaoin Fionn a sháith thóg sé a cheann agus dúirt sé leofa go raibh sé an-bhuíoch díofa as chomh maith agus a

bhí siad dó, nach raibh ádh ar bith orthu sa tseilg ach go raibh
ádh maith airsean, gur mharaigh sé an-mhórán beithígh fiáine.
D'iarr sé orthu an tine a lasadh go maith agus go rachadh sé
fána gcoinne mar go raibh siad taobh amuigh den doras agus
mar go raibh ádh mór airsean an lá sin go raibh súil aige go
mbeadh ádh maith orthusan ar an lá dár gcionn.

Nuair a dúirt sé na focla seo d'éirigh sé agus shiúil sé
amach. Tháinig sé isteach ar ais agus fia ar a dhroim. Bhí
greim aige lena láimh dheas ar an dá chois tosaigh agus bhí
greim aige lena láimh chlé ar an dá chois deiridh. Chuaigh sé
amach ar ais agus thug sé isteach collach mire i láimh dá chuid
agus cráin mhuice ins an láimh eile. Chuaigh sé amach an tríú
huair agus thug sé isteach ar a dhroim ualach de ghiorraithe
agus an uile chineál beithíoch fiáin.

Bhruith siad agus d'ith siad. Nuair a bhí a sáith ite acu
dúirt an fear ba shine de na Fianna go raibh sé an-sásta ach gur
chóir dó dul amach agus a chuid con a thabhairt isteach mar
nach bhfaca sé cú le fada.

"Níl cú ar bith agam," arsa Fionn, "ach tá mé chomh lúfar
sin agus má fheicim beithíoch ar bith le mo dhá shúil ní
bhfaighidh sé ar shiúl uaim. Caidé ar domhan anois," arsa
Fionn, "ab fhearr libh a bheith agaibh?"

Labhair an fear ba shine de na Fianna agus dúirt sé go
mbeadh sé an-sásta dá mbeadh an mála ina raibh na geasa ag
a dhearthráir, Cumhall, agus ceann Luais Mhaoil a mharaigh a
dhearthráir acu ansin.

D'fhoscail Fionn amach a chlóca agus thug sé amach ceann
Luais Mhaoil i láimh dá chuid agus an mála ina raibh na geasa
ins an láimh eile. Ansin dúirt sé leis na Fianna, "Is mise Fionn
Mac Cumhaill a raibh Clann Morna in mo dhiaidh ag dréim
mo chur chun báis. Tá mé ag marú a gcuid gaiscíoch. Tá mé
ag leagaint agus ag dó romham agus tá arm Chlainne Morna

ar crith le heagla romham agus tá Éire go hiomlán ar crith faoi mo dhá chois mar a bheadh fód bog ann."

Nuair a chonaic na Fianna cé a bhí acu ann phóg siad a lámha, phóg siad a chosa agus thoisigh siad ag caoineadh agus chaoin siad go dtí go ndearna a gcuid deora aibhneacha fríd an uaimh. Ansin nigh siad a n-éadain i bhfíoruisce agus thoisigh an gáire. Rinne siad a dhá oiread gáire is a rinne siad de chaoineadh.

D'iarr an fear ba shine ar Fhionn a lámh a chur isteach sa mhála agus adharc a bhí ceangailte i gcraiceann beithíoch fhiáin a thabhairt amach. Rinne Fionn mar a d'iarr sé air. Dúirt sé le Fionn í a líonadh leathlán d'uisce agus í a thabhairt dó. Thug Fionn dó an adharc. Chuir sé an adharc go dtí a bhéal agus d'ól sé leis. Nuair a bhí a sháith ólta aige thug sé don darna fear í. Chuaigh sí ó fhear go fear go dtí go dtáinig sí go dtí Fionn. Shíl Fionn go dtriomódh sé í. Nuair a bhí a sháith ólta aige bhí sí chomh lán is a bhí sí riamh.

Ansin d'iarr an fear ba shine ar Fhionn an méid a bhí fágtha inti a chaitheamh isteach sa tine. Rinne sé sin. Chuaigh an uile chineál bladhaire suas poll an deataigh agus d'éirigh an boladh ba dheise fríd an uaimh a mhothaigh siad riamh.

D'fhiafraigh Fionn an mbeadh dúil ar bith acu i bpíosa ceoil. Dúirt siad go mbeadh. D'fhoscail sé a chlóca. Thóg sé amach cláirseach. Chuir sé an chláirseach i dtiúin. Thoisigh sé ag seinm. Bhí an tseinm chomh deas sin go raibh siad ag titim ina gcodladh.

Dúirt sé go ndéanfadh sé ceol daofa ina mbeadh fear agus bean nach bhfeicfeadh duine ar bith ag seinm leis, go raibh an fear chomh hard nach raibh ann ach go dtiocfadh leis lámh a leagaint ar a ghualainn agus nach raibh an bhean chomh hard ach go raibh sí an-dóighiúil.

D'iarr sé ar an bheirt ceol a dhéanamh don seachtar Fianna

a bhí dílis dá athair. Nuair a bhí go leor den cheol cloiste acu d'iarr Fionn orthu stad. Chuaigh Fionn a luí. Chodlaigh sé go maith an oíche sin.

D'éirigh sé le go leor luais ar maidin. Nuair a bhí sé réidh le n-imeacht thiontaigh sé thart agus dúirt sé leis na Fianna go ndéarfadh sé féin ceithre amhrán a rinne sé féin. Dúirt sé amhrán fá dtaobh den fharraige, amhrán fá dtaobh den ghaoth mhór, amhrán fá dtaobh de na réaltóga agus amhrán fá choillte na hÉireann.

Dúirt an fear ba shine de na Fianna go raibh na hamhráin go deas agus d'inis d'Fhionn fá ghnás a bhíodh acu nuair a bhí siad faoi chúram a athara. Ba sin trí phóg a thabhairt do thalamh na hÉireann nuair a bhíodh siad ag dul chun cogaidh. Dúirt Fionn go mbeadh sin ina dhlí ón lá sin amach.

"Caithfidh mé inse daoibh," arsa Fionn, "fán dóigh ar fhoghlaim mé le hamhráin a dhéanamh. Chaith mé sé bliana ar Shliabh Ghorm i gcuideachta ceathrar file ceoil. Lá amháin tháinig beirt ghadaí agus mharaigh siad beirt de mo chomhrádaithe ach mharaigh mise na gadaithe."

Dúirt sé gur fhág sé an Sliabh Gorm, gur imigh sé leis agus go raibh sé ag siúl leis gur casadh air cúirt agus cathair, go raibh Ardrí na hÉireann san áit agus gur fhiafraigh sé de an nglacfadh sé ina sheirbhís é go cionn lá agus bliain. Dúirt seisean go ndéanfadh agus chuir sé ag seilg fríd choillte agus mullaigh é. Bhí áit amháin ins an tsliabh a bhí an-deas agus shuíodh sé ann gach uile lá ag éisteacht le ceol na n-éan.

Lá amháin chonaic sé slua mór daoine ann. Chonaic sé an cailín ba dhóighiúla ar shoilsigh grian nó gealach riamh uirthi ina suí ag bun crainn ar chathaoir óir. Tháinig sé chun tosaigh. D'fhiafraigh seisean dithe caidé a bhí contráilte. Chuaigh triúr fear a chur ar gcúl. Sheas sé ina n-aghaidh mar a bheadh carraig ghlas ann. Nuair a chonaic siad nach raibh siad in innimh a chur ar gcúl labhair an cailín. Dúirt sí gur strainséir a bhí ann agus é a ligint chun tosaigh.

Dúirt sí go raibh mic le ríthe ag teacht as an uile chearn den domhan ag dréim í a fháil le pósadh ach go raibh sí faoi gheasa gan fear ar bith a phósadh ach fear a léimfeadh an uaimh a bhí thall ar thaobh an chnoic a bhí sé mhíle ar doimhne agus míle ar leithead agus go raibh carraigeacha ar an uile orlach de. D'fhiafraigh Fionn an dtabharfadh siad cead dó dul go bhfeicfeadh sé an áit agus dúradh go dtabharfadh. D'imigh sé leis.

Ní dhearna sé stad mara ná cónaí go ndeachaigh sé go barr na huaimhe. Dúirt sé leis féin go léimfeadh sé é go sásta. Phill sé ar ais agus nuair a bhí sé ag teacht i ndeas don chailín chonaic sé mac rí ag teacht, claspa óir i gclár a éadain agus claspa airgid i gcúl a chinn agus beirt fhear déag á choimhéad.

D'umhlaigh siad d'iníon an rí. Dúirt sé go léimfeadh sé an uaimh. Chaith sé de a chlóca, a hata agus a bhróga. D'imigh sé leis mar a bheadh fia ann. Bhéarfadh sé ar an ghaoth a bhí roimhe ach ní bhéarfadh an ghaoth a bhí ina dhiaidh air agus é ag tarraingt ar bhéal na huaimhe.

Nuair a chonaic Fionn ag reathaidh é dhóbair go bhfuair sé bás le buaireadh mar gur chuir sé spéis sa chailín agus shíl sé go léimfeadh mac an rí an uaimh. Ach nuair a tháinig mac an rí go béal na huaimhe d'fheall a chroí air. Phill sé ar ais. D'iarr an bheirt fhear déag air féachaint an darna huair leis. Rinne sé sin agus d'fheall a chroí arís air. D'fhéach sé leis an tríú huair. Séideadh adharc dó agus tháinig sé go béal na huaimhe ach d'fheall a chroí air an tríú huair. D'imigh sé leis ag caoineadh.

Thiontaigh Fionn thart. Dúirt sé go léimfeadh seisean an uaimh dá ngeallfadh an cailín dó go bpósfadh sí é. D'iarr an rí air pilleadh abhaile a fhad lena mháistir mar go raibh cnámha sábháilte i bhfad ní b'fhearr ná cnámha briste. Dúirt

Fionn go rachadh sé abhaile a fhad lena rí agus go n-inseodh sé dó caidé a rinne siad air.

Dúirt an cailín go ciúin leis go bpósfadh sí Fionn dá léimfeadh sé an uaimh ach go raibh an-drochéadaí air. Thiontaigh Fionn thart agus dúirt léi, "Ní hé mo chuid éadaigh atá tú ag dul a phósadh ach mé féin. Léimfidh mise i gcás ar bith é, pós mé nó ná pós." D'imigh sé leis ag reathaidh níos lúfaire ná giorria Mhárta. Tháinig sé go béal na huaimhe. Léim sé trasna agus rith sé leis ar ais go dtí go dtáinig sé aníos go dtí an cailín. D'fhiafraigh sé ar léim sé i gceart é. Dúirt siad go ndearna. Dúirt Fionn mura ndearna go ndéanfadh sé seacht n-uaire é.

D'iarr siad air a bheith ag teacht leofa. Ní dhearna siad stad mara ná cónaí go dtáinig siad go cúirt an rí. Chuir siad culaith mhaith éadaigh air agus pósadh iad. Mhair an bhainis lá agus bliain agus nuair a bhí an bhainis thart dúirt a bhean leis go raibh geas amháin uirthi.

Cibé fear a phósfadh sí chaithfeadh sé an uaimh a léimnigh ar maidin Lá Bealtaine sula n-éireodh an ghrian agus arís le luí na gréine agus go gcaithfeadh sé é a léimnigh ar an dóigh chéanna maidin Lá Samhna agus arís i ndiaidh do luí na gréine.

Ansin dúirt Fionn léi gur chóir daofa a bheith ag imeacht go Cnoc Almhain. Chaith siad a gcuid ama ansin go raibh cúigear mac acu. Ansin fuair a bhean bás agus níor léim Fionn trasna na huaimhe ón lá sin go dtí an lá inniu.

Eachtra Fhinn agus an Seachtar Gaiscíoch

Chuaigh Fionn Mac Cumhaill agus a chuid fear amach ag seilg lá amháin sa tsamhradh agus thug an uile fhear acu cú leis. Nuair a bhí siad amuigh i lár an tsléibhe tháinig an ceo agus chaill Fionn iomlán a chuid fear. Ní raibh a fhios aige cá ndeachaidh siad. Chuir sé an adharc ina bhéal agus shéid sé ach níor chuala duine ar bith acu é. Shéid sé arís agus arís eile ach sin a raibh dá bharr aige – ní raibh toradh air.

Sa deireadh chonaic sé gaiscíoch ag tarraingt air.

"Cé thú féin agus cárb as duit?" arsa Fionn leis.

"Mise Fead Mac Fead as an Domhan Thoir. Chuala mé iomrá ar Fhionn agus ar a chuid fear agus tháinig mé go hÉirinn le bliain agus lá a chaitheamh ina sheirbhís."

"Bhal," arsa Fionn, "tá mo chuid fear caillte agus má thig leatsa a bhfáil domh glacfaidh mé thú in mo sheirbhís."

Chuir an gaiscíoch a mhéar ina bhéal, lig sé an-fhead agus chruinnigh iomlán fheara Fhinn ar an bhomaite.

"Tá mé iontach buíoch díot," arsa Fionn. "Siúil linn agus fáilte."

Shiúil siad leofa. Ní dheachaigh siad i bhfad go bhfaca siad fear eile ag tarraingt orthu.

"Cé thú féin?" arsa Fionn leis.

"Mise Neart Mac Neart. Is fada mé ag éisteacht le scéalta

fá Fhionn agus fá na héachtaí a rinne sé agus is mian liom dul isteach ina sheirbhís go cionn lá agus bliain."

"Caidé a thig leatsa a dhéanamh?" arsa Fionn.

"Fear calma cróga mé agus níl aon fhathach ar domhan nach dtig liom a throid agus bua a fháil air."

"Maith mar a tharla ar a chéile sinn," arsa Fionn. "Siúil leat."

Ar aghaidh leofa arís. Níorbh fhada daofa ag siúl nuair a chonaic siad fear eile ag déanamh orthu.

"Cé thú féin agus caidé fáth do thurais?" arsa Fionn leis.

"Mise Slios Mac Slios. Tháinig mé ag iarraidh seirbhíse faoi Fhionn Mac Cumhail."

"Caidé a thig leatsa a dhéanamh?" arsa Fionn.

"Bádóir mé agus thig liom bád a dhéanamh i mbomaite amháin a sheolfas in áit ar bith ar fud an domhain."

"Is tú an fear atá de dhíth orm," arsa Fionn. "Tar linn."

I gcionn tamaill casadh fear eile orthu.

"Cé thú féin agus cá bhfuil do thriall?" arsa Fionn leis.

"Mise Fios Mac Fios. Tháinig mé go hÉirinn go bhfeicfinn Fionn Mac Cumhaill le súil go bhfaighinn seirbhís ina chuideachta go cionn lá agus bliain."

"Caidé a thig leatsa a dhéanamh?" arsa Fionn.

"Tá a fhios agam caidé atá á dhéanamh i ngach cearn den domhan."

"Fáilte romhat," arsa Fionn. "Tusa atá mé a iarraidh."

Shiúil siad leofa. Ba ghearr go bhfaca siad fear eile ag tarraingt orthu. Nuair a bhí sé fá fhad cainte daofa labhair Fionn.

"Cé thú féin agus cárb as tú?"

"As an Domhan Thoir domh agus Eolaí Mac an Eolaí is ainm domh. Is iomaí uair a chuala mé trácht ar Fhionn agus ar na Fianna agus tháinig mé go hÉirinn mar gur mhaith liom a bheith i seirbhís Fhinn go cionn lá agus bliain."

"Caidé a thig leatsa a dhéanamh?" arsa Fionn.

"Tá," ar seisean, "má tá bád caillte in áit ar bith amuigh ar dhoimhneacht na farraige thig liomsa a stiúradh agus a threorú go cuan ar bith ar an domhan."

"Maith mar a tharla ar a chéile sinn," arsa Fionn. "Tá fáilte romhat."

Shiúil siad leofa arís agus ní raibh sé i bhfad gur shonraigh siad gaiscíoch eile ag déanamh orthu.

"Cé thú féin agus cárb as duit?" arsa Fionn.

"As an Talamh Íochtair mé agus Dreapaire Mac an Dreapaire m'ainmse. Ba mhaith liom lá agus bliain a chaitheamh i seirbhís Fhinn Mhic Cumhaill mar nach bhfuil gaiscíoch ar domhan is mó cáil is cliú ná eisean."

"Is caidé a thig leatsa a dhéanamh?" arsa Fionn.

"Thig liom dul suas ar aill ar bith ar an domhan agus teacht anuas ar ais agus an fear is fearr de na Fianna ar mo dhroim."

"Siúil linn agus fáilte," arsa Fionn.

Lean siad orthu arís. Casadh fear eile orthu. D'umhlaigh sé d'Fhionn agus dúirt, "Mise Gadaí Mac an Ghadaí. Tháinig mé ag iarraidh seirbhíse i measc Fhinn agus a chuid fear go cionn lá agus bliain."

"Caidé a thig leatsa a dhéanamh?" arsa Fionn.

"Thig liom na huibheacha a bhaint amach as faoin éan ins an nead agus a bhfágáil istigh ar ais gan an t-éan mo mhothú."

"Siúil linn agus fáilte," arsa Fionn.

Shiúil siad leofa arís. Chonaic siad fear eile ag tarraingt orthu. Chuir sé forrán ar Fhionn agus dúirt, "A mháistir na bhFiann, chuir Rí na hAlban anoir anseo mé le hachainí a iarraidh ort. Bhí beirt pháiste le dhá bhliain ag a mhnaoi. Bhí beirt bhan déag ag coimhéad na bpáistí ar an oíche a rugadh an darna páiste. Tháinig tromchodladh ar na mná agus a fhad is bhí siad ins an suan tháinig lámh dhubh anuas an tsimléir, agus thug sí suas an bheirt pháiste agus ní fhacthas ní ba mhó iad. Cuartaíodh achan áit thall agus abhus ach lá tuairisce ní bhfuarthas orthu. Cuireadh anonn anseo mise ag iarraidh ort dul anonn leis an tríú pháiste a choimhéad nuair a thiocfas sé ar an tsaol. Má ghní tú sin gheobhaidh tú tuarastal maith."

Dúirt Fionn go rachadh sé go hAlbain. Shiúil máistrí na bhFiann, an seachtar gaiscíoch agus teachtaire an rí go dtí go dtáinig siad go bruach na farraige.

Bhí siad san fhaopach ansin mar nach raibh long, cóiste ná bád acu. D'iarr Slios Mac Slios ar Fhionn amharc suas ar an airde a bhí san aill lena dtaobh. D'amharc Fionn suas agus nuair a d'amharc sé thart ar ais bhí bád ar an uisce lena chuid seolta agus é réidh le n-imeacht.

Chuaigh an cúigear fear déag ar bord.

"Cé a stiúirfeas anois í?" arsa Fionn Mac Cumhaill.

"Cé a stiúirfeadh í," arsa Oisín, "ach Fios Mac Fios, a bhfuil a fhios aige ar cá háit a rachas sé agus ar caidé atá le teacht."

Chuaigh Fios Mac Fios ag stiúradh agus bhéarfadh an bád ar an ghaoth a bhí roimpi agus ní bhéarfadh an ghaoth a bhí ina diaidh uirthi go dtí go dtáinig siad isteach faoi chaisleán Rí na hAlban.

D'iarr Fios Mac Fios orthu bratacha geala a chur suas nó mura ndéanfadh go gcuirfeadh Rí na hAlban suas bratacha dubha mar go sílfeadh sé gur bád cogaidh a bhí ag teacht.

Cuireadh suas na bratacha geala. Chuir Rí na hAlban suas bratacha dubha ach nuair a chonaic sé na bratacha geala ag an bhunadh choimhthíoch bhain sé anuas na bratacha dubha ar ais agus chuir sé suas rudaí geala é féin.

Tháinig Fionn agus a chuideachta i dtír. Shiúil siad leofa ag tarraingt ar chúirt Rí na hAlban. Tháinig an rí agus a chuid saighdiúirí amach ina n-airicis. Bhí an-lúcháir ar an rí nuair a d'aithin sé cé a bhí chuige agus chuir sé fíorchaoin fáilte roimh Fhionn agus a chuid fear agus a lucht leanúna.

Ar theacht daofa chun na cúirte thug an rí isteach ina pharlús iad. Rinneadh réidh an suipéar ab fhearr a d'ith siad riamh agus nuair a bhí an suipéar thart chaith siad tamall fada ag seanchas.

Ansin thug an rí isteach i seomra mór iad. Ar dhul isteach daofa chonaic siad naíonán ina luí sa chliabhán cois tine agus beirt bhan déag á choimhéad. Dúirt Diarmaid Ó Duibhne go gcaithfeadh na mná dul amach agus go gcoimhéadfadh siad féin an páiste. Chuaigh seacht máistir na bhFiann – Fionn Mac Cumhaill, Goll Mac Morna, Oisín, Oscar, Fionn Mac Fhinn, Caoilte Mac Rónáin agus Diarmaid Ó Duibhne – taobh amuigh den chúirt agus d'fhan an seachtar gaiscíoch taobh istigh.

Ar uair an mheán oíche tháinig an lámh dhubh anuas an tsimléir agus fuair sí greim ar an pháiste. Fuair Neart Mac Neart greim ar an láimh. Tharraing an lámh Neart suas go barr an tsimléara agus tharraing Neart anuas ar ais í. Thóg an lámh dhubh Neart suas go barr an tsimléara arís ach d'éirigh le Neart an lámh a tharraingt anuas an darna hiarraidh.

Bhí siad mar sin go cionn fada. Ins an deireadh tharraing Neart an lámh amach as an fhathach. Shíl gach duine ansin go raibh an páiste sábháilte, ach sular mhothaigh siad chuir an fathach anuas an lámh eile. Thug sé leis an páiste agus d'imigh leis.

Nuair a chonaic na gaiscígh go raibh an páiste ar shiúl bhí an-bhuaireamh orthu agus dúirt siad lena chéile, "Caidé a dhéanfas muid? Nuair a mhusclóchas an rí ar maidin beidh muid náirithe."

Dúirt fear eile, "Is fearr dúinn dul amach agus inse d'Fhionn Mac Cumhaill go bhfuil an páiste imithe agus cibé a déarfas Fionn déanfaidh muidinne é."

Chuaigh siad amach agus d'inis siad d'Fhionn Mac Cumhaill go raibh an páiste goidte. Dúirt Fionn go gcaithfeadh siad imeacht leofa ar fud an domhain go bhfeicfeadh siad cá raibh an fathach ina chónaí, go mbainfeadh siad de an páiste go socair nó le troid.

D'imigh siad uilig síos go bruach na farraige. Chuaigh siad isteach sa bhád agus shuigh Fios Mac Fios ar an stiúir agus d'imigh an bád go hachmair. Bhéarfadh sí ar an ghaoth a bhí roimpi agus ní bhéarfadh an ghaoth a bhí ina diaidh uirthi go dtí go ndeachaidh sí amach go doimhneacht na farraige.

Tháinig siad a fhad le oileán a bhí amuigh i ndoimhneacht na farraige agus nuair a d'amharc siad suas os a gcionn bhí an ailt fiche míle ar airde.

Dúirt Fionn, "Tá muid a fhad is a rachas muid nó ní bhfaighidh muid suas an aill sin."

D'fhiafraigh Oisín cé a rachadh suas.

Dúirt Diarmaid Ó Duibhne, "Cé a rachadh suas ach Dreapaire Mac an Dreapaire."

Dúirt Dreapaire Mac an Dreapaire nach raibh maith dó dul suas mura dtéadh Fios Mac Fios ar a dhroim le fios a dhéanamh daofa nuair a rachadh siad suas ar uachtar.

Dúirt Fios Mac Fios nach raibh gar dó dul suas mura dtéadh Eolaí Mac an Eolaí ar a dhroim leis an eolas a thabhairt daofa thuas ar an aill.

Dúirt Eolaí Mac an Eolaí nach raibh gar dó dul suas mura dtéadh Neart Mac Neart ar a dhroim le troid leis an fhathach nuair a rachadh siad suas ar uachtar.

Dúirt Neart Mac Neart nach raibh gar dósan dul suas mura dtéadh Gadaí Mac an Ghadaí ar a dhroim leis an pháiste a ghoid nuair a rachadh siad suas go dtí an áit a raibh an fathach ina chónaí.

Ansin chuaigh siad uilig ar dhroim a chéile go dtí go ndeachaidh siad suas go barr na haille.

Dúirt Fios Mac Fios le Gadaí Mac an Ghadaí go raibh an

fathach agus a mháthair ina gcodladh agus go gcaithfeadh sé sleamhnú isteach go socair agus an naíonán a thabhairt amach an chéad uair agus a thabhairt anuas go dtí an bád.

Chuaigh Gadaí Mac an Ghadaí isteach agus thóg sé an naíonán agus d'imigh leis. Nuair a bhí siad ag teacht amach ar an doras thoisigh an páiste ag caoineadh agus mhuscail an fathach. Thoisigh sé ag búireadh le pian agus scairt sé leis an ghasúr agus leis an ghirseach go gcaithfeadh siad dul fá choinne dhá bhuicéad uisce fuar agus a thabhairt le doirteadh ar a ghualainn le sócúlacht a thabhairt dó ón phian.

Chuaigh Gadaí Mac an Ghadaí síos leis an naíonán go dtí an bád agus ar theacht ar ais dó casadh dó an gasúr agus an ghirseach ag dul fá choinne an dá bhuicéad uisce. Bheir sé greim ar an uile dhuine acu agus d'imigh leis síos go dtí an bád.

Nuair ab fhada leis an fhathach iad gan teacht leis an uisce chuir sé amach a mháthair go bhfeicfeadh sí caidé a bhí á gcoinneáil. Nuair a chonaic Neart mac Neart ag teacht í scairt sé léi go raibh na páistí ar shiúl. Thug sí iarraidh air agus thoisigh an troid agus ar deireadh na troda leag Neart Mac Neart í.

Scairt sí leis gan í a mharú agus go dtabharfadh sí claíomh solais dó a bhí thuas ins an teach. Dúirt sí nach raibh aon chlaíomh ar domhan in ann an ceann a chaitheamh den fhathach ach í. Dúirt sé gur leis féin an claíomh ón lá sin amach agus chaith sé an ceann dithe.

D'iarr Fios Mac Fios orthu a bheith ar shiúl chomh gasta is a tháinig leofa nó go dtiocfadh an fathach amach le tréan péine agus nuair a tchífeadh sé a mháthair marbh go rachadh sé ar eiteog ina ndiaidh, go rachadh sé ag caitheamh anuas tine orthu mar gheall ar an bhád a dhó agus ansin go dtiocfadh sé féin anuas sa deireadh agus go scairtfeadh sé ar fhear ar bith de na Fianna é a throid.

Chuaigh siad isteach sa bhád agus d'imigh leofa. Bhéarfadh sé ar an ghaoth a bhí roimhe ach ní bhéarfadh an ghaoth a bhí ina dhiaidh air.

Ansin tháinig an fathach anuas é féin agus d'fhiafraigh an raibh fear ar bith de na Fianna in innimh é a throid. Dúirt Neart Mac Neart go dtroidfeadh seisean é. Thoisigh siad ag troid agus chuir Neart Mac Neart an fathach síos ins an fharraige go dtí a mhuineál. D'iarr an fathach air gan é a mharú agus go dtabharfadh sé slaitín draíochta dó. Dúirt Neart Mac Neart gur leis féin an slaitín draíochta ón lá sin amach agus chaith sé an ceann de. Phill siad ar ais agus thug siad leofa an slaitín draíochta agus an claíomh solais.

D'imigh siad leofa nó go dtáinig siad isteach faoi chúirt Rí na hAlban. Bhí an triúr páiste leofa. Bhí an-lúcháir ar Rí na hAlban rompu. Rinne sé coirm a mhair lá agus bliain agus nuair a bhí an choirm thart d'fhág Fianna na hÉireann slán agus beannacht aige.

Thug sé lán dhá mhála óir d'Fhionn Mac Cumhaill agus chuaigh siad ar bord na loinge arís agus níorbh fhada gur sheol siad go hÉirinn. Bhí na mílte de shaighdiúirí Fhinn ina n-airicis agus bhí an-phléisiúr orthu rompu. Shiúil siad lena gcuid drumaí agus píopairí go dtáinig siad go Cnoc Almhain. Rinne Fionn coirm eile don tseachtar gaiscíoch agus mhair an choirm lá agus bliain. D'fhág an seachtar gaiscíoch slán ag Fionn agus ag na Fianna agus d'imigh leofa go dtí a dtíortha féin.

Eachtra Fhinn ar Fhéasta na Nollag

Ins an tseanaimsir chuaigh seachtar mór na bhFiann, Fionn Mac Cumhaill agus a chuid fear amach ag seilg i gceann de choillte Chúige Uladh ar fhéasta na Nollag.

Bhí an lá goirid ins an am. Thug siad leofa iomlán a gcuid fear agus bhí cú leis an uile fhear. Bhí lása óir ar gach cú agus nuair a tchífeadh siad beithígh fiáine ag teacht ligfeadh siad an lása leis an chú agus bhí siad ar shiúl.

Bhí Fionn é féin ar thaobh na láimhe deise dá chuid fear. Shiúil siad leofa go dtí go raibh sé ar uair an mheán lae ach ní fhaca siad beithíoch ar bith.

Nuair ba mhithid daofa tiontú ar an bhaile bhuail an plúchadh sneachta agus an ghaoth mhór. D'éirigh an plúchadh chomh holc sin gur chaill an uile dhuine acu an duine eile agus chaill Fionn iad uilig.

Bhí sé ag siúl leis go dtí go dtáinig an oíche air. Ní raibh sé in innimh dul ní b'fhaide le tart, le hocras agus le tuirse. Shuigh sé ag bun crainn ins an sneachta agus thoisigh sé ag caoineadh. Ansin chonaic sé solas ag tarraingt air. Tháinig gaiscíoch chuige.

D'umhlaigh an gaiscíoch d'Fhionn agus dúirt leis gan buaireadh ar bith a bheith air, gur mac rí a bhí ann as an Domhan Thoir agus gur chaith a athair blianta i seirbhís Fhinn Mhic Cumhaill, go bhfaca sé i ngéibheann é agus gur smaointigh sé go dtarraingeodh sé air.

Tharraing sé amach slaitín draíochta. Bhuail sé bun an chrainn. D'éirigh an chúirt ba dheise ar shoilsigh grian nó gealach riamh uirthi. D'iarr sé ar Fhionn dul isteach. Chuaigh Fionn ó sheomra go seomra go dtí go ndeachaidh sé isteach sa chistin.

Bhí beirt bhan déag ansin ba dheise ar shoilsigh grian nó gealach riamh orthu. Bhí claspaí óir i gclár a n-éadain agus claspaí airgid i gcúl a gcinn. Bhí siad ag cur bia ar na táblaí.

D'umhlaigh siad uilig d'Fhionn agus thug siad cathaoir dó le suí in aice na tine mar go raibh sé fuar conáilte. Ón uair a shuigh sé síos ní iarrfadh sé choíche éirí.

D'ordaigh bean dó dul anonn a fhad lena shuipéar. Chuaigh sé anonn agus d'ith sé agus d'ól sé a sháith mar go raibh ocras agus tart air. Nuair a bhí a sháith ite aige, ghabh sé buíochas agus tharraing sé a chathaoir anall go dtí an tine. Ní raibh sé i bhfad ina shuí nuair a thit sé ina chodladh. Chodlaigh sé leis go dtí go raibh spéartha an lae ann.

Nuair a mhuscail Fionn ar maidin bhí sé ina luí amuigh sa sneachta. D'éirigh sé go buartha brónach ach faraor ní raibh aon duine dá chuid fear ina chóir. D'éirigh sé agus shiúil sé leis ag tarraingt ar an bhaile ach in áit a bheith ag dul chun an bhaile bhí sé ag dul ar seachrán. Shiúil sé leis go raibh an oíche ag teacht.

Bhí éanacha beaga na coille craobhaí ag dul a chodladh agus foscadh na hoíche á fháil acu. Tháinig sé a fhad le bruach locha agus ní thiocfadh leis dul ní b'fhaide le tréan tuirse agus ocrais. Shuigh sé síos ar an talamh agus thoisigh sé ag caoineadh agus smaointigh sé nach bhfeicfeadh sé an chuid eile dá chomrádaithe ní ba mhó.

Ní raibh sé i bhfad ina shuí ag caoineadh nuair a chonaic sé trí eala ag éirí amuigh ar an loch agus ag snámh isteach in aice an talaimh. Bhí an ceann ba mhó acu ag iompar slaitín draíochta. Bhuail sí an bheirt eile agus d'éirigh siad aníos ina mbeirt chailín óg. Ansin bhuail sí í féin agus d'éirigh sí aníos ina tríú bean. Bhí siad chomh dóighiúil sin nach raibh fear ar bith dá bhfeicfeadh iad nach dtitfeadh i ngrá leofa.

D'umhlaigh an bhean ab óige acu d'Fhionn agus d'fhiafraigh sí de an bpósfadh sé í agus go raibh neart óir agus airgid aici agus ríochtaí dá cuid féin.

Dúirt Fionn go raibh sé an-bhuartha nach dtiocfadh leis í a phósadh mar go raibh bean agus clann aige sa bhaile.

Ansin tháinig an darna bean anall agus d'umhlaigh sí d'Fhionn. D'fhiafraigh sí de an bpósfadh sé í mar go raibh sí le bheith ina banríon ar oileán a bhí sa Talamh Íochtair agus go raibh na céadta gaiscíoch faoina cúram oíche agus lá. Dúirt Fionn go raibh sé an-bhuartha nach dtiocfadh leis í a phósadh mar go raibh bean aige féin ar Chnoc Almhain.

Tháinig an tríú bean anall agus d'fhiafraigh sí de an bpósfadh sé í. Dúirt sí go raibh tír aici féin ins an Domhan Thoir agus gurbh í Banríon na Draíochta a máthair agus mura bpósfadh sé í go mbeadh aithreachas air. Dúirt Fionn nach dtiocfadh leis í a phósadh agus dul léi, mar go raibh bean aige ba dhóighiúla agus a bhí in Éirinn ina cónaí ar Chnoc Almhain.

Dúirt sí leis, "A Rí Fionn, crom do cheann. Cuirimse faoi gheasa thú, do dhá láimh ceangailte i gcúl do chinn, do dhá chois greamaithe den talamh agus tú in do sheasamh anseo gan och gan mhairg, gan bhia gan deoch, gan mhac le tarrtháil a dhéanamh ort, gan bhean le caoineadh fá dtaobh díot. Athraím tú sa dóigh nach n-aithneoidh do chuid comrádaithe thú choíche agus ceanglaím do theangaidh i do cheann sa dóigh nach dtig leat labhairt choíche go dtí go dtige duine inteacht thart a dhéanfas trua duit agus a dtiocfaidh trí dheoir dá chuid ar do cheann agus ansin beidh tú ann choíche nó go bhfaighidh siadsan amach cá bhfuil muidinne inár gcónaí.

Caithfidh siad a bheith ag siúl oíche agus lá go dté siad síos sa
Talamh Íochtair, san áit a bhfuil trí chéad fear, trí chéad bean,
trí chéad madadh agus trí chéad beithíoch. Má bhíonn fearg
orthu an lá a rachas siad síos is mór an trua daofa é mar go
gcaithfidh siad adharc óir a fháil atá crochta istigh i gcistin na
cúirte, agus ansin caithfidh siad é a thabhairt a fhad le tobar
íocshláinte agus lán na hadhairce a thabhairt leofa go dtí go
dtige siad go dtí an loch seo agus trí bhraon den íocshláinte a
dhoirteadh ar do cheann. Ansin éireoidh tú suas i d'fhear úr
óg mar a bhí tú riamh agus beidh fáilte agus sláinte ag seachtar
mór na bhFiann romhat ar Chnoc Almhain."

Sheas Fionn ansin agus ní thiocfadh leis corrú. Thoisigh an
triúr cailín ag gáire faoi.

"A sheanduine chríonna," arsa duine acu, "beidh tú ansin go
dtí lá deireadh an tsaoil nó ní aithneoidh na Fianna cé thú féin
ná ní fhanfaidh siad i mbun seanchais leat mar nach dtig leat
labhairt leofa."

Bhuail sí seo an bheirt eile lena slaitín draíochta. Rinne sí
dhá eala díofa arís agus bhuail sí í féin agus rinne sí an tríú
heala. D'éirigh siad ar eiteog agus d'imigh siad leofa amach ar
an loch.

Chuaigh na Fianna abhaile go han-chráite agus achan
duine acu ag fiafraí den duine eile an bhfaca sé Fionn.
Sháraigh sé ar dhuine ar bith acu fios a thuairisce a fháil.

Ansin chuaigh Conán Maol amach ar Chnoc Almhain agus
adharc leis. Shéid sé an adharc agus chualathas i gceithre
réigiúin na hÉireann é. Chruinnigh ceannfoirt na bhFiann as
an uile chearn in Éirinn agus d'fhiafraigh siad den uile dhuine
an bhfaca siad Fionn. Dúirt siadsan nach bhfaca.

Ní raibh a fhios acu caidé a dhéanfadh siad agus chaith siad
uilig an oíche ag caoineadh go truacánta. Dúirt Oisín Mac
Fhinn nach raibh gar daofa a bheith ag caoineadh ní b'fhaide

ach go gcruinneodh siad le chéile ar an lá dár gcionn ar Chnoc Almhain agus trí bhúirthe caointe a ligint in onóir Fhinn a bhí caillte, agus dá mbeadh sé le fáil i gceithre réigiúin na hÉireann go dtabharfadh sé toradh orthu agus dá mbeadh sé faoi gheasa nach stadfadh seachtar mór na bhFiann á chuartú oíche agus lá agus nach gcodlaíodh siad oíche i dteach ná i gcró go bhfaigheadh siad beo nó marbh é.

Go luath ar maidin lá arna mhárach d'éirigh seachtar mór na bhFiann agus iomlán a gcuid fear. Amach leofa ar an chnoc agus nuair a bhí siad uilig cruinn lig siad trí bhúirthe in onóir Rí Fionn ach níor thug sé toradh orthu. Dúirt Oisín go raibh siad fada go leor ansin gan fios a fháil caidé a d'éirigh dó.

Chuir Aodh Beag a mhéar ina bhéal. Dúirt sé nach raibh Fionn marbh agus nach raibh sé slán mar go raibh sé faoi gheasa trom agus go nglacfadh sé neart siúil oíche agus lae fríd chnoic agus mullaigh, fríd choillte agus sléibhte sula dtiocfadh siad a fhad leis an áit a raibh Fionn faoi gheasa.

Ansin labhair Oisín agus dúirt sé go gcaithfeadh siad tosú agus siúl fríd an domhan ina mbeirt agus ina mbeirt. Thoiligh siad uilig sin a dhéanamh. Dúirt sé go gcaithfeadh siad slán agus beannacht a fhágáil ag a chéile ar maidin lá arna mhárach agus gur chreid sé go raibh gaiscígh cruinn ansin nach bhfeicfeadh a chéile choíche arís.

Chuaigh siad a luí an oíche sin go han-bhrónach. D'éirigh siad roimh an lá – mar go mba ghnás é sin a bhí ag na Fianna i gcónaí – le bheith réidh le dul sa tsiúl sula n-éireodh an ghrian. Chruinnigh siad uilig. Chrom siad síos agus thug trí phóg do Chnoc Almhain agus dúirt siad gur chreid siad go mbeadh cuid acu nach bhfeicfeadh a chéile ar Chnoc Almhain arís. Thug siad leofa a gclaimhte agus a gcuid con. D'fhág siad slán ag a chéile agus d'imigh an uile bheirt a mbealach féin.

D'imigh Oisín agus Goll a mbealach féin mar go ndearna

siad amach go mbeadh sé cruaidh mura dtiocfadh siad trasna ar Fhionn. Bhí siad ag siúl leofa gur casadh orthu fear a bhí ina shuí ag bun crainn ach nuair a bhí siad chóir a bheith ag a thaobh d'imigh sé as a n-amharc mar go dtáinig oíche dhorcha le clocha sneachta agus gaoth mhór agus ba é an rud ab iontaí faoi nach raibh ann ach uair an mheán lae. D'fhiafraigh Oisín de Gholl caidé ba réasún leis seo agus dúirt Goll nach raibh a fhios aige.

Chonaic siad an fear arís ina sheasamh ag taobh an chrainn agus é ag gáire ach in áit oíche dhorcha shoilsigh an ghrian chomh deas is a bhí sí riamh.

D'fhiafraigh Oisín de cérbh é féin.

Dúirt sé gur mac iníona le Fionn Mac Cumhaill é a raibh cónaí air ins an Sliabh Gorm agus go raibh a fhios aige go raibh siad ag cuartú Fhinn agus gur smaointigh sé go dtiocfadh sé ag cuidiú leofa na geasa cruaidhe a cuireadh ar Fhionn a scaoileadh, go raibh clóca dorcha aige agus nuair a chuirfeadh sé an clóca air go dtiocfadh leis an oíche dhubh dhorcha a chur ina dhiaidh agus lá deas gréine a chur roimhe, go dtiocfadh leis dul fríd bhailte móra gan duine é a fheiceáil agus go dtiocfadh leis bua a fháil ar fhathaigh agus ar gheasa domhain a fhad is a bheadh an clóca air. Ansin bhí an-lúcháir orthu roimh an strainséir. Fhliuch siad le deora é agus thriomaigh siad le póga é agus shiúil leofa. Bhí siad ag siúl leofa agus mar a d'éirigh daofa an lá cheana nuair a bhí siad ag seilg ins an choill, bhuail an plúchadh sneachta dhá uair ní ba mheasa ná mar a bhí sé ar an lá eile mar go ndeachaidh sé ag séideadh gaoithe móire agus d'éirigh sé chomh dorcha sa deireadh nach bhfeicfeadh duine acu an duine eile.

"Tá muid réidh," arsa Oisín. "Is cuma cá fhad a rithfeas muid, tarlóidh mar an gcéanna dúinn is a d'éirigh do Rí Fionn. Gheobhaidh muid bás leis an fhuacht, leis an ocras agus leis an tart agus ní bheidh fear le scéal a inse fá céard a tharla dúinn."

Dúirt duine acu leis an duine eile dá mbeadh siad chomh críonna is a bhí ag an am sin go bhfanfadh siad ar Chnoc Almhain.

Shiúil siad leofa go raibh an oíche ag teacht agus ní raibh barr cleite amach ná bun cleite isteach agus go raibh éanacha beaga na coille ag dul chun síorchodlata agus foscadh na hoíche. Sa deireadh bhuail an plúchadh sneachta chomh mór is nach raibh siad in innimh dul níos faide. Shuigh siad síos ag bun crainn agus thoisigh Oisín ag caoineadh. Ní raibh siad i bhfad ina suí nuair a chonaic siad gaiscíoch ag tarraingt orthu. D`umhlaigh sé do mháistrí na bhFiann agus dúirt sé go raibh siad i ngéibheann.

"Tá go cinnte," arsa Oisín. "Níl muid in innimh dul níos faide agus tá ocras agus fuacht orainn agus níl teach ná cró inár gcóir le ceann a chur isteach ann."

"Bhal, ní bheidh an scéal sin agat níos faide," arsa an gaiscíoch. Thóg sé amach a shlaitín draíochta. Bhuail sé buille ar bhun an chrainn. D`éirigh an chúirt ba dheise ar shoilsigh grian nó gealach riamh uirthi. D`fhoscail an gaiscíoch an doras agus d`iarr sé ar Oisín agus ar na Fianna dul isteach. Chuaigh siad ó sheomra go seomra go dtí go dtáinig siad isteach sa chistin. Bhí táblaí óir agus airgid ansin agus bhí beirt bhan déag ag leagaint tréan bia agus dí le comóradh a thabhairt do mháistir na bhFiann. Ansin ordaíodh daofa suí isteach agus a gcuid a ithe. D`ith siad agus d`ól siad a sáith agus nuair a bhí siad críochnaithe thug siad buíochas mór do na mná agus shuigh siad anall chun na tine. "Creidim," arsa an gaiscíoch, "nach bhfuil a fhios agaibh cé mise."

"Níl a fhios," arsa Oisín.

"Mac iníona Rí Fionn mise," arsa an gaiscíoch, "agus nuair a chonaic mé i ngéibheann sibh smaointigh mé go gcuideoinn libh."

"Creidim," ar seisean "go bhfuil sibh ar thuairisc Fhinn atá faoi gheasa ag loch áirithe."

"Tá go cinnte," arsa Oisín.

"Bhal," ar seisean, "nuair a éireochas sibh amárach siúlaigí go bruach an locha. Gheobhaidh sibh Fionn ina sheasamh ina sheanduine chríon. Sin a dtig liomsa a inse daoibh fá dtaobh de. Caithfidh sibh féin fios a fháil ar an chuid eile."

Thit beirt mháistir na bhFiann ina gcodladh ach nuair a mhuscail siad ar maidin bhí siad ina luí amuigh sa sneachta. D'éirigh siad ansin agus shiúil siad leofa.

Ní dhearna siad stad mara ná cónaí nó go dtáinig siad go bruach an locha. Chonaic siad Fionn ina sheasamh ansin ina sheanduine chríon ach níor aithin siad é. Labhair siad leis ach níor thug sé aon toradh orthu.

Nuair a chonaic Oisín nach dtiocfadh lena athair labhairt leis thoisigh sé ag gol go cráite agus shil trí deora ar cheann Fhinn. Bhain sin na geasa dá theanga.

Labhair sé leofa agus dúirt gurbh eisean Fionn agus d'inis sé daofa fán dóigh ar chaill sé iad ins an phlúchadh sneachta agus sa cheo, fán dóigh a dtáinig na trí eala isteach ón loch, gur athraigh siad iad féin go triúr cailíní agus gur thit an uile dhuine acu i ngrá leis, gur fhiafraigh siad de an bpósfadh sé iad agus nuair a dúirt sé leis an uile dhuine acu nach dtiocfadh leis pósadh gur thiontaigh siad thart agus gur chuir siad na geasa cruaidhe air.

"Anois," arsa Fionn, "caithfidh sibh dul go dtí an Domhan Thoir agus bígí ag cuartú libh choíche go rachaidh sibh síos go dtí an Talamh Íochtair. Nuair a rachas sibh síos caithfidh sibh adharc óir a iarraidh orthu a bheas lán íocshláinte agus nuair a gheobhas sibh í caithfidh sibh teacht anseo arís, trí bhraon dithe a dhoirteadh ar mo cheann agus éireoidh mé suas in mo fhear úr óg chomh lúfar is a bhí mé riamh."

Dúirt siad go ndéanfadh siad sin ach go rachadh siad ar ais go Cnoc Almhain go n-inseodh siad dá gcomrádaithe go raibh sé faoi gheasa ansin in aice an locha. I dtitim na hoíche tháinig siad go hAlmhain. Fiafraíodh díofa an bhfuair siad tuairisc ar bith ar Rí Fionn.

Dúirt siad go bhfuair, go raibh sé faoi gheasa ag bruach locha, go gcaithfeadh siadsan dul go dtí an Domhan Thoir ar maidin an lae dár gcionn agus ansin go dtí an Talamh Íochtair agus adharc óir a fháil a bhí lán íocshláinte agus go mbainfeadh sin na geasa de.

Ar maidin lá arna mhárach d'éirigh siad le go leor luais, thug leofa dhá bheathach agus dhá chú agus lean seachtar mór na bhFiann iad le lúcháir ag tarraingt ar an loch.

Ní raibh siad i bhfad ag siúl go dtáinig siad a fhad leis an áit a raibh Fionn. Nuair a chonaic siad é ina sheanduine chríon lig siad trí bhúirthe caointe agus chuala a gcomrádaithe a bhí sa tsiúl ar thuairisc Fhinn iad agus phill siad ar an áit a gcuala siad an caoineadh mar gur shíl siad gurbh é seo an áit a raibh Fionn marbh.

D'fhág Oisín agus Goll slán acu agus d'imigh siad leofa. Ní dhearna siad stad mara ná cónaí go ndeachaidh siad go dtí an Domhan Thoir. Bhí siad ag siúl leofa gur tharla isteach i gcoill iad. Ar uair an mheán lae tháinig siad go dtí léana glas i lár na coille. Thoisigh ceann de na coin ag scríobadh lena chois agus ní rachadh sé ní b'fhaide. Nuair ab fhada le hOisín é ag scríobadh chrom sé síos agus thóg sé scraith ghlas.

Chonaic sé na staighrí cloiche ba dheise dá bhfaca sé riamh. Cheangail siad an dá bheathach de bhun na gcrann agus chuaigh siad síos. Ní dhearna siad stad mara ná cónaí go raibh siad thíos ar an Talamh Íochtair.

Le clapsholas chonaic siad solas i bhfad uathu. Tharraing siad ar an tsolas. Nuair a shroich siad taobh amuigh de gheafta na cúirte bhí beirt shaighdiúir ina seasamh ansin agus dhá chlaíomh acu. Fiafraíodh díofa cérbh iad féin. Dúirt siad gurbh iad máistrí na bhFiann iad. Iarradh orthu dul isteach.

Casadh daofa an triúr cailín ba dhóighiúla dá bhfaca siad riamh. Chuir siad fáilte agus sláinte roimh Fhianna na hÉireann.

Dúirt siad, "Creideann muid go dtáinig sibh anseo fá choinne na hadhairce óir agus í lán d'íocshláinte leis na geasa a bhaint den Rí Fionn."

Dúirt Oisín go dtáinig agus mura bhfaigheadh siad é go sásta go gcaithfeadh siad a fháil le troid. Dúirt na cailíní go bhfaigheadh siad é agus fáilte agus gurbh fhearr daofa fanacht go maidin agus dúirt siadsan go bhfanfadh. Rinne siad an suipéar réidh agus nuair a bhí sé críochnaithe thug na Fianna buíochas mór do thriúr cailín na cúirte.

Ansin scairt siad ar cheol agus seinm agus ól a thug pléisiúr d'Fhianna na hÉireann. A leithéid de oíche phléisiúrtha níor chualathas ins an áit riamh roimhe ná ina dhiaidh.

Ar maidin lá arna mhárach chuaigh bean de na cailíní amach agus thug sí isteach an adharc lán íocshláinte agus thug sí d'Oisín í. Ansin d'fhág Oisín agus Goll slán agus beannacht acu agus d'imigh siad.

Ní dhearna siad stad mara ná cónaí riamh go dtáinig siad ar ais go hÉirinn. Tháinig siad go bruach an locha ina raibh Fionn ina sheanduine chríon i gcónaí agus a chuid comrádaithe go brónach ag a thaobh.

Dhoirt Oisín trí bhraon íocshláinte as an adharc ar a cheann. D'éirigh sé aníos ina fhear úr óg chomh lúfar agus a bhí sé riamh. Tháinig an-lúcháir ar Fhianna na hÉireann.

Chuir siad teachtairí go hAlmhain ag inse go raibh Fionn a bhí faoi gheasa le seal blianta ag tarraingt ar an bhaile. Ghléas siad a gcuid píopaí agus chuaigh siad amach ina araicis. Shiúil siad go dtáinig siad go Cnoc Almhain. Chaith siad an oíche go pléisiúrtha le hól agus le ceol agus nuair a bhí sé thart ní raibh a fhios ag na Fianna caidé a bhí siad a dhéanamh le tréan lúcháire ó tharla go raibh Fionn ina measc arís.

Chaith sé na cianta blianta i measc a chuid fear ag seilg ins an lá agus ins an oíche dhubh ach ní dheachaidh sé riamh amach ag seilg ar fhéasta na Nollag ón lá sin amach.

Eachtra Mhac an Mhéara

Bhí triúr mac ag méara an bhaile mhóir agus d'imigh an mac ab óige chun drabhláis ag ól chuile phingin a gheobhadh sé. Bhí crann sa gharraí ag an mhéara. Ba é an crann ab éifeachtaí ar domhan é ach thigeadh éan chuile bhliain agus mhilleadh sé na bláthanna a bhí air. Théadh an crann ar gcúl ar feadh na bliana sin.

Dúirt méara an bhaile mhóir lena bheirt mhac go dtabharfadh sé an chúirt agus an dúiche do cibé acu a gheobhadh an t-éan a bhí ag milleadh an chrainn. Ní raibh iomrá ar bith aige ar an fhear óg siocair go raibh sé ar an drabhlás.

Dúirt an bheirt dhearthár go n-imeodh siad ar thuairisc an éin ar an lá dár gcionn. Thug an t-athair dhá chéad punt agus beathach gearráin do chuile fhear acu agus d'imigh siad. Ar an lá a d'imigh siad ón teach tháinig fear an drabhláis isteach a fhad lena athair agus d'fhiafraigh de cé mhéad a thabharfadh sé dósan dá n-imeodh sé ag cuartú an éin. Dúirt an t-athair go dtabharfadh sé pingin amháin dó mar dá dtugadh sé ní ba mhó dó go n-ólfadh sé é.

"Ó, tabhair rud inteacht dó," arsa an mháthair, "agus imeoidh sé mar dhuine ag cuartú an éin agus má fhaigheann sé é is leis an teach agus an dúiche."

"Bhéarfaidh mé deich scilling dó," arsa an t-athair. "Dhéanfadh sé a chuid leis mar gur mhaith atá a fhios agam gurbh é a ól a dhéanfas sé."

Bheir sé ar an deich scilling agus bhí giota aráin leis. Nuair a chuaigh sé go ceann an bhaile mhóir, isteach leis i dteach tábhairne. D'ól sé leathchoróin de agus thug luach coróine d'uisce beatha agus luach leathchoróine eile d'arán leis. D'imigh sé leis ag cuartú an éin.

Nuair a bhí sé lá ag siúl shuigh sé síos ag ceann sean-bhealaigh a bhí ann agus thoisigh sé ag ithe giota den arán. Níorbh fhada dó go bhfaca sé clibistín beag beathaigh ag teacht anuas taobh an chnoic agus tháinig sé chuige. D'iarr an beathach giota beag den arán air. D'iarr sé ar an bheathach gan a spáráil agus é a ithe mar nach raibh mórán uilig ann.

"Bíodh geall go bhfuil a fhios agam cá bhfuil tú ag dul," arsa an beathach. "Tá tú ag dul fá choinne an éin atá ag milleadh garraí d'athara."

Bhí an-iontas airsean.

"Caidé an dóigh a mbeadh a fhios ag beathach cá mbeinn ag dul?"

"Tá do bheirt dhearthár ar shiúl agus ní bhfaighidh ceachtar acu choíche é. Má ghní tusa an rud a iarrfas mise ort gheobhaidh tusa é. Gabh suas ar mo dhroimse. Tá an t-éan sa Domhan Thoir."

Chuaigh sé ar dhroim an bheathaigh. D'iarr an beathach air a shúile a dhruid. Bhéarfadh sé ar an ghaoth a bhí roimhe agus ní bhéarfadh an ghaoth a bhí ina dhiaidh air go dtáinig siad go dtí an Domhan Thoir. Tháinig siad go ceann baile mhóir a bhí ann.

"Tar anuas de mo dhroimse," arsa an beathach. "Sin an teach ina bhfuil an t-éan. Tá an t-éan dubh agus cuma leathghiobach air. Tá seanbhean agus cailín sa teach. Nuair a rachas tú ann bhéarfaidh siad greim láimhe ort agus iarrfaidh siad ort fanacht go maidin. Rachaidh an bhean suas go dtí an seomra agus bhéarfaidh sí anuas buidéal uisce beatha.

Déarfaidh sí go bhfuil tú tuirseach i ndiaidh obair an lae. Líonfaidh sí gloine agus ól é. Líonfaidh an cailín gloine eile duit agus ól é. Fiafróidh an tseanbhean dá mbeifeá le bean a phósadh cé acu ab fhearr leat. Abair gurbh fhearr leat ise."

Nuair a chuaigh sé chun tí cuireadh fáilte roimhe. Shuigh sé ag an tine. D'éirigh an tseanbhean, chuaigh suas go dtí an seomra, thug anuas buidéal, líon gloine dó agus d'ól sé é. Líon an bhean óg gloine dó agus d'ól sé é.

"Anois," arsa an tseanbhean, "dá mbeifeá ag dul a phósadh bean againne cé againn ab fhearr leat?"

"B'fhearr liom tusa," ar seisean.

"Sin rud nár dhúirt aon fhear liom le trí fichid bliain. Ní ar bith atá de dhíth ort atá fá dhíon an tí seo bhéarfaidh mise duit é."

D'fhan sé an oíche sin go maidin. Lá arna mhárach thug sí amach go dtí an stábla é. Bhí na héanacha ar fara ar thaobh na mballaí ann. Chonaic sé an t-éan dubh giobach agus ar seisean, "Níl gnoithe agam leis an phréachán sin."

Thug sé leis éan deas agus d'fhág slán agus beannacht aici agus d'imigh leis. Ní raibh sé i bhfad go bhfaca sé an clibistín agus a cheann crochta leis.

"Tá a fhios agam caidé atá leat," ar seisean. "Tá an t-éan contráilte leat. Caithfidh tú dul síos anois agus an préachán dubh sin a iarraidh uirthi ach ní bhfaighidh tú é go dtí go dtabharfaidh tú rud inteacht ar a shon."

Chuaigh an pótaire síos agus an t-éan leis. Dúirt sé nárbh é an t-éan a bhí uaidh ach an préachán dubh.

"Ní bhfaighidh tú sin," ar sise, "go bhfaighidh tú an beathach ar a dtugtar Each na gClog air ó dhuine uasal ins an Domhan Thoir."

D'fhág sé an teach agus casadh dó an clibistín ar ais. "Cá bhfuil do thriall nó caidé a d'iarr sí ort?" ar sé.

"D'iarr sí orm Each na gClog atá ag fear uasal ins an Domhan Thoir a ghoid," arsa an fear óg.

"Ní a ghoid," arsa an clibistín, "ach é a thabhairt duit. Gabh suas ar mo dhroimse ar ais."

D'imigh sé leis go dtáinig sé go teach an fhir uasail. D'iarr sé Each na gClog air go dtabharfadh sé don tseanbhean é ar son an éin. Dúirt an fear uasal nach dtabharfadh go bhfaigheadh sé an bhean ba dhóighiúla ar an domhan fána choinne.

Casadh dó an clibistín agus d'inis sé dó gur iarradh air an bhean ba dhóighiúla sa domhan a fháil agus go bhfaigheadh sé an beathach.

"Beidh muid ag siúl lá nó níos mó go dtiocfaidh muid a fhad le gasúr rua a bhfuil slat gheal ina láimh leis. Bhéarfaidh an fear rua seo isteach i seomra thú. Beidh mórán ban ann ach ná tabhair leat an bhean is dóighiúla acu. Mura ndéanfaidh tú sin ní fheicfidh tú mise níos mó," arsa an clibistín.

D'imigh siad. Ag dul thart daofa le teach mór ar thaobh cnoic bhí an an-challán ann.

"Níl a fhios agam," arsa an pótaire, "caidé an callán mór atá ins an teach sin."

"Sin an áit a bhfuil do bheirt dhearthár. Tá a gcuid airgid uilig caite acu go dtí cúig phunt an duine."

Shiúil siad gur casadh daofa an gasúr a raibh slat gheal ina láimh leis.

"Tá a fhios agam cá bhfuil tú ag dul," arsa an gasúr. "Tá tú ag iarraidh an bhean is dóighiúla ar domhan a fháil."

"Tá," arsa an pótaire, "ach ní domh féin í."

Bhuail an gasúr buille den tslat gheal ar an screig. D'fhoscail doras agus chuaigh an bheirt isteach. Bhí dhá scór cailín ar achan taobh agus iad ag cniotáil.

"An bhfuil sí ansin?" arsa an buachaill rua.

"Níl an bhean atá uaim anseo," arsa an pótaire.

D'fhoscail sé seomra agus dhá sheomra eile nó go ndeachaidh siad isteach a fhad le seomra nach raibh ann ach seanchailleach a raibh a cuid fiacla ag déanamh biorán brollaigh dithe agus a cuid gruaige ag scuabadh an talaimh. A leithéid de chailleach ní fhaca aon tsúil riamh. Dúirt sé gurbh í seo í.

"Mo bhrón ort," arsa an buachaill rua; "sin an bhean a bhí mé a choinneáil domh féin. An rachaidh tú leis?"

"Rachaidh go cinnte," arsa an chailleach.

"Caidé a déarfas an fear uasal liom nuair a rachas mise chun tí léithe – a leithéid de chailleach ní fhaca duine riamh."

Nuair a bhí siad ag teacht amach ar an doras thit na fiacla fada buí aisti agus chuile choiscéim a raibh sí a thabhairt bhí sí ag éirí ní ba dheise agus ní ba dhóighiúla nó gur casadh an clibistín orthu.

"Níor bhac duit," arsa an clibistín. "Dá dtabharfá bean ar bith eile leat ní fheicfeá mise choíche. Fan anois go n-inseoidh mise scéal duit."

"Thig leat an cailín seo, an beathach agus an t-éan a bheith abhaile leat má ghní tú mar a iarrfas mise ort."

"Cinnte féin go ndéanfaidh mé rud ar bith a iarrfas tú orm."

"Ná tabhair an cailín seo don fhear uasal go dtabharfaidh sé an beathach duit an chéad uair. Nuair a bheas tú ag tabhairt dó an ghirseach bí cinnte de go mbeidh tú ar dhroim an bheathaigh, Each na gClog. Nuair a bheas sé ag dul isteach ar an doras leis an chailín, scairt ar ais air agus abair leis go bhfuil dhá fhocal cainte le hinse agat don bhean sin sula n-imeoidh tú. Beidh mise idir an fear uasal agus an cailín."

"Agus," ar seisean leis an chailín, "bí tusa cinnte de agus bí ar mo dhroimse agus imeoidh muid san aer agus ní bheidh a fhios ag an fhear uasal caidé an chearn den domhan ina mbeidh muid."

Rinne sé mar a dúirt an clibistín agus d'imigh siad san aer agus ní dhearna siad stad mara ná cónaí go dtáinig siad go dtí an baile mór i ndeas don teach ina raibh an t-éan. Chuir sé an beathach sa stábla agus chaith siad féin an oíche sin sa bhaile mhór agus d'imigh an clibistín leis. Ar maidin lá arna mhárach tháinig an clibistín chuige.

"Níl moill ort inniu an t-éan a bheith leat má ghní tú an rud a iarrfas mise ort," arsa an clibistín.

"Cinnte go ndéanfaidh mé aon rud a iarrfas tú orm."

"Nuair a gheobhas tú an t-éan dubh ar an bheathach, fan sa bhaile mhór go cionn cúpla lá agus abair go bhfuil tú pósta ar an chailín seo. Tabhair leat an t-éan fríd na léanta agus sílfidh daoine gur ag breith ar éanacha atá tú. Dhéanfaidh mise an beathach sin tinn. Tiocfaidh sí fá do choinne. Cloisfidh sí go bhfuil tú sa bhaile mhór. Gabh suas ar a dhroim nuair a bhéarfas tú amach é. Beidh an cailín agus an cása ina mbeidh an t-éan ar mo dhroimse ag fanacht leat agus rachaidh muid uilig abhaile."

Chuaigh an pótaire siar ar maidin agus Each na gClog leis. Nuair a chonaic an tseanbhean ag teacht é chuir sí céad míle fáilte roimhe agus thug sí an t-éan dó ar an bhomaite. Chuaigh sé chun an bhaile mhóir agus d'fhan sé an oíche sin ann. Chuaigh an clibistín siar go stábla na seanmhná. Rinne sé an beathach tinn agus ní chorródh sé den easair. Chuala an tseanbhean go raibh an fear a thug an beathach dithe ins an bhaile mhór ón oíche roimh ré. Chuir sí scéala fána choinne agus dúirt sí leis nach raibh an beathach in innimh corrú. Dúirt seisean léithe gur cumha a bhí air agus go dtabharfadh seisean amach as an stábla é go bhfeicfeadh sí eisean ag marcaíocht air. Chuaigh sé síos go dtí an stábla agus thug sé amach an beathach.

Chomh luath is a chuaigh sé ar a dhroim, mar a dúirt an

clibistín, d'imigh siad sa spéir agus ní raibh a fhios ag an
tseanbhean caidé an chearn den domhan a ndeachaidh siad
ann agus an cailín agus an cása agus an clibistín leofa.

"Anois," arsa an clibistín, "caithfidh mise imeacht."

"Ó, ná fág mise go brách," arsa an pótaire.

"Má tchí tú aon daoine ar do bhealach abhaile ná gabh a
gcóir mar is deartháireacha duit iad," arsa an clibistín.

D'imigh an clibistín. D'imigh an pótaire agus an cailín
agus an beathach agus an t-éan leis ag tarraingt ar an bhaile.
Ní raibh sé i bhfad ag dul go bhfaca sé a bheirt dhearthár agus
iad chóir a bheith báite i bpoll móna.

"Nach bocht an rud domhsa mo bheirt dhearthár a bheith
báite. Tarraingeoidh mé amach as sin iad," ar seisean.

Léim sé anuas de dhroim an bheathaigh agus tharraing sé
aníos as an pholl iad. Ní raibh siad ach ag magadh faoi. Bheir
siad greim air agus chaith siad síos ins an áit chéanna é ina
raibh siad féin.

D'imigh siad ag tarraingt ar an bhaile leis an chailín agus an
beathach agus an t-éan a bhíodh ag milleadh gharraí a n-athara.

Bhí an pótaire bocht chóir a bheith báite agus ní raibh
bealach amach aige. Caidé a tchí sé ach an clibistín beag ag
tarraingt ionsair.

"A phótaire bhoicht, tá tú i gcruachás," ar seisean. "Níor
ghlac tú mo chomhairle. Nár iarr mé ort gan baint lena dhath
ach dul abhaile díreach."

Tharraing sé aníos as an pholl é.

"Anois tá mé ag iarraidh ní ort. Tá súil agam go ndéanfaidh
tú é."

"Rud ar bith a iarrfas tú orm," arsa an pótaire, "dhéanfaidh
mise é."

"Tabhair amach do scian agus gearr mo mhuineál," arsa an
clibistín.

"Ó, ní dhéanfaidh mise sin. Is doiligh liom dul ag gearradh muineál beithígh ar bith a chuidigh liom mar thusa. Ní dhéanfaidh mé é," arsa an pótaire.

"Bhal, mura ngearrfaidh tusa mo mhuineálsa," arsa an clibistín, "bainfidh mise an ceann díotsa. Las an tine agus dóigh mo cheannsa inti."

Tharraing sé amach an scian agus ghearr sé an ceann den chlibistín agus chaith sé isteach sa tine é. Nuair a bhí an tine ina neart d'éirigh buachaill ábalta rua amach as. Bheir sé greim láimhe ar an phótaire agus dúirt gurbh eisean an clibistín.

"Anois tá do bheirt dhearthár ag fanacht ansin thíos. Ní thig leofa dul chun tosaigh. Ní shiúlfaidh an beathach fána gcoinne," arsa an buachaill rua.

Shiúil sé féin agus an buachaill rua go dtí an beathach agus tharraing an t-iomlán acu ar an bhaile. Rith an bheirt dhearthár roimh an phótaire agus d'inis siad dá n-athair go raibh an t-éan leofa agus girseach á iompar fána gcoinne agus go raibh an teach agus an dúiche bainte amach acu.

Níorbh fhada go dtáinig an pótaire agus an cailín agus an beathach chun dorais. Scairt sé chuig a athair.

"A athair, seo an t-éan a bhí ag milleadh do gharraí, seo an bhean is dóighiúla ar an domhan agus seo an fear a bhí ina chlibistín ag siúl liomsa. Tá súil agam go dtabharfaidh tú domh do theach agus do dhúiche."

"Is agat is fearr ciall," arsa an mháthair.

Nuair a chuaigh siad isteach chun tí d'inis sé an scéal mar a d'inis mise é agus nuair a bhí sé críochnaithe labhair an buachaill rua, "Bhí mise agus mo dheirfiúr anseo faoi dhraíocht ag an bhean a raibh an t-éan aici. Mac rí atá ionamsa agus seo í mo dheirfiúr. Bhí sí faoi gheasa an éin sa lá agus na caillí san oíche go dtí gur bhain an pótaire an draíocht dínn."

Pósadh an bheirt agus thug an t-athair an teach agus an dúiche daofa. D'imigh an bheirt dhearthár agus ní fios cá ndeachaidh siad. Nuair a bhí an bhainis thart agus chuile dhuine go maith d'fhág mé slán agus beannacht acu gan dul choíche ar ais ann.

Faoi Gheasa

Bhí beirt dheirfiúr ann fad ó shoin agus bhí siad an-saibhir. Ní raibh acu ach iad féin agus dearthair leofa. Bhí loch thuas os cionn an tí agus bhí mórán bradán ar an loch ach bhí sé crosta ar dhuine ar bith a n-ithe nó d'aireodh siad go raibh siad faoi gheasa.

Oíche amháin nuair a bhí siad ina suí ag an tine dúirt bean acu gur chuir sí an-dúil i mbradán ón loch agus dúirt an bhean eile gur chuir sí féin an-dúil ann fosta. Ní thabharfadh siad stad mara ná cónaí da ndeartháir gur mharaigh sé bradán.

Bliain ina dhiaidh sin pósadh an bheirt agus bliain ina dhiaidh sin arís rugadh mac óg don uile dhuine acu chomh cosúil lena chéile nach raibh dul ag duine ar bith acu a mac féin a aithint.

Thug siad Seán an Bhradáin Bháin ar dhuine acu agus Séamas an Bhradáin Bháin ar an duine eile ach ní raibh gar ann. Nuair a scairtfí ar dhuine acu thiocfadh an bheirt.

D'fhás siad go dtí go raibh siad sé bliana déag. Dúirt fear acu leis an fhear eile lá amháin go raibh sé féin ag imeacht leis béal a chinn. Dúirt an fear eile leis dá mbeadh sé ag dul go mbeadh cumha air ina dhiaidh. Dúirt sé nach raibh gar ann agus go n-inseodh sé dá mháthair.

Bhí buaireadh ar an mháthair go raibh sé ag imeacht agus chuir sí ceist cé acu ab fhearr leis toirtín beag agus a beannacht nó toirtín mór agus a mallacht. Dúirt sé gurbh fhearr leis toirtín beag agus a beannacht mar gurbh é ab fhearr a chuirfeadh an t-ádh air i mbaile beag nó i mbaile mór.

Rinne sí an toirtín beag agus chuir sí seacht mbeannacht isteach sa toirtín. D'fhág sé slán acu agus d'imigh sé leis. Dúirt sé lena chol ceathar dul uair sa lá go dtí an tobar a bhí taobh thiar den teach agus dá bhfeicfeadh sé íochtar fola agus uachtar meala air go mbeadh sé beo, ach dá bhfeicfeadh sé íochtar meala agus uachtar fola go mbeadh sé marbh agus go gcaithfeadh an col ceathar dul ar a thuairisc. Dúirt an col ceathar go ndéanfadh.

D'fhág sé slán agus beannacht aige agus shiúil sé leis. Bhí sé ag siúl leis riamh gur tharla isteach i gcoill é. Tháinig an neoin bheag agus deireadh an lae agus ní raibh barr cleite amach ná bun cleite isteach. Bhí éanacha beaga na coille craobhaí ag dul chun síorchodlata agus chun foscadh na hoíche sin. Chonaic sé solas i bhfad uaidh agus níor i ndeas dó.

Tharraing sé ar an tsolas agus nuair a chuaigh sé isteach ní raibh duine ar bith istigh ach seanbhean ina suí sa chlúid. D'fhiafraigh sé dithe an dtiocfadh leis loistín a fháil go maidin. Dúirt sí nach dtiocfadh mar gur teach fathaigh a bhí ann agus gur mhór leis an fathach i ngreim amháin é agus gur bheag leis in dhá ghreim é lena tharraingt aniar agus siar fríd a chuid fiacla móra fada buí.

Dúirt sé dá bhfaigheadh sé áit ar bith a chuirfeadh sí i bhfolach é go mbeadh sé fíorbhuíoch dithe mar go raibh an oíche an-doineanta agus go raibh eagla air go mbeadh sé ag siúl ar feadh na hoíche agus go rachadh sé ar seachrán sa choill agus go mbeadh sé marbh ar maidin.

Ghlac sí trua dó agus thug suipéar dó. Nuair a bhí siad ag seanchas tamall ag an tine mheas sí go raibh an fathach ar a bhealach ag teacht. Thug sí síos go dtí clúid na móna é, chumhdaigh sí le brosna é agus tháinig sí aníos arís.

Shuigh sí ag an tine ach bhí an buachaill chomh tuirseach sin nár luaithe a raibh sé sínte sa chlúid ná gur thit sé ina chodladh. Leis sin mhothaigh sí an talamh ar crith agus tháinig fathach mór na gcúig gceann agus na gcúig meall isteach.

Bhí scaifte gabhar roimhe agus scaifte gabhar ina dhiaidh. Bhí cloigín éanacha fána mhuineál agus bhí bradán fíoruisce ar bharr a bhata leis.

"Muise," arsa an fathach, "mothaím duine inteacht anseo anocht."

"Ní mhothaíonn tú duine ar bith anseo," arsa an bhean, "ach do shuipéar feola atá mise a róstadh."

"Bhal," arsa an fathach, "cuartóidh mise an teach."

Chuir sé íochtar an tí ar uachtar an tí. Chuartaigh sé anonn is anall, anuas agus suas ach níor smaointigh sé riamh ar chlúid na móna. Ansin tháinig sé aníos agus shuigh sé ag an tine. D'fhiafraigh an bhean de an bhfuair sé seod ar bith ar an lá sin. Dúirt sé go bhfuair sé cú, seabhac agus each.

Ansin thit sé ina chodladh agus thit an bhean ina codladh. Nuair a fuair an fear a bhí i gclúid na móna ina gcodladh iad d'éirigh sé agus thug leis an cú, an seabhac agus an t-each. D'imigh sé leis. An áit ba tiubh ba tanaí agus bhéarfadh sé ar an ghaoth a bhí roimhe agus ní bhéarfadh an ghaoth a bhí ina dhiaidh air nó bhí eagla air go leanfadh an fathach é.

Bhí sé ag siúl leis riamh nó go dtáinig spéartha an lae. Bhí an-ocras air agus ní raibh sé in innimh dul ní b'fhaide. Shuigh sé síos agus chonaic sé trí muca fiáine ag tarraingt air. D'iarr sé ar a chú ceann acu a mharú mar go raibh an-ocras air. Chuaigh an cú agus an mhuc i ngreim a chéile. Bhí siad ag troid go raibh neoin bheag agus deireadh an lae ann. Rinne siad bogán den chreagán agus creagán den bhogán agus rinne siad toibreacha fíoruisce i lár na gcloch nglas. Is é an deireadh a bhí air gur ghlac an cú an-fhearg agus mharaigh sé an mhuc.

Ansin d'éirigh an buachaill go lúcháireach, chaith sé an mhuc suas ar a ghualainn agus d'imigh sé leis.

Bhí sé ag siúl leis riamh go bhfaca sé teach uaidh agus níor i ndeas dó. Tharraing sé ar an teach agus nuair a chuaigh sé go dtí an doras ní raibh duine ar bith istigh ach seanchailleach phisreogach ina suí sa choirnéal agus ní raibh aici ach dhá fhiacail.

D'fhiafraigh sé an raibh caill dó dul isteach agus an mhuc a róstadh. Dúirt sí nach raibh, go dtiocfadh leis teacht isteach agus fáilte. Tharraing sí trí ribe as a ceann agus d'iarr sí air ribe acu a cheangailt ar mhuineál an tseabhaic, ceann eile acu ar mhuineál an eich agus an ceann eile a cheangailt ar mhuineál an chon agus go dtiocfadh leis teacht isteach ansin.

D'imigh sé go hamaideach agus cheangail sé an chéad ribe ar mhuineál an chon, an darna ceann ar mhuineál an eich agus an tríú ceann ar mhuineál an tseabhaic. Ansin chuaigh sé ag róstadh a chuid feola agus nuair a bhí sé rósta aige dúirt an tseanbhean go gcaithfeadh sé leath a thabhairt dithe.

"Níl cathú ar bith orm," arsa an buachaill, "ach mo thoil féin."

Ansin dúirt sí go gcaithfeadh sé troid ar a shon. Dúirt sé go ndéanfadh. Bhí siad ag troid go raibh neoin bheag agus deireadh an lae ann, go ndearna siad bogán den chreagán agus creagán den bhogán agus toibreacha fíoruisce i lár na gcloch nglas.

Ansin lig an buachaill scairt as, "Cuidiú, cuidiú, a sheabhaic."

Dúirt an tseanbhean, "Teann, teann, a ribe." Ansin theann an ribe agus bhain sé an ceann den seabhac.

Scairt sé arís, "Cuidiú, cuidiú, a eich."

Scairt an tseanbhean, "Teann, teann, a ribe." Theann an ribe agus bhain sé ceann an eich de.

Scairt sé arís, "Cuidiú, cuidiú, a chon."

Scairt an tseanbhean, "Teann, teann, a ribe." Theann an ribe agus bhain sé an ceann den chú. D'éirigh an tseanbhean agus d'ith sí iomlán na feola.

Nuair a bhí an fheoil ite dúirt sí leis an bhuachaill, "Cuirfidh mise múineadh ort."

Thug sí léi a slaitín draíochta. Thug sí amach taobh amuigh é agus bhuail lena slaitín draíochta é. Rinne sí carraig cloiche de agus dúirt sí go mbeadh sé ansin choíche nó go dtiocfadh a dheartháir thart agus go mbuailfeadh sé ise le tréan troda agus go dtabharfadh sé leis an slaitín draíochta agus go mbuailfeadh sé ar an charraig é agus go n-éireodh sé suas ina bhuachaill úr óg arís.

Ar maidin lá arna mhárach chuaigh an col ceathar go dtí an tobar agus fuair sé íochtar meala agus uachtar fola ar an uisce. Tháinig sé chun an bhaile go han-bhrónach agus dúirt lena mháthair go raibh a chol ceathar marbh agus go gcaithfeadh sé imeacht leis go bhfaigheadh sé a thuairisc beo nó marbh.

Bhí an-bhuaireadh ar an mháthair, agus nuair a chonaic sí go gcaithfeadh sé imeacht d'fhiafraigh sí de cé acu ab fhearr leis toirtín beag agus a beannacht nó toirtín mór agus a mallacht. Dúirt sé gurbh fhearr leis toirtín beag agus a beannacht, gurbh é ab fhearr dó nó go gcuirfeadh sé an t-ádh air i mbaile beag nó i mbaile mór nó i ngach áit a rachadh sé fríd an domhan.

D'fhág sé slán ag a mháthair agus d'imigh leis. Nuair a bhí sé ag dul thart fá thom feaga a bhí ann tharraing sé trí feaga agus chuir sé na feaga ina phóca. Bhí sé ag siúl leis gur tharla isteach i gcoill é.

Tháinig an oíche dhubh air agus deireadh an lae. Ní raibh barr cleite amach ná bun cleite isteach agus bhí éanacha beaga na coille craobhaí ag dul chun foscadh na hoíche ansin.

Chonaic sé solas uaidh agus níor i ndeas dó. Tharraing sé ar an solas. Nuair a chuaigh sé isteach ní raibh duine ar bith istigh ach bean amháin ina suí sa choirnéal. D'fhiafraigh sé dithe an dtiocfadh léi a choinneáil go maidin. Dúirt sí nach dtiocfadh – go raibh fear ann dhá oíche roimhe sin agus gur ghoid sé a raibh istigh sa teach ach nach bhfaca sí aon duine chomh cosúil leis riamh ach fear a bhí ann dhá oíche roimhe sin.

Dúirt sé nárbh é a bhí ann, nach raibh sé ar shiúl as baile go dtí an oíche sin agus go raibh sé chomh hionraice leis an ghrian a bhí san aer agus go mbeadh sé fíorbhuíoch dithe dá gcoinneodh sí go maidin é nó go raibh an oíche an-doineanta agus dorcha agus go raibh eagla air go rachadh sé ar seachrán sa choill agus go mbeadh sé marbh ar maidin. Ghlac sí trua dó agus dúirt sí go gcoinneodh sí é.

Thug sí suipéar maith dó agus nuair a bhí sé ina shuí tamall ag seanchas ag an tine dúirt sí go gcuirfeadh sí síos i gclúid na móna é mar go dtiocfadh fathach mór na gcúig gceann agus na gcúig meall, go mbeadh scaifte gabhar roimhe agus scaifte gabhar ina dhiaidh, go mbeadh cloigín éanacha fána mhuineál agus bradán fíoruisce ar bharr a bhata leis agus dá bhfaigheadh sé greim air gur mhór leis an fathach i ngreim amháin é agus gur bheag leis in dhá ghreim é lena tharraingt aniar agus siar fríd a chuid fiacla móra fada buí.

Thug sí síos go clúid na móna é agus nuair a bhí sé cumhdaithe go maith aici bhí sé ag titim thart ina chodladh, nuair a mhothaigh sé an talamh ar crith agus siúd isteach le fathach mór na gcúig gceann agus na gcúig meall.

Bhí scaifte gabhar roimhe agus scaifte gabhar ina dhiaidh, cloigín éanacha fána mhuineál agus bradán fíoruisce ar bharr a bhata leis. Dúirt sé gur mhothaigh sé fear. Dúirt sise nár mhothaigh sé ach a shuipéar a bhí sise a róstadh dó ar an tine. Dúirt an fathach nár chreid sé í. Chuir sé íochtar an tí ar uachtar an tí. Chuartaigh sé anonn is anall, anuas agus suas ach níor smaointigh sé riamh ar chlúid na móna.

D'iarr sé uirthi a shuipéar a thabhairt dó mar go raibh ocras air. Nuair a bhí a shuipéar ite aige d'fhiafraigh sí de an bhfuair sé seod ar bith an lá sin. Dúirt sé go bhfuair sé cú, each agus seabhac agus go raibh súil aige nach n-imeodh siad mar a d'imigh siad dhá oíche roimhe sin.

Thit sé féin agus an bhean ina gcodladh agus nuair a fuair an fear a bhí i gclúid na móna ina gcodladh iad d'éirigh sé agus thug sé leis an cú, an t-each agus an seabhac agus d'imigh sé leis.

An áit ba tiubh ba tanaí. Bhéarfadh sé ar an ghaoth a bhí roimhe agus ní bhéarfadh an ghaoth a bhí ina dhiaidh air mar go raibh eagla air go leanfadh an fathach é agus dá bhfaigheadh sé greim air gur sin a bheadh d'fhad ar a shaol.

Bhí sé ag siúl leis go dtáinig spéartha an lae. Bhuail an t-ocras é agus ní raibh sé in innimh dul ní b'fhaide. Shuigh sé síos mar go raibh sé an-tuirseach. Ní raibh sé i bhfad ina shuí nuair a chonaic sé trí muca fiáine ag tarraingt air. D'iarr sé ar an chú ceann acu a mharú.

Léim an cú ar an mhuc agus thug an mhuc iarraidh ar an chú. Bhí siad ag troid go raibh neoin bheag agus deireadh an lae ann, go ndearna siad bogán den chreagán agus creagán den bhogán, go ndearna siad toibreacha fíoruisce i lár na gcloch nglas. Ghlac an cú fearg agus mharaigh sé an mhuc. D'éirigh an buachaill agus chaith sé suas ar a ghualainn é agus d'imigh leis.

Bhí sé ag siúl riamh go raibh uair an mheán lae ann. Ansin chonaic sé teach i bhfad uaidh agus níor i ndeas dó. Tharraing sé ar an teach. Nuair a tháinig sé go dtí an doras bhí tine mhaith thíos agus ní raibh duine ar bith istigh ach seanchailleach phisreogach agus ní raibh aici ach dhá fhiacail. Bhí ceann fá choinne a choda a ithe agus bhí an ceann eile ag déanamh bata láimhe dithe. Bhí gruaig síos léithe go dtí a dhá sáil agus bhí urra céad fear san uile ribe dá raibh ar a ceann.

D'fhiafraigh an buachaill an raibh dochar dó dul isteach go róstfadh sé an mhuc mar go raibh ocras air. Dúirt sí nach raibh agus go dtiocfadh leis teacht isteach agus fáilte ach sula dtigfeadh sé isteach go dtabharfadh sí suaimhneas dó ó na trí beathaigh a bhí leis.

Tharraing sí trí ribe óna ceann. D'iarr sí air ceann acu a cheangailt ar mhuineál an tseabhaic, ar darna ceann ar mhuineál an eich agus an tríú ceann ar mhuineál an chon. Bheir sé ar na ribeacha agus dúirt sé go ndéanfadh ach smaointigh sé gur cosúil í le bean a raibh geasa aici.

Rinne sé an darna smaointiú ar na trí feaga a chuir sé ina phóca nuair a d'fhág sé an baile. Cheangail sé an chéad cheann ar mhuineál an tseabhaic, an darna ceann ar mhuineál an chon agus an tríú ceann ar mhuineál an eich. Chuaigh sé suas go dtí an tine go róstfadh sé an fheoil ach nuair a bhí sé ag róstadh na feola chaith sé na trí ribí isteach sa tine agus an torann a rinne na trí ribí chualathas i bhfad ar shiúl iad.

D'fhiafraigh an tseanbhean caidé an tormán siúd agus dúirt an buachaill gur cnámh de chuid na feola a thit isteach sa tine. Ansin smaointigh an tseanchailleach gur chuir sí an cluiche air agus lig sí trí racht gáire aisti. D'fhiafraigh an buachaill dithe ábhar a cuid gáire agus dúirt sí gurbh in gáire in aghaidh an uile ribe.

Ansin bhí an mhuiceoil rósta. Dúirt an tseanchailleach go gcaithfeadh sé leath na muiceola a thabhairt dithe le n-ithe. Dúirt seisean nach dtabharfadh nó go raibh sé beag go leor aige féin agus gur shaothraigh sé go cruaidh ar a shon.

"Bhal," arsa an tseanbhean, "caithfidh tú troid ar a shon."

"Má throideann," arsa an buachaill, "ní le buíochas a chaithfeas mé."

D'fhiafraigh an tseanchailleach de cé acu ab fhearr leis greimeanna beaga cruaidhe i mbarr easnacha nó plaiceanna móra as a chuid féitheoga.

Dúirt an buachaill gurbh fhearr leis greimeanna beaga cruaidhe mar gur sin mar a bhí sé cleachtaithe ag troid i mbaile beag agus i mbaile mór riamh agus sa bhaile ag a athair agus ag a mháthair.

Ansin thoisigh an troid agus mhair sé go raibh neoin bheag agus deireadh lae ann, go ndearna siad bogán den chreagán agus creagán den bhogán, go ndearna siad toibreacha fíoruisce i lár na gcloch nglas. Ansin leag an tseanchailleach é. Scairt sé, "Cuidiú, cuidiú, a chon."

Scairt an tseanchailleach, "Teann, teann, a ribe."

"Is doiligh domh sin," arsa an ribe, "agus mé ar chúl mo chinn ins an tine."

Ansin d'éirigh an buachaill arís agus chuidigh an cú leis agus chuir sé síos sa talamh í go dtí a dhá glúin.

Scairt sé arís, "Cuidiú, cuidiú, a sheabhaic."

Agus scairt an tseanchailleach, "Teann, teann, a ribe, bain an ceann den tseabhac."

"Is doiligh domh sin," arsa an ribe, "agus mé ar chúl mo chinn sa tine."

Ansin chuidigh an seabhac leis agus chuir sé síos an tseanchailleach go dtí a dhá gualainn.

Scairt an buachaill, "Cuidiú, cuidiú, a eich."

Agus scairt an tseanchailleach, "Teann, teann, a ribe agus bain an ceann den each."

"Is doiligh domh sin," arsa an ribe, "agus mé ar chúl mo chinn sa tine."

Ansin chuir sé síos an tríú huair go dtí a muineál í.

"Ná maraigh mé," arsa an tseanbhean, "agus bhéarfaidh mé trí mhála óir duit atá curtha taobh amuigh den teach."

"Liom féin sin," arsa an buachaill, "ó do lá-sa amach."

"Ná maraigh mé," arsa an tseanbhean, "agus bhéarfaidh mé m'iníon duit, ise is dóighiúla ar an domhan. Tá sí ina cónaí amuigh i lár na coille i gcaisleán agus níl duine ar bith ann ach í féin."

"Liom féin sin," arsa an buachaill, "ó do lá-sa amach."

"Ná maraigh mé," arsa an tseanbhean, "agus bhéarfaidh mé slaitín draíochta duit nach bhfuil a leithéid ar dhroim an domhain. Níl duine ar bith le do chol ceathar atá ina charraig ghlas taobh amuigh den doras a mhuscailt go mbuailfidh tusa leis an slaitín draíochta é."

Ansin thóg sé a chlaíomh agus chaith sé an ceann den cholainn. Labhair an ceann ansin agus dúirt, "Dá mbeinnse ar an cholainn anois ní tusa ná fear níos fearr ná thú a bhainfeadh dithe mé."

Dúirt an buachaill, "Níl tú ansin agus ní bheidh tú ansin."

Chaith sé colainn na seanchaillí agus a ceann síos i gclúid na móna. Thug sé leis an slaitín draíochta agus chuaigh sé amach. Bhuail sé buille ar an charraig ghlas a bhí taobh amuigh den doras agus d'éirigh a chol ceathar suas chomh húr óg agus a bhí sé riamh.

"Muise," arsa a chol ceathar, "tchítear domh gur mór an codladh a bhí orm." Dúirt a chol ceathar gur chreid sé gur mór.

Shiúil an bheirt a fhad leis an áit a raibh na trí mhála óir curtha. Thóg siad na málaí go lúcháireach agus chaith siad na málaí ar a nguailne agus d'imigh siad leofa.

Shiúil an bheirt go dtáinig siad isteach sa choill. Ní dhearna siad stad mara ná cónaí go dtáinig siad a fhad leis an chaisleán ina raibh an cailín ina cónaí ann. Chuir sí an-fháilte rompu agus chuir sí spéis ins an fhear ab óige.

Pósadh iad agus mhair an bhainis lá agus bliain. Nuair a bhí an choirm thart d'fhág na col ceathracha slán agus beannacht ag a chéile agus dúirt nach bhfeicfeadh siad a chéile ní ba mhó.

Chaith an col ceathar mála óir ar a ghualainn agus d'imigh leis. Ní dhearna sé stad mara ná cónaí go dtáinig sé abhaile. Bhí an-lúcháir ar a athair agus ar a mháthair roimhe. Fhliuch siad le deora é agus thriomaigh siad le póga é.

Lá arna mhárach chuir sé amach scéal ionsar iomlán saortha cloiche na hÉireann, ionsar ghaibhne agus siúinéirí ag inse daofa go raibh sé le cúirt agus cathair a dhéanamh. Chruinnigh siad as gach réigiún in Éirinn. Nuair a bhí an chúirt críochnaithe pósadh é le hiníon Rí na hÉireann.

Mhair an bhainis lá agus bliain agus nuair a bhí an bhainis thart smaointigh mé féin go dtarraingeoinn ar an bhaile. Nuair a bhí mé ag fágáil thug siad trí bhronntanas domh: bríste bláthaí, stocaí bainne ramhair agus bróga páipéir.

Fear a Raibh Seachtar Iníon Aige

Ins an tseanaimsir in Éirinn bhí fear agus bean ann. Bhí seachtar iníon acu agus mac amháin. Bhí siad ina gcónaí i gcró fóide ag ceann coille. Théadh an t-athair agus an mac amach an uile lá ag seilg fríd an choill.

Nuair a bhíodh siad ag teacht abhaile an uile oíche bhíodh dhá ualach adhmaid acu ag déanamh lón tine fá choinne an gheimhridh. Oíche amháin nuair a bhí siad ag teacht abhaile bhuail fearthainn agus gaoth mhór iad agus ní raibh an mac in innimh dul amach lá arna mhárach. Dúirt an t-athair go rachadh sé féin.

Bhí sé ag siúl leis go ndeachaidh sé isteach i ndoimhneacht na coille. Chonaic sé seanbhean ina suí ag bun crainn. Bhí sí ag éagaoin go mór.

"A chréatúirín," arsa an fear, "tá tú cloíte."

"Tá," arsa an tseanbhean. "Tá mé chóir a bheith marbh le hanró, ocras agus tart. An dtabharfá domh do lámh go bhfaighinn éirí in mo shuí?"

"Bhéarfaidh go cinnte," arsa an fear. Bheir sé greim láimhe ar an tseanbhean ach in áit í a thógáil tharraing sí síos go talamh é. Ghreamaigh a dhá láimh sa talamh.

"Anois," arsa an tseanbhean, "beidh tú ansin faoin fhearthainn agus faoin ghaoth. Tiocfaidh an oíche ort agus eagla agus uaigneas go ndéana tú an rud a iarrfas mise ort."

"Caidé sin?" arsa an fear.

"Bí anseo ar uair an mheán lae amárach agus bíodh d'iníon is óige leat."

"Beidh, cinnte," arsa an fear, "ach scaoil amach as seo mé."

"Éirigh in do sheasamh," arsa an tseanbhean.

Ansin d'éirigh an fear go lúcháireach, chuir air a ualach adhmaid agus d'imigh leis ag tarraingt ar an bhaile. Bhí titim cheo na hoíche ann nuair a tháinig sé abhaile. D'fhiafraigh an iníon ab óige de an bhfaca sé iontas ar bith ins an choill. Dúirt sé go bhfaca sé iontas gan mhaith.

"Caidé an cineál iontais é?" arsa an iníon.

"Chuaigh mé isteach i ndoimhneacht na coille," arsa an t-athair. "Chonaic mé seanbhean ina suí ag bun crainn. Bhí sí ag éagaoin go mór agus shíl mé go raibh sí ag dul a shíothlú. Dúirt mé léi go raibh sí go han-dona agus dúirt sí liom go raibh sí ag fáil bháis le hocras, fuacht agus tart ach mé greim láimhe a bhreith uirthi agus a tógáil aníos ina suí. Bheir mé greim ar a láimh agus in áit mé í a thógáil tharraing sí síos chun talaimh mé. Ghreamaigh mo dhá láimh ins an talamh agus dúirt sí go mbeinn ansin faoi fhuacht agus ocras agus go dtiocfadh an oíche orm agus an uile chineál eagla agus uaignis mura ndéanfainn an rud a d'iarrfadh sí orm. D'fhiafraigh mé dithe caidé sin. Dúirt sí liom a bheith ansin ar uair an mheán lae amárach agus an iníon is óige a bheith liom agus go bhfaigheadh mé ar ais í i gcionn lá agus bliain agus nár bhréag é go mbeadh sí ina bean ar a boinn."

"Dúirt mé go ndéanfainn ach í mo scaoileadh amach as an áit ina raibh mé. D'iarr sí orm éirí in mo sheasamh. D'éirigh mé go háthasach. Chuir mé orm mo bheairtín adhmaid agus bhain mé an baile amach."

"Ná síl biorán de sin," arsa an iníon. "Éireoidh mise le go leor luais ar maidin amárach agus rachaidh mé leat."

Chuaigh siad a luí ansin go brónach. D'éirigh siad go luath

maidin lá arna mhárach. D'fhág an iníon slán ag a deartháir agus ag a máthair agus ag a seisear deirfiúr agus dúirt gur chreid sí nach bhfeicfeadh sí ní ba mhó ar an tsaol seo iad.

Shiúil siad leofa go dtáinig siad go doimhneacht na coille. Bhí an tseanbhean ina suí ansin faoi bhun crainn.

"Tchím," arsa an tseanbhean, "go ndearna tú do ghealltanas."

"Rinne," arsa an fear, "ach bí cinnte m'iníonsa a bheith anseo ar ais i gcionn lá agus bliain agus mura mbeidh ní hé mo phaidir a bhéarfas mise duit."

"Is cuma liom fá dtaobh díot féin," arsa an tseanbhean, "ná fá do phaidir."

Bhí clóca dearg uirthi. Chuir sí an cailín isteach faoina clóca agus ní fhaca an fear ní ba mhó iad. D'imigh siad leofa go dtáinig siad go bun screige. D'fhoscail doras ar an screig. Chuaigh siad isteach. Chonaic an cailín an caisleán ba dheise dá bhfaca sí riamh agus de réir is mar a bhí siad ag teacht i ndeas dó bhí an ceol chomh deas is go ndeachaidh sí ag cailleadh cuimhne ar an tsaol seo.

Tháinig siad go dtí an caisleán. D'fhoscail siad an doras gloine agus chuaigh an tseanbhean isteach. Bhí an cailín ina diaidh ó sheomra go seomra agus an uile shlua ag fás níos dóighiúla ná an slua eile.

Shiúil siad leofa go dtáinig siad isteach sa chistin. Bhí cathaoireacha óir agus airgid thart fán tine. D'iarr an tseanbhean uirthi suí i gceann de na cathaoireacha go dtí go dtigfeadh sise ar ais ach gan dadaí a ithe ná a ól.

Chuaigh an tseanbhean amach. D'amharc an cailín thart. Chonaic sí tábla bia agus dí ag a taobh. Ó tharla í a bheith ag siúl i rith an lae bhí ocras uirthi.

"Ní miste liom," ar sise, "caidé a dúirt an tseanbhean. Íosfaidh mé mo sháith."

Tharraing sí anall a cathaoir go dtí an tábla. Bhuail sí ag ithe agus nuair a bhí sí chóir a bheith críochnaithe fosclaíodh an doras agus tháinig an tseanbhean isteach.

"Tchím," arsa sise, "nach ndearna tú an rud a d'iarr mise ort. Nuair a bheas tú críochnaithe cuirfidh mise múineadh ort."

Nuair a bhí an cailín críochnaithe d'iarr sí uirthi dul anonn agus suí i gcathaoir in aice na tine. Chuaigh an cailín anonn mar a d'iarr an tseanbhean uirthi. Ansin bhuail an tseanbhean buille de shlaitín draíochta uirthi agus rinne sí seanbhean chaite chríon dithe agus dúirt sí go mbeadh sí ansin choíche go dtí go dtigfeadh duine inteacht dá bunadh a bhainfeadh amach í.

Tharraing an t-athair ar ais ar an bhaile agus nuair a chuaigh sé isteach d'fhiafraigh siad de caidé a dúirt an tseanbhean. Dúirt sé gur dhúirt sí go mbeadh a iníon ar ais i gcionn lá agus bliain.

Ní raibh an t-am i bhfad ag dul thart agus ar an lá deireanach d'imigh an t-athair leis go lúcháireach ag tarraingt ar an choill. Ní raibh a fhios aige cé acu a cheann nó a chosa a bhí ar an talamh nó shíl sé go mbeadh a iníon fána choinne sa choill.

Chuaigh sé isteach go doimhneacht na coille. Bhí an tseanbhean ansin ina suí ag bun crainn.

"Cá bhfuil m'iníon?" arsa an fear.

"Tá sí ag teacht in mo dhiaidh," arsa an tseanbhean. "Suigh síos anseo ag mo thaobh. Is goirid go raibh sí anseo."

"Tá mé fíorbhuíoch díot," arsa an fear.

Shuigh sé síos ag taobh na seanmhná ach thit sé siar ar chúl a chinn. Ghreamaigh cúl a chinn ins an talamh.

"Bhí tú dona go leor," arsa an tseanbhean, "tá lá agus bliain ó shoin ach tá tú níos measa inniu agus beidh tú ansin go dté soir siar mura ndéanfaidh tú an rud a iarrfas mise ort."

"Caidé sin?" arsa an fear.

"Bí anseo ar ais," arsa an tseanbhean, "ar uair an mheán lae amárach agus bíodh an iníon atá in aice leis an bhean óg leat."

"Beidh go cinnte," arsa an fear, "ach scaoil amach as seo mé."

"Éirigh in do shuí," arsa an tseanbhean, "agus imigh leat."

D'éirigh an fear go háthasach, chuir air a ualach adhmaid agus bhain an baile amach. Nuair a tháinig sé abhaile bhí an cró fóide scríobtha scuabtha mar gur shíl siad go raibh a ndeirfiúr ag teacht leis.

D'fhiafraigh siad de an raibh duine ar bith leis ach é féin. Dúirt sé nach raibh, go ndeachaidh sé isteach go doimhneacht na coille, go bhfaca sé an tseanbhean ina suí ag bun crainn, gur fhiafraigh sé dithe cá raibh a iníon, gur dhúirt sí leis go raibh sí ag teacht ina diaidh agus nárbh fhiú dó corrú go dtigfeadh sí ach suí síos ag a taobh, gur shuigh sé síos agus gur thit sé siar ar chúl a chinn, gur ghreamaigh a cheann den talamh agus gur dhúirt sí leis go mbeadh sé ansin go dtéadh soir siar mura ndéanfadh sé an rud a d'iarrfadh sí air. Nuair a d'fhiafraigh sé dithe caidé an rud sin dúirt sí go gcaithfeadh sé a bheith ansin ar uair an mheán lae amárach agus an iníon a bhí in aice leis an bhean ab óige a bheith leis, gur dhúirt sé go mbeadh ach é a scaoileadh amach as an áit ina raibh sé agus gur iarr sí air éirí ina shuí agus imeacht leis, gur chuir sé air a ualach adhmaid go lúcháireach agus gur tharraing sé ar an bhaile.

"Ná síl biorán de sin," arsa an darna hiníon ab óige. "Rachaidh mise leat go luath amárach."

D'éirigh siad ag teacht an lae. D'fhág an iníon slán ag a cúigear deirfiúr, ag a deartháir agus ag a máthair. Dúirt sí gur chreid sí nach bhfeicfeadh sí ní ba mhó ar an tsaol seo iad.

D'imigh siad leofa go ndeachaidh siad isteach i ndoimhneacht na coille. Bhí an tseanbhean ansin ina suí ag bun crainn. "Tchím," ar sise, "go ndearna tú do ghealltanas."

"Rinne," arsa an fear, "agus beidh sé ina ghealltanas daor ortsa mura bhfaighidh mé mo bheirt iníonsa ar ais roimh an mhí."

"D'fhágfainn ar ais iad," arsa an tseanbhean, "ach go bé gur dhúirt tú sin, ach anois ní bhfaighidh tú choíche iad go dté tú a fhad leis an chúirt ina bhfuil mise in mo chónaí ann agus ní thig le duine ar bith saolta sin a dhéanamh gan duine inteacht a bheith leis a bhfuil geasa acu."

D'imigh an fear leis go brónach ag tarraingt ar an bhaile. Nuair a tháinig sé go dtí an teach d'fhiafraigh siad de caidé a dúirt an tseanbhean.

Dúirt sé gur dhúirt sí nach bhfaigheadh sé an bheirt iníon choíche go dtéadh sé go dtí an caisleán ina raibh sise ina cónaí agus nach dtiocfadh le duine ar bith saolta dul ansin gan duine inteacht dul leis a raibh geasa aige.

"Bhal," arsa an t-athair, "imeoidh mise liom amárach agus ní stadfaidh mé aon dhá oíche ins an teach amháin go bhfeice mé an bhfaighidh mé tuairisc ar mo bheirt iníon beo nó marbh."

"Ní rachaidh tú ar chor ar bith," arsa an mac. "Tá tú ró-aosta. Gheofá bás ar an bhealach. Rachaidh mise i d'áit agus má tá sé i ndán do dhuine ar bith iad a fháil is mé a gheobhas iad."

D'éirigh sé go luath ar maidin lá arna mhárach. D'iarr sé ar a mháthair lón a dhéanamh fána choinne. D'fhiafraigh sí de cé acu ab fhearr leis toirtín beag agus a beannacht nó toirtín mór agus a mallacht. Dúirt sé gurbh fhearr leis toirtín beag agus a beannacht, gurbh é ab fhearr a rachadh leis i mbaile beag nó i mbaile mór nó cibé cearn fríd an domhan a rachadh sé.

Rinne sí an lón. D'éirigh sé. D'fhág sé slán ag an chúigear deirfiúr agus ag a athair agus ag a mháthair agus dúirt sé gur chreid sé nach bhfeicfeadh sé ní ba mhó ar an tsaol seo iad.

D'imigh sé. Bhí sé ag siúl leis riamh go dtáinig uair an mheán lae. Casadh air tobar fíoruisce. Bhuail an t-ocras é.

Shuigh sé síos ag taobh an tobair go n-íosfadh sé cuid den arán. Ní raibh sé i bhfad ag ithe nuair a tchí sé seanchlibistín ag déanamh air agus cuma air go dtitfeadh sé as a sheasamh.

"Oró," arsa an clibistín, "an dtabharfá cuid ar leith agus cuibhreann domh agus greim beag de bharraíocht?"

"Bhéarfaidh cinnte," arsa an fear, "suigh síos agus ith do sháith."

Shuigh an bheirt. Ní raibh siad i bhfad ag ithe go dtí gur ith siad a sáith. Nuair a bhí siad críochnaithe bhí an bhonnóg i bhfad ní ba mhó ná mar a bhí sí ag toiseacht daofa.

"Anois," arsa an clibistín, "buaireadh ar bith, ná brón, ná géibheann a mbeidh tú ann níl agat ach scairteadh ar Ghearrán an tSlua Sí agus cibé áit a mbeidh mise fríd an domhan, ar an talamh nó ins an fharraige, bhéarfaidh mise tarrtháil agus arrachtacht ort."

"Maith go leor," arsa an buachaill, "tá mé fíorbhuíoch díot." D'fhág sé slán agus beannacht aige agus d'imigh sé leis.

Bhí sé ag siúl leis riamh go dtáinig an oíche air. Ní raibh barr cleite amach ná bun cleite isteach. Bhí éanacha beaga na coille craobhaí ag dul chun codlata agus foscadh na hoíche ann. Ní fhaca sé solas ar bith i bhfad uaidh ná i ndeas dó. Níor casadh air áit ar bith ach an Sliabh Rua.

Shuigh sé síos ag bun tom feaga agus bhuail sé air ag gol go cráite. "Is mairg," ar seisean, "a d'fhág an baile. Dá mbeadh a fhios agam go raibh an géibheann seo romham ní fhágfainn é ar mhaithe le deirfiúr ná deartháir ach is trua gan Gearrán an tSlua Sí anseo. Is cinnte féin go gcoinneodh sé cuideachta liom go maidin."

Ní raibh na focla amach as a bhéal nuair a tchí sé an seanchlibistín ag tarraingt air.

"A dhuine bhoicht," arsa an clibistín, "tá tú go huaigneach anseo leat féin, ach is goirid go dtuga mise pléisiúr go leor duit."

Bhuail sé a chos ar thom feaga agus d'éirigh an teach ba dheise dá bhfaca sé riamh. Chuaigh an bheirt isteach. Bhí tine mhaith thíos agus cathaoir ar an uile thaobh den tine. Shuigh an buachaill ar cheann de na cathaoireacha agus sheas an beathach ar an taobh eile. Bhí tábla bia agus dí i lár an tí agus tháinig an tábla aníos go dtí an tine. Bhí ocras ar an bhuachaill agus tharraing sé a chathaoir anonn go dtí an tábla agus bhuail sé air ag ithe.

Ansin d'fhiafraigh sé den bheathach an íosfadh sé cuid den bhia agus dúirt an beathach go ndéanfadh. Nuair a bhí a sáith ite ag an bheirt chuaigh an tábla ar ais go lár an tí. Bhuail an beathach agus an buachaill ar sheanchas agus le linn don bhuachaill suí ag an tine thit sé ina chodladh.

Nuair a mhuscail sé ar maidin bhí sé ina luí amuigh ag taobh an toim feaga. D'éirigh sé agus d'imigh sé leis. Bhí sé ag siúl riamh go dtáinig uair an mheán lae. Tháinig sé go dtí tobar fíoruisce. Bhuail ocras é. Shuigh sé síos go n-íosfadh sé a dhinnéar ach ní raibh sé i bhfad ag ithe go dtáinig eala aníos as an tobar. D'fhiafraigh sí de an dtabharfadh sé cuid ar leith agus cuibhreann dithe agus greim beag de bharraíocht. Dúirt sé go ndéanfadh, ach í suí go n-íosfadh siad a sáith ach de réir mar bhí siad ag ithe bhí an bhonnóg ag fás mór.

Nuair a bhí a sáith ite acu dúirt sí leis géibheann ar bith a bheadh air choíche nach raibh aige ach scairteadh ar Eala an Talaimh Íochtair agus go dtarraingeodh sí air go hachmair. D'fhiafraigh sí de an bpósfadh sé í agus dúirt sé go ndéanfadh. D'éirigh sí aníos ina cailín ba dheise dá bhfaca sé riamh.

Bhí sé ag siúl leis go dtáinig an oíche. Ní raibh barr cleite amach ná bun cleite isteach. Bhí éanacha beaga na coille craobhaí ag dul chun codlata agus foscadh na hoíche ann. Ní fhaca sé solas ar bith i bhfad uaidh ná i ndeas dó. Shuigh sé síos i lár an tSléibhe Rua.

Ar seisean, "Is trua nach bhfuil Eala an Talaimh Íochtair anseo. Is cinnte go gcoinneodh sí cuideachta liom go maidin."

Ní raibh an focal amach as a bhéal nuair a tchí sé an cailín ag tarraingt air. "A dhuine bhoicht," arsa sise, "tá tú go huaigneach anseo leat féin." Thóg sí amach slaitín draíochta, bhuail sí ar an talamh é agus d'éirigh an teach ba dheise dá bhfaca sé riamh. Chuaigh an bheirt isteach.

Bhí tine mhaith thíos agus cathaoir ar an uile thaobh den tine. Bhí tábla bia agus dí i lár an tí. Tháinig an tábla aníos a fhad leis an tine. Shuigh an bheirt isteach go n-íosfadh siad a sáith. Ansin nuair a bhí siad tamall ag seanchas d'iarr an cailín air a cheann a leagaint ina hucht mar go raibh codladh air. Rinne sé sin. Ní raibh i bhfad gur thit sé thart ina chodladh.

Nuair a mhuscail sé maidin lá arna mhárach bhí sé ina luí amuigh i lár an tSléibhe Rua. D'éirigh sé agus shiúil sé leis. Nuair a tháinig uair an mheán lae tháinig sé go tobar fíoruisce. Bhuail ocras é agus shuigh sé síos go ndéanfadh sé a dhinnéar. Ní raibh sé i bhfad ag ithe nuair a tchí sé an madadh rua ba mhó dá bhfaca sé riamh ag tarraingt air.

"An dtabharfá cuid ar leith agus cuibhreann domh agus greim beag de bharraíocht?" arsa an madadh rua.

"Suigh síos," arsa an buachaill, "agus ith do sháith." De réir mar a bhí siad ag ithe bhí an bhonnóg ag fás mór.

Nuair a bhí siad críochnaithe arsa an madadh rua, "Géibheann ar bith dá mbeidh ort choíche níl agat ach scairteadh ar Mhadadh Rua an Domhain Thiar." Dúirt an gasúr go raibh sé buíoch de.

D'éirigh sé agus d'imigh sé leis. Bhí sé ag siúl leis riamh go dtáinig an oíche. Tháinig sé a fhad le bruach na farraige. Ní thiocfadh leis dul ní b'fhaide.

"Is trua," ar seisean, "nach bhfuil Madadh Rua an Domhain Thiar anseo. Is cinnte go dtabharfadh sé anonn trasna mé."

Ní raibh an focal amach as a bhéal nuair a chonaic sé an madadh rua ag tarraingt air. D'iarr sé air a bheith thuas ar a dhroim. Ansin d'imigh sé leis. Bhéarfadh sé ar an ghaoth a bhí rompu ach ní bhéarfadh an ghaoth a bhí ina ndiaidh orthu go dtug sé anonn trasna é.

Ansin tharla isteach sa tír é ba dheise dé bhfaca sé riamh. Ní raibh cnoic ná mullaigh, sléibhte ná corraigh le feiceáil fad d'amhairc. Bhí na héanacha ag gabháil cheoil san oíche mar a bheadh siad i lár an lae.

"An bhfaca tú aon áit riamh," arsa an madadh rua, "ní ba dheise ná seo?"

"Ní fhaca," arsa an buachaill.

"Bhal," arsa an madadh rua, "seo Tír na hÓige agus duine ar bith atá anseo ní bhfaighidh sé bás choíche. Caithfidh muid a bheith ag siúl linn go dtí go dtiocfaidh uair an mheán lae amárach. Ansin tiocfaidh mé a fhad le bun crainn. Rachaidh mé ag scríobadh le mo chois. Fosclóidh an talamh agus rachaidh muid síos staighre cloiche nó go dtiocfaidh muid go dtí an Talamh Íochtair. Ansin ní bheidh muid i bhfad ag dul go dtí caisleán na seanmhná. Creidim nach bhfuil a fhios agat," arsa an madadh rua, "cé atá ag caint leat."

"Níl a fhios," arsa an buachaill.

"Mac rí as an Domhan Thiar atá ionamsa. Tháinig mé bliain amháin sa tseanam, mé féin agus mo chomrádaithe, ag déanamh pléisiúir fríd choillte na hÉireann. Shuigh mé lá amháin ag déanamh mo scríste ag bun crainn. Tháinig seanbhean thart. Bhuail sí buille den tslaitín draíochta orm. Dúirt sí go mbeinn fríd choillte agus mullaigh na hÉireann choíche go dtí go mbeadh fear de chuid an tsaoil seo ag siúl ag iarraidh a caisleánsan a bhaint amach agus go dtiocfadh liom a bheith leis, agus nuair a rachainn go dtí an áit go mbeadh na geasa díom."

Ansin d'amharc an buachaill thart. Tchí sé eala ag teacht ina ndiaidh. "An bhfuil a fhios agat caidé an cineál eala í seo?" arsa an madadh rua.

"Níl a fhios," arsa an buachaill.

"Seo í iníon Rí an Talaimh Íochtair a tháinig ag déanamh pléisiúir agus cuideachta le hiníonacha ríthe na hÉireann ar feadh míosa. An samhradh a bhí ann. Tháinig siad go bruach locha. Tháinig an tseanbhean thart ar chúl a cinn. Bhuail sí le slaitín draíochta í. Rinne sí eala dithe. D'iarr sí uirthi dul amach ar an loch agus dúirt go gcaithfeadh sí a bheith fríd locha na hÉireann choíche nó go ngeallfadh fear inteacht a pósadh agus go gcaithfeadh an fear céanna a bheith ag tarraingt ar a caisleánsan ag iarraidh duine inteacht a bheadh ag cur buartha air a bhaint amach."

Shiúil siad leofa. Ní raibh siad i bhfad ag siúl nuair a d'amharc an buachaill thart. Tchí sé clibistín beathaigh ina ndiaidh.

"Creidim nach bhfuil a fhios agat caidé an cineál beathaigh é seo?" arsa an madadh rua.

"Níl a fhios," arsa an buachaill.

Seo Ardphrionsa an Domhain Thoir. Bhí sé le pósadh ar iníon Ardrí na hÉireann. Lá amháin tháinig sé go hÉirinn le pósadh ach casadh an tseanbhean dó. Bhuail sí buille den tslaitín draíochta air agus rinne sí beathach de. Dúirt sí go gcaithfeadh sé a bheith fríd chnoic na hÉireann choíche go gcasfaí duine saolta air a bheadh ag tarraingt ar a caisleánsan ag iarraidh duine inteacht a bheadh ag cur buartha air a bhaint amach."

Shiúil siad leofa go dtáinig uair an mheán lae. Chuaigh an madadh rua ag scríobadh lena chois ag bun crainn. D'fhoscail an talamh agus chuaigh siad uilig síos staighre cloiche nó go ndeachaidh siad go dtí an Talamh Íochtair. Shiúil siad leofa ansin go dtáinig siad go caisleán na seanmhná. Fosclaíodh an doras. Tháinig an tseanbhean amach. D'fhiafraigh sí den bhuachaill caidé a bhí uaidh. Dúirt sé gurbh iad a bheirt dheirfiúr a bhí uaidh.

"Ní bhfaighidh tú sin," arsa an tseanbhean, "go dtroidfidh tú mise ar dtús."

Bhuail an troid agus leag sí an buachaill ar chúl a chinn. Ach nuair a bhí sé ar lár, "Cuidiú, cuidiú, a Ghearráin an tSlua Sí," ar seisean. Ní raibh na focla amach as a bhéal nuair a d'éirigh an seanghearrán, bhuail sé an tseanbhean lena chois agus chaith sé ar chúl a cinn í.

Nuair a bhí sí ag éirí ar ais, "Cuidiú, cuidiú, a Eala an Talaimh Íochtair," ar seisean. D'éirigh an eala agus bhuail sí an tseanbhean agus chaith ar chúl a cinn í.

Ansin lig an tseanbhean dhá osna. Thug sí iarraidh éirí an tríú huair. "Cuidiú, cuidiú," arsa an buachaill, "a Mhadaidh Rua an Domhain Thiar."

Ansin bhuail an madadh rua í agus ní raibh sí in innimh éirí ní ba mhó. "Ná maraigh mé," arsa an tseanbhean, "agus bhéarfaidh mé do bheirt dheirfiúr duit atá ina mbeirt sheanbhean istigh ag tine na cistine."

"Liom féin sin," arsa an buachaill, "ó do lá-sa amach."

"Ná maraigh mé," arsa an tseanbhean, "agus bhéarfaidh mé iomlán na slóite cailíní atá sa chaisleán duit."

"Liom féin sin ó do lá-sa amach," arsa an buachaill.

"Ná maraigh mé," arsa an tseanbhean, "agus bhéarfaidh mé an tslaitín draíochta duit atá leis na geasa a bhaint den mhadadh rua, den eala agus den chlibistín."

"Liom féin sin," arsa an buachaill, "ó do lá-sa amach." Thóg sé a chlaíomh agus chaith sé an ceann dithe. Ansin chuaigh sé isteach ó sheomra go seomra go dtí go ndeachaidh sé go tine na cistine. Bhuail sé buille den tslaitín draíochta ar a bheirt dheirfiúr. D'éirigh siad aníos ina mbeirt chailín ba dheise dá raibh le fáil. Ansin tháinig sé amach agus d'ordaigh sé do na slóite cailíní a bhí fríd na seomraí a bheith ag baint an bhaile amach. Ansin bhuail sé buille ar an mhadadh rua. D'éirigh sé aníos ina mhac rí ba dheise dá raibh le fáil. Bhuail sé buille den tslaitín draíochta ar an tseanchlibistín agus d'éirigh sé aníos ina phrionsa ba dheise a thiocfadh le duine ar bith feiceáil. Bhuail sé buille ar an eala agus d'éirigh an bhanríon aníos ba dheise dá raibh ar an Talamh Íochtair.

"Anois," arsa mac Rí an Domhain Thiar, "tá muid ag imeacht, ach sula n-imeoidh muid caithfidh muid rud inteacht a dhéanamh don bhuachaill seo a bhí chomh maith dúinn. Pósfaidh mise an deirfiúr is óige agus pósfaidh Ardphrionsa an Domhain Thoir an bhean eile. Pósfaidh sé féin iníon Rí an Talaimh Íochtair. Beidh an triúr againn gan bhuaireadh go brách."

D'fhág siad slán ag a chéile. D'imigh iníon Rí an Talaimh Íochtair agus an buachaill seo léi ag tarraingt ar an bhaile. Nuair a tháinig siad chun na cúirte bhí an-fháilte ag an rí rompu. Nuair a d'inis an ghirseach dá hathair gurbh é seo an fear a bhain na geasa dithe pósadh iad. Mhair an bhainis lá agus bliain agus rinneadh rí den bhuachaill ar an Talamh Íochtair.

Nuair a bhí sé cúpla bliain ann smaointigh sé go rachadh sé go ceann coille na hÉireann go bhfeicfeadh sé an raibh a athair agus a mháthair beo ins an chró fóide a d'fhág sé ina dhiaidh.

Ghléas sé cóiste óir dó féin agus dá bhean. Bhéarfadh siad ar an ghaoth a bhí rompu agus ní bhéarfadh an ghaoth a bhí ina ndiaidh orthu go dtáinig siad go hÉirinn. Ar an lá céanna cé a tháinig go hÉirinn ach Ardphrionsa an Domhain Thoir agus a bhean agus mac Rí an Domhain Thiar ina chuideachta.

Chaith siad mí go pléisiúrtha fríd chnoic na hÉireann agus nuair a bhí an mhí caite d'fhág siad slán ag a chéile. Dúirt siad nach bhfeicfeadh siad a chéile a fhad is a bheadh sruth ag rith nó féar ag fás. Thug an buachaill a athair agus a mháthair isteach ins an chóiste agus thug sé leis iad go dtí an Talamh Íochtair, áit a mbeadh pléisiúr agus suáilceas acu go brách.

Fear Chrann Cheo

Bhí fear i gCrann Cheo fad ó shoin agus ní raibh aige ach é féin agus a bhean. Bhí madadh aige. Thigeadh na comharsana an uile mhaidin ag inse dó go raibh a mhadadh amuigh san oíche ag marú a gcuid caorach. Dúirt sé i gcónaí nach raibh a mhadadhsan amuigh riamh san oíche ach fá dheireadh tháinig oíche amháin gur choimhéad sé an madadh.

Bhí breas ar bhinn an tí agus bhí staighre cloiche ar an uile thaobh de. Chuaigh an madadh suas ceann de na staighrí cloiche seo agus amach ar an tsimléir. Bhí sé ar shiúl nó go raibh an lá ann. Nuair a tháinig sé abhaile bhí an fear ag éirí agus tháinig sé anuas ar an pholl deataigh agus thriomaigh sé é féin ag an tine. Chonaic an fear go raibh sé amuigh i rith na hoíche.

Tháinig na comharsana lá arna mhárach agus dúirt leis go gcaithfeadh sé an madadh a mharú. Fuair sé rópa leis an mhadadh a mharú. D'aithin an madadh go raibh an fear ag dul a mharú agus chuaigh sé amach ar an doras agus níor phill sé ní ba mhó.

Lá amháin bhí an fear ag dul siar go Cearnach ag ceannacht caorach. Nuair a bhí sé fá chúpla míle de Chearnach tháinig madadh mór dubh anuas an cnoc agus shíl fear Chrann Cheo go raibh sé ag dul a ithe. Bhí bata aige agus bhí sé ag bualadh an mhadaidh uaidh ach ní imeodh an madadh. Lean an madadh é go dtáinig sé a fhad le teach inar iarr sé lóistín ar feadh na hoíche ann.

D'fhiafraigh sé de bhean an tí an gcoinneodh sí go maidin é. Dúirt sí go ndéanfadh agus céad fáilte. Rinne sí suipéar dó agus dúirt sí leis gur thuas ar an lafta an áit a raibh an leaba ina gcodlódh sé go maidin an oíche sin mar go raibh sí féin agus a fear céile ag baint úsáide as an seomra a bhí thíos. Nuair a bhí sé ag dul a luí thug an madadh iarraidh ar dhul suas ina dhiaidh. Bhí sé ag iarraidh an madadh a choinneáil abhus ins an chistin ach ní fhanfadh an madadh abhus dó.

Nuair a chuaigh sé suas go dtí an leaba bhí an madadh ina dhiaidh agus bhí an-eagla air roimhe. Nuair a bhí sé ina luí ar an leaba fuair an madadh greim láimhe air agus thoisigh sé á tharraingt amach as an leaba. Scanraigh an fear. D'éirigh sé agus chuir sé air a chuid éadaigh. Tharraing an madadh dubh fear a raibh a mhuineál gearrtha aniar as faoin leaba. Bhí a fhios ansin ag fear Chrann Cheo go raibh sé i ndrochtheach.

Níorbh fhada dó ina shuí nó go dtáinig triúr fear chun dorais agus bhí an déanamh orthu go raibh siad leis an doras a chur isteach. Bheir fear Chrann Cheo ar a bhata nuair a chuir na fir isteach an doras. Bhain an madadh úll a sceadamáin as an chéad fhear a tháinig isteach agus thit sé marbh. Bhuail fear Chrann Cheo an darna fear ins an cheann lena bhata agus mharaigh sé é. D'imigh an tríú fear agus níor tháinig sé isteach ar chor ar bith.

Ar maidin lá arna mhárach tháinig fear Chrann Cheo anuas chun na cistine agus ní raibh aon duine aige le feiceáil. Ní dhearna sé mórán moille ins an teach. D'imigh sé chun aonaigh. D'inis sé do na Gardaí go raibh sé i dteach an oíche roimhe sin agus go raibh triúr fear marbh ann. Dúirt sé gur mharaigh sé féin fear acu lena bhata, gur tharraing an madadh an sceadamán as fear eile agus nach raibh a fhios aige cá fhad marbh an tríú fear a bhí thiar faoin leaba agus gur imigh an bhean agus an fear.

Chuaigh na Gardaí chun tí agus fuair siad an triúr fear. Bhí an fear a bhí faoin leaba agus a sceadamán gearrtha marbh trí lá. Bhí na gardaí anois ar thóir na mná agus an fhir a d'imigh.

Cheannaigh sé a chuid caorach agus thiontaigh sé ar an bhaile. Tháinig an oíche air ar an bhealach. Chuir sé na caoirigh isteach i bpáirc.

Tháinig suanán beag codlata air agus nuair a mhuscail sé as fuair sé an madadh agus fear leagtha aige agus fear eile ag goid na gcaorach.

Idir fhear Chrann Cheo agus an madadh chuir siad an ruaig ar an bheirt fhear a bhí ag goid na gcaorach. Nuair a tháinig sé go dtí an áit a dtáinig an madadh anuas an cnoc, d'amharc an madadh suas ins an aghaidh air agus d'imigh sé leis.

Tháinig fear Chrann Cheo abhaile agus nuair a d'inis sé an scéal bhí daoine ag rá nach raibh aon mhadadh ann ach a mhadadh féin, an ceann a bhí sé ag dul a mharú naoi mí roimhe sin.

Fionn agus Banríon na gCleas

Chuaigh Fionn Mac Cumhaill agus a chuid fear amach ag seilg i réigiún Chonnacht. Bhí cú leis an uile fhear. Bhí lása óir istigh ar a láimh agus an ceann eile de istigh i gcoiléar na gcon.

Bhí Fionn ann. Bhí Oisín mac Fhinn ann. Bhí Oscar mac Oisín ann. Bhí Diarmaid Ó Duibhne ann. Bhí Goll Mac Morna ann agus Mac Doighre. Ní raibh siad i bhfad ag siúl nuair a chonaic siad fia. Lig siad ar shiúl na coin i ndiaidh an fhia. D'imigh an fia isteach go doimhneacht na coille agus nuair a tháinig seachtar mór na bhFiann go dtí na coin bhí an fia caillte.

Ansin thoisigh an ghaoth mhór agus thoisigh an fhearthainn. Dhruid sé le ceo agus ní raibh a fhios acu cá raibh siad ag dul.

"Is fearr domh pilleadh ar an bhaile," arsa Fionn Mac Cumhaill, "nó má dhruideann an ceo níos mó ní dhéanfaidh sibh Cnoc Almhain amach choíche." Ansin thiontaigh siad ar an bhaile agus nuair a bhí siad chóir a bheith ag Cnoc Almhain chonaic siad beathach ag tarraingt orthu. Bhéarfadh sé ar an ghaoth a bhí roimhe agus ní bhéarfadh an ghaoth a bhí ina dhiaidh air. Tháinig gaiscíoch anuas ón bheathach. Bhí solas leis ba ghile ná an ghrian. Bhí ceann air chomh dubh leis an phréachán dhubh. Bhí dhá phluc air chomh dearg le fuil. Bhí a chraiceann chomh geal leis an tsneachta. Bhí clóca de shíoda air agus i láimh dá chuid bhí sé ag iompar claíomh solais agus ins an láimh eile bhí sé ag imirt clocha dorcha. Bhí claspa óir i gclár a éadain agus claspa airgid i gcúl a chinn. Bhí buataisí óir air agus a leithéid de ghaiscíoch ní fhaca na Fianna riamh ar an tsaol seo.

Tháinig sé anuas den bheathach agus shiúil sé a fhad le Fionn Mac Cumhaill. D'umhlaigh sé dó agus d'fhiosraigh Fionn de caidé a bhí a chur buartha air.

"A mháistir na bhFiann," arsa an gaiscíoch, "tháinig mise anseo inniu ag tabhairt cuiridh duit chun an Domhain Thiar."

"Agus cé a chuir anseo thú?" arsa Fionn.

"Chuir mo mháistreás anseo mé," arsa an gaiscíoch. "Is í Banríon na gCleas í agus banríon na ngaiscíoch uilig sa Domhan Thiar. D'iarr sí ort féin agus seachtar mór na bhFiann a bheith ag an choirm roimh lá agus bliain."

"A fheara," arsa Fionn, "tá sé chomh maith againn dul in am. Leanfaidh muid an gaiscíoch cibé áit a rachas sé."

"Maith go leor," arsa an gaiscíoch. Léim sé suas ar a bheathach agus chuaigh seachtar mór na bhFiann, an uile fhear ar a bheathach féin, ag marcaíocht. D'imigh siad leofa. An áit ba tiubh ba tanaí agus ní dhearna siad stad mara ná cónaí go dtáinig siad go bruach na toinne.

Thug an gaiscíoch amach slaitín draíochta. Leag sé ar an uisce í agus tháinig an bealach mór ba dheise dár shoilsigh grian nó gealach riamh air rompu fríd an fharraige. Bhí sconsa óir ar thaobh amháin de agus sconsa airgid ar an taobh eile. Bhí gach cineál crainn ar an domhan ag fás ar achan taobh den bhealach. Bhí éanacha an aeir ag gabháil cheoil go pléisiúrtha agus bhí an ceol sí chomh binn sin go ndearna na Fianna dearmad cá háit a raibh siad a dhul. D'imigh siad leofa agus ní dhearna siad stad mara ná cónaí go ndeachaidh siad chun an Domhain Thiar.

Chonaic siad cúirt i bhfad uathu agus níor i ndeas daofa.

Tharraing siad air agus nuair a chuaigh siad isteach bhí an teach fuar folamh. Shuigh siad thart. Ní raibh siad i bhfad istigh nuair a tháinig trí chéad fear agus trí chéad bean isteach agus shuigh siad ar an taobh thall den chaisleán ag stánadh anall le hiontas ar na Fianna.

Ansin tháinig buachaill rua isteach. Bhí cú caol dubh leis. D'fhiafraigh sé an raibh cú ar bith de chuid na bhFiann in innimh a cheannsan a throid. Dúirt Goll Mac Morna go raibh a cheannsan. Thoisigh an troid agus ní raibh i bhfad gur mharaigh an cú caol dubh cú Ghoill. Dúirt Diarmaid Ó Duibhne go dtroidfeadh a chúsan é. Thoisigh an troid ach ní raibh i bhfad gur mharaigh an cú caol dubh cú Dhiarmada Uí Duibhne.

Rinne Fionn Mac Cumhaill amach go maródh sé iomlán con na bhFiann agus dúirt sé le Bran go gcaithfeadh sé an cú caol dubh a throid, rud a rinne, ach bhí cosúlacht ar an scéal go maródh sé Bran. Tháinig Diarmaid Ó Duibhne thart. Scaoil sé an bhróg óir de Bhran mar go raibh crúb nimhe ar Bhran agus bhí a fhios ag Diarmaid dá dtiocfadh sé ar an chú chaol dhubh leis an chrúb nimhe gur sin a bheadh d'fhad ar a shaol.

Ní raibh sé i bhfad ag troid gur mharaigh Bran an cú caol dubh. Chuaigh an buachaill rua amach. Tháinig sé isteach agus tarbh leis. D'fhiafraigh sé d'Fhianna na hÉireann cé acu ab fhearr leofa mórán de bhia shalach nó beagán de bhia ghlan.

"Is fearr linn," arsa Fionn Mac Cumhaill, "beagán de bhia ghlan agus mura bhfaighidh muid sin rachaidh muid ar ais go hÉirinn inár dtroscadh mar a tháinig muid."

Ansin chuir sé síos tine agus róstadh an tarbh. D'ith Fianna na hÉireann a sáith. Nuair a bhí siad críochnaithe tháinig an buachaill rua isteach ar ais agus bhí tobán mór uisce leis. D'iarr sé ar Fhianna Éireann a lámha a ní ins an tobán ach chuir Mac Doighre a mhéar ina bhéal.

D'fhiafraigh sé d'Fhionn Mac Cumhaill caidé an pháirt dá cholainn ba lú leis cailliúint. Dúirt Fionn gurbh é barr a ladhairicín é.

"Bhal, sáith síos ins an uisce í," arsa Mac Doighre, "go bhfeice muid caidé a éireochas duit." Sháith Fionn barr a ladhairicín síos ins an uisce agus thit an ladhairicín de.

Bhí na trí chéad fear agus na trí chéad bean ina suí ins an taobh thall den chaisleán ag magadh fá na Fianna.

"Cuirfidh mise múineadh oraibh gan a bheith ag gáire fúinne," arsa Goll Mac Morna. Fuair sé sceafóg mhór de bhata agus theann sé bratóg ar bharr an bhata. Thum sé an bata síos ins an tobán agus bhuail sé scairdeach uisce anonn ar na trí chéad fear agus na trí chéad bean agus bhí an uile dhuine ar a raibh an t-uisce ag teacht ag titim ina smólacháin go dtí gur mharaigh sé uilig iad. Ansin tháinig máistreás na cúirte isteach agus shiúil sí anonn a fhad le Fionn Mac Cumhaill. Cheangail sí a dhá chois agus a dhá láimh agus shuigh sí féin ina mhullach.

"A Rí na bhFiann," arsa sise, "déanfaidh tú stól maith anseo don mhéid de do shaol atá le caitheamh, agus mharóinn ar fad thú ach gur chaith mé cúpla bliain i gcúirt d'athara i bhfad ó shoin in Éirinn."

Bhí Fionn ansin agus ní thiocfadh leis corrú. Tar éis tamaill labhair máistreás na cúirte.

"Is mór an trua Rí na bhFiann a bheith ceangailte mar seo. Scaoilfidh mé thú arís," arsa sise le Fionn, "agus bhéarfaidh mé ól, ceol agus pléisiúr do sheachtar mór na bhFiann chomh maith agus a chuala sibh riamh."

Ansin scairt sí ar an slua sí agus ní raibh sé i bhfad gur líon an seomra agus bhuail an ceol agus an tseinm agus an t-ól agus a leithéid d'oíche phléisiúrtha ní fhaca Fianna na hÉireann riamh in Éirinn ná in áit ar bith eile.

Nuair a tháinig spéartha an lae arsa Fionn le seachtar mór na bhFiann, "A fheara, tá sé chomh maith againn dul ar ais go hÉirinn mar nach bhfuil a fhios ag an chuid eile dár gcomrádaithe atá ar Chnoc Almhain caidé a d'éirigh dúinn."

Thug sé buíochas do mháistreás na cúirte agus nuair a bhí sé ag imeacht shiúil sí amach go dtí an doras ina dhiaidh agus ar sise, "A Fhinn Mhic Chumhaill, a rí na bhFiann, thug mise oíche phléisiúrtha agus coirm cheoil daoibh agus nuair a bhí an oíche thart níorbh fhiú duit cuireadh a thabhairt domh go hÉirinn ach rachaidh mé anonn go hÉirinn de mo thoil dheonach féin agus cuirfidh mé múineadh ar sheachtar mór na bhFiann."

"Déan leat," arsa Fionn agus d'imigh sé leis.

Ní raibh sé i bhfad ar shiúl nuair a thoisigh Banríon na gCleas ag oibriú geasa orthu. Tháinig trí mhíle de choill rompu agus é druidte thart le draighean agus driseoga agus chuile chineál achrainn. Nuair a d'éirigh leofa fáil fríd an choill bhí siad millte stróctha.

Ansin shiúil siad leofa go dtáinig siad go bruach na farraige. Ní raibh a fhios acu caidé a dhéanfadh siad. Ní thiocfadh leofa dul ní b'fhaide. Chonaic siad cóiste ag tarraingt orthu. Tháinig buachaill rua amach as an chóiste.

"A Fhianna na hÉireann," arsa an buachaill rua, "tá sibh go brónach anseo."

"Tá go cinnte," arsa Fionn. "Níl bealach ar gcúl ná ar aghaidh againn."

"Bígí istigh anseo sa chóiste," arsa an buachaill rua, "agus fágfaidh mise sibh ag Bun an Easain."

Chuaigh siad uilig isteach. D'imigh an cóiste leis.

Bhéarfadh sé ar an ghaoth a bhí roimhe agus ní bhéarfadh an ghaoth a bhí ina dhiaidh air go dtáinig siad go Bun an Easain agus go raibh Fionn agus a chuid fear ar ais in Éirinn.

Nuair a chuala an chuid eile de na Fianna sin tháinig siad le píopairí agus éireagáin agus shiúil siad rompu go ndeachaidh siad go Cnoc Almhain. Chaith siad oíche phéisiúrtha go dtí go dtáinig an lá.

Nuair a chonaic Banríon na gCleas nach dtáinig léi aon bhachall a chur ar na Fianna, smaointigh sí go rachadh sí féin go hÉirinn go gcuirfeadh sí múineadh ar sheachtar mór na bhFiann. Shiúil sí ar an fharraige ón Domhan Thiar nó go dtáinig sí go talamh taobh thiar de Theileann. Ansin ba talamh an fharraige agus na saoistí ag dul suas ar an fhéar ghlas. Chuaigh sí ag stánadh isteach ar an talamh agus thit an fáinne dá méar. Ní thiocfadh léi geasa ar bith a oibriú ní ba mhó. D'éirigh an fharraige thairsti agus báitheadh í.

Maidin lá arna mhárach bhí sí le feiceáil ag sean agus ag óg báite ag bruach na haille. Tháinig siad as an uile chearn fríd Éirinn ag amharc ar Bhanríon na gCleas. Chuir siad í i measc na gcloch agus níl aon duine a shiúlann thart ins an lá nó ins an oíche dhubh nach bhfuil uaigh na mná móire le feiceáil ón lá sin go dtí an lá inniu.

Fionn Mac Cumhaill agus an Dragún

Go han-luath maidin amháin sa tsamhradh d'éirigh an ghrian ag soilsiú go pléisiúrtha. Bhí na héanacha ag seinm ceoil i ngach áit ar fud na gcoillte agus bhí achan chineál go haoibhinn ceart.

Chuaigh Fionn Mac Cumhaill, Oisín, Conán Maol, Diarmaid Ó Duibhne, Goll Mac Morna, Mac Doighre agus iomlán a gcuid fear – dhá chéad uilig – amach ag seilg i gceann de choillte Chonnacht mar go raibh coill ag Fionn Mac Cumhaill i ngach uile áit i gceithre réigiúin na hÉireann.

Ní ligfeadh an eagla do ghaiscíoch ar bith dul amach ag seilg ins na coillte seo gan cead Fhinn. Ar an lá seo nuair a chuaigh siad ag seilg bhí cú agus beathach leis an uile fhear. Bhí lása óir teannta ar láimh an uile fhir agus bhí an ceann eile den lása istigh i bhfáinne a bhí ar choiléar a bhí ar mhuineál na gcon.

Nuair a tchífeadh siad beithíoch fiáin ligfeadh siad ar shiúl ceann den lása agus ansin d'imeodh an cú. Sheas Fionn Mac Cumhaill é féin ar thaobh na láimhe deise. Bhí fir amuigh rompu ag bualadh na gcrann le haon bheathach fiáin a bheadh ina luí ann a chur amach.

Ní raibh sé i bhfad go bhfaca siad coileach mór mire ag tarraingt orthu. Bhí a dhá shúil chomh dearg le tine agus bhí an cubhar a bhí sé a chaitheamh dá bhéal chomh geal leis an tsneachta.

Ansin shéid Fionn an adharc agus thug sé ordú dá chuid

fear trí chú a scaoileadh amach ag troid leis an choileach. Bheir sé greim lena bhéal ar an chéad chú a tháinig chuige agus ghearr sé an ceann de. Chaith sé an darna cú amach thar mhullach a chinn. Scanraigh an tríú cú agus sheas sé ansin ag geonaíl le heagla. Chonaic Fionn Mac Cumhaill go raibh cosúlacht air go maródh sé iomlán na gcon. D'imigh sé agus scaoil sé bróg a bhí ar chois Bhrain mar go raibh crúb nimhe uirthi. D'imigh Bran ag reathaidh, ag screadaidh agus ag tafann. Chuala an bunadh a bhí ag obair fá chúig mhíle den taobh eile den choill an tafant. D'aithin siad gurbh é Bran a bhí ann agus thuig siad go raibh Fionn agus a chuid fear ag déanamh seilge fríd an choill ar an lá sin.

Ansin tháinig Bran aníos go dtí an coileach. Bheir sé greim air lena bhéal agus stiall sé an ceann de mar a dhéanfadh cat le luchóg. Thiontaigh sé ar ais ag reathaidh a fhad le Fionn.

Thóg Fionn agus a chuid fear an-challán le haoibhneas agus le pléisiúr agus dúirt Fionn nach ndearna Bran a leithéid de ghníomh ón am a d'athraigh fear a bhí faoi gheasa é féin in Éirinn ins an tseanam, d'athraigh sé é féin ina choileach; bhí sé ag marú an uile chineál cú dá raibh ag teacht roimhe go dtí gur scaoil Fionn Bran ina dhiaidh ach mharaigh Bran é dálta mar a rinne sé leis an choileach mire.

Thug siad leofa an coileach mire, scaip na fir amach fríd na coillte, mharaigh siad mórán giorria, fia agus an uile chineál beithígh.

Bhí siad ag siúl leofa ansin nó go raibh an oíche bheag agus deireadh an lae ann. Ní raibh barr cleite amach ná bun cleite isteach. Bhí éanacha beaga na coille craobhaí ag dul chun síorchodlata agus chun foscadh na hoíche.

Ansin bhuail an-ocras agus tart Fionn. Ní raibh sé in innimh dul ní b'fhaide. D'fhiafraigh sé d'fhear dá chuid fear a dtugadh siad Mac Doighre air an raibh teach ar bith thart ansin a bhfaigheadh siad bia agus dídean ann ar feadh na hoíche. Dúirt Mac Doighre nárbh fheasa dó é.

"Ní chreidim do scéal," arsa Fionn, "nó bhí mise thart anseo seal de bhlianta ó shoin. Chonaic mé caisleán a bhí go deas. Bhí cruithneacht agus coirce curtha thart fá dtaobh de agus saighdiúirí ag coimhéad thart i ngach áit fá dtaobh den chaisleán, agus caithfidh tusa imeacht leat agus gan stad mara ná cónaí a dhéanamh nó go dtige tú go dtí an caisleán. Caithfidh tú dul isteach agus fiafraí den mháistir atá ina chónaí ann an dtabharfadh sé bia agus dídean d'Fhionn agus a chuid fear go maidin mar go bhfuil siad ins an choill agus go bhfuil ocras agus tart orthu agus nach bhfuil áit ar bith eile acu le dul ar feadh na hoíche."

Ansin d'imigh Mac Doighre leis ag reathaidh, an áit ba tiubh ba tanaí agus ní dhearna sé stad mara ná cónaí go dtí go dtáinig sé go dtí an caisleán. Chuaigh sé isteach ó sheomra go seomra nó go dtáinig sé go dtí doras gloine. D'fhoscail sé an doras agus bhí máistir an chaisleáin agus a mháistreás agus an uile fhear de réir mar a bhí post acu sa chaisleán thart fá tháblaí ag ithe a suipéara. Bhí soilse óir agus airgid crochta as an uile áit. Bhí an oiread sin ocrais ar Mhac Doighre nach dtiocfadh leis a bheith ag amharc isteach ní b'fhaide.

Rith sé isteach agus d'umhlaigh sé do mháistir an chaisleáin. D'fhiafraigh an máistir de caidé a bhí de dhíth air. Dúirt sé gur chuir Rí Fionn ansin é, go raibh sé féin agus a chuid fear sa choill ó mhaidin, go raibh ocras agus tart orthu, gur chuir sé ansin é le fiafraí an dtabharfadh sé lóistín agus bia do sheachtar mór na bhFiann agus a gcuid fear go maidin.

Ansin labhair an máistir agus dúirt sé, "Ní thabharfaidh mise lóistín d'Fhionn ná do sheachtar mór na bhFiann ná d'fhear ar bith eile. Tá siad cleachtaithe go maith ar shiúl fríd choillte. Thig leofa má tá ocras orthu tine a lasadh sa choill agus na fia a bhruith agus a ithe agus ansin codladh faoi bhun na gcrann mar go bhfuil siad cleachtaithe go maith leis."

D'imigh Mac Doighre leis go han-bhrónach go n-inseodh sé an scéal do Rí Fionn. Ní raibh sé i bhfad ar an bhealach nuair a casadh Fionn leis. Dúirt sé le Fionn gur dhúirt máistir an chaisleáin nach dtabharfadh sé áit dósan ná do sheachtar mór na bhFiann, gur iarr sé air tine a lasadh sa choill agus fia a bhruith agus a ithe agus codladh faoi bhun na gcrann mar go raibh sé rómhaith aige.

Ansin tháinig an-fhearg ar Fhionn. Ní raibh ina chuideachta san am seo ach deichniúr fear. "Bhal," arsa Fionn, "in onóir na bhFiann agus iomlán mo chuid fear, mura gcoinneoidh sé sásta muid bhéarfaidh mise air go gcoinneoidh sé go míshásta muid."

D'éirigh sé agus d'imigh sé leis ag reathaidh agus d'imigh deichniúr fear ag reathaidh ina dhiaidh. Ní dhearna siad stad mara ná cónaí go dtí go dtáinig siad go dtí an caisleán. Rith Fionn isteach. Bhí an máistir ina shuí ag ceann an tábla. Bheir Fionn greim air le láimh amháin agus chuir sé trasna ar a ghlúine é mar a dhéanfadh bean le leanbh míosa.

Ansin fuair sé giota mór rópa, chuir sé lúb air thart faoi dhá ghualainn an mháistéara. Thug sé ceann an rópa do Mhac Doighre agus d'iarr sé air imeacht leis suas agus gan stad go mbeadh sé thuas ag an rigín. Thug Mac Doighre leis ceann an rópa ina bhéal. Bhí maide mór trasna faoin rigín. Chuir sé an rópa thart ar an mhaide agus tháinig anuas ar ais.

"Hoigh," arsa Fionn, "mar nach gcoinneofá sásta muid bhéarfaidh mise ort go gcoinneoidh tú go míshásta muid. Fágfaidh mé do dhroim buailte thuas ar an rigín agus thig leat a bheith ag coimhéad anuas ar an phléisiúr a bheas agamsa agus ag mo chuid fear anseo go maidin, go han-bhuartha."

Ansin bheir Fionn greim ar cheann an rópa, tharraing sé an rópa agus chuaigh an fear suas gur bhuail a dhroim ar an rigín. D'imigh Fionn ansin, é féin agus a dheichniúr fear, go bhfaigheadh siad an chuid eile dá chuid comrádaithe a bhí caillte sa choill. Nuair a tháinig siad go dtí an choill ar ais bhí an chuid eile dá chuid fear ansin mar gur tharraing siad ar an áit ar shíl siad go mbeadh Fionn ann.

D'inis Fionn an scéal daofa fá caidé mar a d'éirigh dó sa chaisleán. Bhuail na Fianna uilig ag gáire agus ag screadaidh le pléisiúr. Bhí an uile fhear ag gáire nó go raibh na deora ag déanamh aibhneacha sa talamh. Dúirt Fionn go gcaithfeadh an uile fhear a chulaith a bhaint de nó go raibh a gcuid cultacha fliuch salach i ndiaidh daofa a bheith ag seilg fríd an choill ó mhaidin agus go gcaithfeadh siad iad féin a ní ins an loch a bhí i lár na coille.

Chaith an uile fhear de a chulaith agus léim siad isteach ins an loch. Ní fhacthas roimhe ná ó shoin na saoistí uisce a thóg siad amuigh ins an loch mar go raibh deifir orthu fáil a fhad leis an chaisleán. Bhí fir ag fanacht ar bhruach an locha le culaith úr don uile fhear. Nuair a bhí siad réidh thit siad isteach ceathrar ar doimhne. Chuaigh Fionn chun tosaigh lena chuid con agus beathaigh.

Ní dhearna siad stad mara ná cónaí go dtáinig siad go dtí an caisleán. Bhí fáilte roimh sheachtar mór na bhFiann agus a gcuid fear ag an uile dhuine dá raibh sa chaisleán. Bhí táblaí cóirithe thart ins an uile sheomra ins an chaisleán. Shuigh seachtar mór na bhFiann agus a gcuid fear isteach chuig na táblaí go dtí gur ith siad agus gur ól siad a sáith.

Nuair a bhí siad críochnaithe tháinig máistreás na cúirte amach as seomra agus beirt bhan déag ina diaidh. Chaith sí í féin ar a dhá glúin roimh Rí Fionn. D'fhiafraigh Fionn dithe caidé a bhí contráilte nó an dtiocfadh leis dadaí a dhéanamh dithe.

Dúirt sí nach raibh dadaí ag cur uirthi ach ní amháin: go raibh a fear ceangailte den rigín agus go mbeadh sí fíorbhuíoch de dá scaoilfeadh sé an rópa agus a ligint anuas, go raibh sí ag geallúint dó nach bhfaigheadh seachtar mór na bhFiann agus a gcuid fear aon áit ná aon chúirt in Éirinn chomh maith agus a gheobhadh siad go maidin.

Dúirt Fionn go raibh sé an-bhuartha agus dá mbeadh a fhios aige gurbh ise a bhean nach gceanglódh sé ar an rópa é. Scaoileadh an rópa agus ligeadh anuas an fear. Scairt Fionn ar cheol a sheinm. Chruinnigh iomlán na bhfear a bhí aige agus sheinn siad ar a gcuid cláirseacha agus a leithéid de sheinm níor chualathas ins an áit sin riamh ó shoin.

Ansin scairt Fionn ar amhrán agus thoisigh dhá chéad de na Fianna ag gabháil cheoil agus bíodh a fhios agat nach ceol beag ná suarach a rinne siad mar gur chualathas ins an uile chearn fríd cheithre réigiúin na hÉireann ceol na bhFiann.

Thug Fionn é féin leis cláirseach a bhí ag a athair agus bhí geasa ar an chláirseach agus bhí an tseinm chomh binn agus duine ar bith a chluinfeadh é thitfeadh sé ina chodladh.

Tháinig an-chodladh ar fhir Fhinn. Dúirt Fionn go gcaithfeadh siad dul a luí. Tugadh leaba don uile fhear agus chodlaigh siad go maith an oíche sin. Ní dheachaidh máistreás ná máistir an chaisleáin ná a gcuid searbhóntaí a luí i rith na hoíche ach ag déanamh réidh bia do na Fianna nuair a d'éireodh siad ar maidin.

Mhuscail Fionn le go leor luais ar maidin. D'ordaigh sé dá chuid fear a bheith ina suí. D'éirigh siad agus bhí bricfeasta réidh fána gcoinne. Shuigh siad isteach agus nuair a bhí a sáith ite acu dúirt Fionn go raibh sé in am acu tarraingt ar an bhaile.

D'éirigh Fionn agus thug sé an-bhuíochas do mháistreás agus do mháistir na cúirte. D'ordaigh sé dá chuid fear iomlán an méid beithígh a mharaigh siad sa choill a thabhairt do mháistir an chaisleáin mar bhronntanas ar son na hoíche.

D'fhág sé slán acu agus nuair a bhí sé ag imeacht dúirt sé le máistreás an chaisleáin go gcaithfeadh sí dul fá choinne lá agus bliain go Cnoc Almhain, an áit a raibh seisean ina chónaí, agus go nglacfadh sé í isteach ina sheirbhís. Ansin d'imigh na Fianna leofa.

Sheas máistir na cúirte agus a bhean sa doras go dtí gur fhág na Fianna a n-amharc. Phill siad isteach ar ais agus ní luaithe bhí siad istigh nó bhuail an-chumha máistir an chaisleáin nuair nach raibh sé leofa, mar gur chuir Fionn geasa air. Ní raibh suaimhneas le fáil aige oíche ná lá ach níor mhothaigh sé an t-am ag dul thart go dtí go raibh lá agus bliain thart.

Thug sé leis beirt fhear agus d'imigh siad leofa ag tarraingt ar Chnoc Almhain. Nuair a bhí siad leath bealaigh tháinig triúr gadaí orthu sa choill. Bhuail an troid. Mharaigh siad an triúr gadaí ach mharaigh na gadaithe an bheirt fhear a bhí ag máistir an chaisleáin. D'imigh sé leis agus ní raibh sé i bhfad ag siúl go bhfaca sé Cnoc Almhain.

Chuala sé an tseinm a bhí ag teacht as drumaí, éireagáin agus píopaí go raibh eagla air dul ní b'fhaide. Tchí sé gaiscíoch ag tarraingt air, chomh dóighiúil agus a chonaic sé riamh. D'fhiafraigh an gaiscíoch de ar aithin sé é. Dúirt sé nár aithin.

"Bhal," arsa an gaiscíoch, "mise Diarmaid Ó Duibhne. Chuir Fionn anseo mé le thú a thabhairt isteach sa teach ina bhfuil sé féin ag stopadh ann." D'imigh an bheirt leofa. Ní raibh siad i bhfad ag siúl nuair a casadh orthu fear mór ramhar. Cé a bhí ann ach Conán Maol. Chuaigh sé ag gáire is ag magadh ar mháistir an chaisleáin.

Dúirt Diarmaid go gcuirfeadh seisean múineadh air. Thóg sé a lámh, bhuail sé é agus thit Conán Maol. Ansin bhuail sé go trom é. Dúirt beirt ghaiscíoch eile a bhí ina seasamh go raibh an bualadh sin a dhíth air agus go gcuirfeadh sé múineadh air.

Shiúil siad leofa ansin go dtáinig siad a fhad leis an áit a raibh Fionn. Bhí an doras foscailte chomh leathan sin go bhféadfadh míle fear siúl isteach ar a suaimhneas. Tháinig Fionn go dtí an doras in araicis mháistir na cúirte. Thug sé leis é go dtí an áit a raibh sé féin ina shuí. Bhí an uile chineál seanma ag dul ansin agus ní raibh máistir na cúirte i bhfad ina shuí go ndearna sé dearmad den bhaile.

Thug sé leis lá arna mhárach é fríd Chnoc Almhain. Bhí trí chéad gaiscíoch ansin ba dheise dá bhfaca sé riamh agus seachtar mór na bhFiann á bhfoghlaim le dul chun cogaidh. Thug Fionn cú agus beathach do mháistir na cúirte agus bhí an-lúcháir air a bheith i measc na bhFiann.

Maidin amháin go han-luath tháinig marcach ó Rí Chonnacht. Dúirt sé go dtáinig dragún mór isteach ón fharraige, go raibh sé chomh mór le sliabh, go raibh a dhá shúil chomh dearg le tine, nach raibh a fhios acu caidé an méid a bhí ina bhéal mar gur shlog sé siar an uile fhear agus beathach a tháinig a bhealach agus nach raibh amharc le feiceáil ní ba mhó orthu, go raibh sé ag leagaint coillte agus bailte móra, gur chaill Fianna Chonnacht mórán dá gcuid fear agus go dtáinig siad ag iarraidh chuidiú Fhinn Mhic Cumhaill agus a chuid fear féacháil leis an dragún a mharú.

Bhí an mhaidin an-deas agus an ghrian ag éirí. Chuir Fionn a adharc ina bhéal agus shéid sé. Chuala a chuid gaiscíoch é san uile áit ar fud Éireann ina raibh siad scaipthe. Tharraing siad air.

Ghléas sé é féin agus a chuid fear ansin agus ní dhearna siad stad mara ná cónaí go ndeachaidh siad anonn go Connachta. Tháinig siad a fhad leis an loch ina raibh an dragún.

D'éirigh an dragún go dtí uachtar an uisce. Scaoil na Fianna an uile chineál ga agus bior leis ach níor mhothaigh sé iad. Tháinig sé isteach go dtí an talamh agus scairt sé i sean-ard a chinn le seachtar mór na bhFiann agus a gcuid fear a bheith ag teitheadh anonn go Cúige Uladh nó go maródh sé uilig iad.

D'iarr Fionn ar a chuid fear dul chun tosaigh ag troid leis ach de réir is mar a bhí siad ag teacht chun tosaigh bhí an dragún á slogadh siar go dtí go raibh siad uilig slogtha aige ach beirt – Fionn agus Mac Doighre.

Dúirt Fionn le Mac Doighre nach raibh ann ach an bás mura ndéanfadh sé an rud a d'iarrfadh seisean air. Dúirt sé go rachadh seisean síos agus go mbeirfeadh sé greim muineáil ar an dragún agus nuair a thógfadh sé amach ón talamh é go bhfosclódh an dragún a bhéal. Chaithfeadh seisean léimnigh lena chlaíomh agus dul siar ina bhéal, poll mór a ghearradh ina thaobh lena chlaíomh, é féin teacht ar ais agus inse dó an raibh an chuid eile de na Fianna marbh.

Chuaigh Fionn síos agus bheir sé greim cúl muineáil ar an dragún. Thóg sé aníos den talamh é. D'fhoscail an dragún a bhéal. Léim Mac Doighre siar ina ghoile. Ghearr sé poll mór ina thaobh lena chlaíomh. Tháinig sé féin amach ar a thaobh agus shiúil an uile fhear riamh de sheachtar mór na bhFiann agus a gcuid fear agus a gcoin amach ina dhiaidh. Ba é máistir na cúirte an fear ba dheireanaí a tháinig amach agus bhí sé chóir a bheith marbh. Ní raibh sé in innimh corrú.

D'iompair Fionn agus a chuid fear ar ais go Cnoc Almhain é. Choinnigh siad ansin é go dtí go raibh sé chomh maith agus chomh láidir agus a bhí sé riamh. D'fhág sé slán ag Fionn agus dúirt sé go gcaithfeadh sé dul ag amharc ar a bhean a d'fhág sé ina dhiaidh sa chaisleán. D'fhág Fionn slán aige.

Chuaigh an gháir amach an uile áit fá dtaobh den dóigh ar mharaigh fir Fhinn an dragún ach ní dheachaidh siad ag troid le haon dragún eile ón lá sin go dtí an lá inniu.

Gabha Dubh Ghlinne

Bhí gabha dubh i nGleann uair amháin agus nuair a fuair a athair agus a mháthair bás ní raibh aige ach é féin. Bhíodh sé chuile oíche ag imirt chártaí.

Bhí sagart ar an bhaile ar a dtugadh siad an Bráthair Bán air agus thigeadh sé a fhad leis an ghabha ag iarraidh air dul go teach an phobail chun aifrinn, agus déarfadh an gabha dubh nach rachadh.

Oíche amháin bhí sé i ndoimhneacht na gcnoc agus mhothaigh sé an slubráil istigh sa bhachta móna. Tháinig sé anuas dá bheathach go bhfeicfeadh sé caidé a bhí ann. Bhí sé in am mharbh na hoíche. Labhair sé leis an neach a bhí sa pholl.

"Caidé an cineál duine tusa nó an taibhse atá ionat?"

Labhair fear agus dúirt nach taibhse ar bith é ach gurbh an Bráthair Bán é, an sagart paróiste i nGleann. Tharraing sé aníos as poll na móna é. Bhí an oíche ag síobadh sneachta agus ag flithshneachta. Bhí an sagart fliuch báite. D'fhiafraigh an gabha de cá raibh sé ag dul a leithéid d'oíche. Dúirt sé go raibh sé ag dul ar airteagal agus go ndeachaidh sé ar seachrán ins an chnoc agus gur tharla isteach ins an áit bhog seo é.

"Beidh tú caillte má tá i bhfad le dul agat," arsa an gabha. "Is fearr duit do chuid éadaigh a bhaint díot agus a bhfáscadh. Cuir ort na héadaí tirime atá taobh istigh ormsa."

Rinne an sagart seo ar mhullach an chnoic. "Seo an beathach duit," arsa an gabha dubh, "agus tabhair leat é. Tá a fhios aige cá bhfuil tú ag dul. Tá sé cleachtaithe go maith ar na cnoic seo."

Thug an sagart an beathach leis agus chuaigh sé ionsar an té a bhí tinn agus chuir sé an ola air.

Ar lá arna mhárach tháinig an sagart a fhad leis an ghabha dhubh agus dúirt, "Seo é do bheathach agus tá mé an-bhuíoch díot. Ach go bé thú aréir bheadh mise caillte nó báite."

"Tabhair leat an beathach seo," arsa an gabha dubh. "Is mó an trua tusa ná mise. Caithfidh sibhse a bheith ar bhur gcois go mall agus go luath. Tá mise ag bronnadh an bheathaigh ort."

Thug an sagart buíochas dó ar son an bheathaigh agus chuaigh sé abhaile.

Ar maidin lá arna mhárach smaointigh an gabha go bhfágfadh sé an baile go cionn bliana nó dhó agus go mbeadh sé ag imirt chártaí leis na himritheoirí eile ins na bailte móra. Chuaigh sé go Sasana.

Ní raibh sé ann ach seachtain nuair a casadh fear ábalta rua air.

"An cearrbhach thú?" ar seisean.

"Cearrbhach atá ionam," arsa fear Ghlinne.

"Bhal, is maith a tharla sinn araon le chéile," arsa an Fear Rua. "Tá seisear cearrbhach eile anseo agam agus má théann tusa liom beidh ochtar againn."

Chuaigh fear Ghlinne leis an oíche sin i gcuideachta an tseisir agus bhí siad ag imirt go raibh an lá ann. Tharla sé mar an gcéanna an darna hoíche agus mar sin go cionn seachtaine. Ba choinneal le chuile dhuine de na cearrbhaigh an t-aon solas a bhí acu. Nuair a bhí seachtain caite dúirt an Fear Rua go raibh sé le hoíche mhaith a thabhairt daofa ar an oíche dár gcionn. D'iarr sé ar an uile fhear den seachtar coinneal an duine a bheith acu a choinneodh solas leofa.

Nuair a tháinig an oíche chuaigh na cearrbhaigh chun tí. Ní raibh siad i bhfad ann nuair a tháinig an Fear Rua agus ceaig uisce beatha ar a dhroim leis. Las siad na coinnle agus thoisigh sé ag cur an uisce beatha thart orthu.

Nuair a thit seisear acu thart ólta ní raibh cuma ar bith ólacháin ar fhear Ghlinne. Arsa an Fear Rua leis, "Tá siad uilig ólta ach tusa."

"Tá," arsa fear Ghlinne.

"An bhfuil mórán airgid bainte agat ó tháinig tú anseo?" arsa an Fear Rua.

"Tá trí chéad punt bainte agam," arsa an gabha.

"Tá trí chéad eile bainte agamsa," arsa an Fear Rua.

"Muise níor fágadh mise riamh," arsa an gabha. "Imreoidh mé leat."

Chuir an Fear Rua trí chéad ar an tábla agus chuir an gabha trí chéad amach.

"Cuirfidh muid na sé chéad i gcluiche amháin," arsa an Fear Rua.

"Rud ar bith is toil leat féin," arsa an gabha.

Chuir an Fear Rua an cluiche agus bhain sé na sé chéad.

"Sin a bhfuil d'airgead agat?" arsa an Fear Rua leis.

"Níl a dhath agam ach a bhfeiceann tú," arsa an gabha.

"Nach deas an cnap airgid é sin," arsa an Fear Rua.

"Tá sé deas nuair atá sé bainte agatsa," arsa an gabha.

"B'fhéidir gurbh é do chuid féin go fóill é," arsa an Fear Rua. "Dhéanfaidh mise margadh leat," ar seisean. "An imreoidh tú d'anam in aghaidh na sé chéad?"

Thoisigh an gabha agus d'imir sé gur bhain an Fear Rua a anam.

"Anois," arsa an Fear Rua, "tá d'anam caillte agat agus caithfidh tú a bheith liom anocht mar atá an seisear fear sin atá caite marbh i dtaobh an tí."

D'éirigh an gabha agus d'amharc sé ar na fir agus bhí an uile fhear acu marbh. D'éirigh gach rud in aice leis te. Sin an chéad uair a chreid sé gurbh é an diabhal a raibh sé ag imirt leis.

"Cá fhad atá tú le tabhairt domh ar an saol seo?" arsa an gabha.

"Ní thabharfaidh mé duit," arsa an diabhal, "ach go raibh an t-orlach den choinneal caite. Nuair a chaitheann tú an choinneal caith an t-orlach."

Níorbh fhada go dtáinig fear isteach ar an doras agus sheas sé ag ceann an bhoird.

"A ghabha dhuibh as Gleann," ar seisean, "tá tú i gcruachás."

"Tá," arsa an gabha. "Níl agam ar an tsaol seo ach go raibh an t-orlach den choinneal sin caite."

"An bhfuil coinneal eile agat?" arsa an fear a tháinig isteach.

"Cuir as an bun sin agus las an choinneal eile. An bhfaca tú mise riamh?" arsa an fear.

D'amharc an gabha air agus dúirt nár shíl sé go bhfaca sé riamh é ach go raibh sé cosúil leis an sagart bán a bhí i nGleann ach nárbh é a bhí ann.

"Bhal, is mise an sagart sin," arsa an fear. "An cuimhin leat an oíche a tharraing tú as an pholl móna mé, an oíche a raibh mé ar seachrán? Gheall mise an oíche sin, beo nó marbh mé, an chéad uair a mbeadh géibheann ortsa go réiteoinn duit é dá mbeadh sé in mo chumhacht, agus tharraing mé ionsort anocht. Thug an diabhal cead duit a bheith beo go mbeadh an t-orlach caite. Tabhair leatsa an t-orlach sin agus cuir in do phóca é agus tiontaigh abhaile agus déan bocsa iarainn i do cheárta féin. Chuir bun na coinnle isteach ann agus cuir faoin talamh é agus beidh tú céadta bliain marbh sula leáfaidh an bun coinnle sa bhocsa.

D'éirigh an Fear Rua agus chuaigh sé amach ar an doras ach dúirt sé go mbeadh sé inchurtha leis an ghabha go fóill.

Rinne an gabha mar a d'iarr an sagart air. Chuir sé an choinneal faoin talamh sa bhocsa iarainn agus clár air agus tá sé ansin ón lá sin go dtí an lá inniu.

Gadaí Dubh na Slua

Ins an tseanaimsir anseo fad ó shoin bhí rí agus banríon in Éirinn. Bhí triúr mac acu agus fuair an mháthair bás. Chuir an t-athair an triúr mac ar shiúl chuig coláiste na linne sin ag foghlaim béasa. Nuair a bhí siad ar shiúl seacht mbliana phós sé iníon rí na Gréige as an Domhan Thoir. Thug sé go hÉirinn í. Nuair a bhí siad bliain pósta d'fhiafraigh sí de cé hionsair a mbíodh sé ag cur na litreach trí huaire sa bhliain. Ní bheadh sí beo go dtí go n-inseodh sé dithe.

"Tá triúr mac agam," ar seisean, "ar shiúl ag foghlaim béasa agus sin an bunadh a bhfuil mé ag cur airgid chucu."

"Tuige nach dtugann tú abhaile iad? B'fhearr liomsa ná a bhfaca mé riamh go dtiocfadh siad abhaile. Níl againn anseo ach muid féin agus ar ndóigh bheadh siad de dhíth orainn fán teach."

B'éigean don rí a comhairle a dhéanamh agus thug sé an triúr mac abhaile. Nuair a tháinig siad chruinnigh na comharsana uilig le modh agus urraim a thabhairt do na strainséirí a tháinig abhaile. Nuair a bhí siad uilig cruinnithe sa teach chuaigh beirt acu amach go dtí an garraí lena n-athair agus bhí an fear ba shine istigh ag caint leis an leasmháthair. D'iarr sí air teacht go dtí an seomra.

"Creidim," ar sise, "gur fhoghlaim tú cártaí a imirt."

"D'fhoghlaim mé sin chomh maith le chuile shórt eile," ar seisean.

"Beidh cluiche cártaí againn," ar sise "agus cibé a chuirfeas an cluiche bhéarfaidh an duine sin breith ar an duine eile. An bhfuil tú sásta?" ar sise.

"Tá mé sásta," arsa mac an rí.

Chuir sise an cluiche agus d'iarr sí air a cheann a chromadh. Chrom seisean a cheann.

"Aníos agus síos a chois abhna, madaí allta go n-ithe thú, clocha agus bairnigh go dtite ort, mura ndéanfaidh tú an rud a iarrfas mise ort."

"Dhéanfaidh," arsa seisean.

"Caithfidh tú dul go dtí an Domhan Thoir agus do bheirt dhearthár leat agus an beathach ar a dtugann siad Each na gClog a thabhairt a fhad liomsa anseo roimh lá agus bliain."

Dúirt seisean go ndéanfadh.

"Imreoidh muid cluiche eile," ar seisean. Bhain seisean an darna cluiche. "Crom do cheann," ar seisean léi.

"Cromfaidh," ar sise. "Tabhair do bhreith."

"Is é an bhreith a bheirim ort," arsa mac an rí, "tusa a bheith ceangailte ar bharr an spíce is mó agus is airde in Éirinn ar an lá a imeos mise agus gan dadaí a bheith le n-ithe agat ach punannacha coirce craobhaí, agus uisce atá ina luí i bpoll le bliain a ól."

Nuair a chuala sise an bhreith a thug mac an rí uirthi dúirt sí nach ndéanfadh ceachtar acu an rud a bhí le déanamh acu agus nach raibh ann ach greann.

Dúirt mac an rí léi go raibh fuil rí ann agus go ndéanfadh sé an rud a d'iarr sí air.

Nuair a tháinig an t-athair agus an bheirt mhac isteach chun tí i ndiaidh a bheith sa gharraí, bhí an mac ba shine an-bhrónach. D'fhiosraigh an t-athair de caidé a bhí air. D'inis sé don athair fán leasmháthair agus na cluichí cártaí agus go gcaithfeadh seisean dul chun an Domhain Thoir fá choinne Each na gClog.

"Bhal," arsa an t-athair, "rud ar bith a deir sibh caithfidh sibh a fheiceáil déanta."

Ar maidin lá arna mhárach d'éirigh an triúr dearthár. Rinne siad réidh lón a bheadh leofa. Thug an t-athair airgead daofa le beathach gearráin an duine a cheannacht. Nuair a bhí siad réidh le n-imeacht dúirt an fear ba shine gurbh é sin an t-am leis an leasmháthair a chur ar an spíce. Thug siad leofa í go dtí an áit a raibh an spíce ab airde in Éirinn agus cheangail siad le rópaí giúise í agus chroch siad na punannacha coirce ar thaobh na láimhe deise dithe agus uisce an abair ar an taobh clé. Ba sin a cuid bia agus dí go dtiocfadh mac an rí abhaile.

D'fhág siad slán agus beannacht ag an rí agus d'imigh siad ag tarraingt ar an Domhan Thoir. Bhí siad ar an bhealach go dtáinig an oíche orthu. Stad siad an oíche sin i gcoirnéal páirce. Ní raibh teach ina gcóir. Bhí siad mar sin go dtí go dtug a gcuid beathaigh suas agus ní raibh siad in innimh siúl. Bhí an triúr mac ag siúl leofa go dtáinig siad go barr cnoic ins an Domhan Thoir. Bhí an tráthnóna ann ag an am sin.

Shuigh siad. Ní raibh siad i bhfad ina suí nuair a chonaic siad seanduine crom agus bata leis ag teacht aníos taobh an chnoic. Arsa an fear ba shine leis an chuid eile, "Ní íosfaidh muid aon ghreim den bhia go dtige an fear bocht a fhad linn. B'fhéidir go dtabharfadh sé tuairisc dúinn cá bhfuil an beathach atá muid le goid."

Nuair a tháinig an seanduine chucu chuir sé céad fáilte agus sláinte roimh thriúr mac Rí na hÉireann go dtí an Domhan Thoir.

"Suigh agus ith greim den bhia seo," arsa siadsan leis.

Bhí iontas orthu caidé an dóigh ar aithin an seanduine iad agus d'fhiafraigh siad faoi.

"As Éirinn mise," arsa an seanduine, "agus tá a fhios agam cá bhfuil sibh ag dul. Tháinig sibh fá choinne Each na gClog. Tá mise anseo corradh le trí fichid bliain ag iarraidh í a fháil agus sháraigh orm go fóill. Ní bhíonn an chúirt le feiceáil ach uair gach seachtú bliain. Tá sí faoi dhraíocht agus beidh sí le feiceáil amárach. Chomh luath is a ghlanfas an lá taispeánfaidh mise daoibh an áit a bhfuil an beathach ar stábla. Beidh na fir tuirseach i ndiaidh a bheith ina suí i rith na hoíche agus ní bheidh aon duine ag coimhéad sa lá. Gabh thusa, an duine is sine, isteach sa stábla agus gheobhaidh tú seandiallait caite i gcúl an dorais. Sin an diallait atá le cur uirthi. Ná gabh chóir aon diallait eile sa stábla. Má théann sárófar ort."

Nuair a chuaigh mac an rí isteach sa stábla bhí an beathach ansin. D'amharc sé thart. Níor smaointigh sé ar chomhairle an tseanduine agus thóg sé diallait airgid anuas agus chuir sé ar dhroim an bheathaigh í. Mar go raibh an beathach faoi dhraíocht chraith sí na cloig agus musclaíodh a raibh fán chúirt agus beireadh ar mhac an rí.

Nuair a fuair an rí greim air chuir sé scéala amach ar fud na dúiche agus d'iarr sé ar na daoine brosna agus cnámha d'achan chineál a raibh siad in innimh tabhairt chuige a thabhairt go ndófadh siad mac Rí na hÉireann. Las siad an tine. Nuair a bhí an tine ina neart thug siad cathaoir iarainn fá throigh den tine agus mac Rí na hÉireann ina sheasamh uirthi. Arsa Rí an Domhain Thoir le hiomlán an chruinnithe, "Nach bhfuil mac Rí na hÉireann i ndeas don bhás inniu? Má bhí aon duine ins an chruinniú seo inniu chomh deas sin don bhás ligfidh mise saor é."

D'éirigh seanduine beag a raibh cruit air agus dúirt go raibh seisean níos deise.

"Má dhéanann tú sin amach domh," arsa an rí, "ligfidh mé mac an rí saor."

"Bhí mise lá," arsa an seanduine, "ar seachrán agus tharla

isteach i gcoill mé le titim dhubh na hoíche. Bhí sneachta ar an talamh. Chonaic mé bothán beag ag ceann na coille. Tharraing mé ar an bhothán agus d'amharc mé isteach. Ní raibh duine ar bith istigh ach triúr cat ina gcodladh sa leaba. Chuaigh mé anonn chucu agus d'amharc mé orthu. Bhí carnán airgid faoi cheann chuile chait. Thóg mé ceann cait den adhairt agus thug mé liom an t-airgead. Chuir mé gráinnín beag duilleoga crainn isteach faoina ceann in áit an airgid. Rinne mé sin leis an triúr acu. Ní raibh ag an triúr cat seo ach muscailt agus bheadh mé marbh. Bhí mé ní ba dheise don bhás ná troigh."

"Ligfidh mise mac an rí ar shiúl leat inniu."

Nuair a chuaigh mac an rí agus an seanduine amach as an chruinniú casadh daofa an bheirt dhearthár. Dúirt chuile dhuine acu gur shíl sé nach bhfeicfeadh sé choíche arís é.

"Dá ndéanfá mar a d'iarr mise ort agus an diallait a bhí i gcúl an dorais a chur ar an bheathach, bheadh muid cuid mhór den bhealach ag tarraingt ar chúirt d'athara inniu. Anois tá súil agam nach ndéanann tusa," arsa an seanduine leis an darna mac leis an rí, "an rud a rinne do dheartháir. Tá na fir tuirseach le dhá lá ó a bheith ag coimhéad an stábla agus tá codladh trom orthu inniu. Cuir an diallait a gheobhas tú i gcúl an dorais ar an bheathach nuair a rachas tú isteach sa stábla."

Chuaigh an darna mac le Rí na hÉireann isteach sa stábla. Ní raibh moill air mar go raibh na fir uilig ina gcodladh. In áit an diallait a bhí i gcúl an dorais a chur ar an bheathach, chuir sé an diallait chéanna air a chuir a dheartháir an lá roimhe sin. Bhuail an beathach na cloig mar a rinne sé roimhe agus beireadh ar an darna mac. Mar a rinne Rí an Domhain Thoir an lá roimhe sin, chuir sé scéala chuig na daoine ar fud na dúiche brosna agus cnámha a thabhairt chuige agus go mbeadh tine acu a dhófadh an gadaí as Éirinn.

Nuair a bhí an tine ina neart agus mac Rí na hÉireann ina sheasamh ar an chathaoir iarainn, chuir sé chomh deas sin don tine é agus nárbh fhéidir do dhuine ar bith a bheith níos deise don bhás. Bhí sé fá thrí horlaí don tine. D'éirigh Rí an Domhain Thoir agus labhair sé leis na daoine a bhí cruinnithe thart. "Nach deas an fear seo don bhás inniu. Tá sé fá thrí orlaí don bhás. Má bhí aon duine riamh ins an chruinniú seo chomh deas don bhás leis ligfidh mise mac an rí anseo leis abhaile."

D'éirigh an seanduine céanna, labhair sé leis an rí agus dúirt go raibh seisean ní ba dheise don bhás.

"Má ghní tú sin amach domh," arsa an rí, "ligfidh mise é seo leat inniu arís."

"Mar a bhí mé ag inse anseo inné, nuair a ghoid mé an t-airgead ó na cait chuaigh mé amach ar an doras agus d'imigh mé liom. Ní raibh mé i bhfad ag siúl nuair a d'amharc mé in mo dhiaidh agus chonaic mé an triúr cat ag rith agus bhí cuma orthu go bhfaigheadh siad suas liom. Chuaigh mé suas ar chrann le heagla roimh na cait. Nuair a tháinig siad go bun an chrainn rinne ceann acu fear dithe féin, rinne ceann eile tua dithe féin agus rinne an tríú ceann sábh dithe féin. Thoisigh an sábh ag gearradh leithe féin agus thoisigh an fear leis an tua agus mise sa chrann. Bhí an crann gearrtha acu go dtí orlach amháin nuair a thoisigh na coiligh ag scairteadh agus b'éigean daofa stad. Dá dtabharfadh an fear buille amháin eile leis an tua bhí mise marbh."

"Tchím," arsa an rí, "ligimse leatsa an fear seo inniu."

Nuair a chuaigh an seanduine agus an darna mac le Rí na hÉireann amach as an chruinniú, casadh an bheirt dhearthár orthu agus dúirt siad gur shíl siad go mbeadh sé dóite.

Arsa an tseanduine leis an fhear ab óige, "Tá súil agam nach ndéanfaidh tusa an rud a rinne do bheirt dhearthár. Cuir thusa an diallait atá i gcúl an dorais ins an stábla ar an bheathach. A mhéid codlata a bhí ar na gardaí a bhí ag coimhéad an bheathaigh le dhá lá, tá níos mó codlata inniu orthu."

Chuaigh an fear ab óige isteach sa stábla agus in áit an diallait a d'iarr an seanduine air a chur ar an bheathach, chuir sé an ceann céanna air a chuir a bheirt dhearthár roimhe sin. Bhuail an beathach na cloig. Bhí sí faoi dhraíocht. Nuair a cuireadh an diallait seo air mhuscail sé a raibh fán chúirt. Beireadh ar an tríú mac agus bhí sé le bheith dóite cinnte. Nuair a bhí an tine ina neart agus mac an rí ina sheasamh ar an chathaoir iarainn, scairt an rí leis an chruinniú, "Tá mac an rí as Éirinn chomh deas don bhás agus nach féidir go raibh aon duine riamh níos deise gan bás a fháil. Tá barr a dhá bhróg in imeall na tine. Má bhí aon duine riamh ins an chruinniú seo chomh deas don bhás, ligfidh mise leis é."

D'éirigh an seanduine beag a raibh an chruit air mar a rinne sé ar an dá lá roimhe sin agus dúirt sé go raibh seisean ní ba dheise don bhás.

"Má ghní tú sin amach domh, ligfidh mé leat inniu é."

"Mar a bhí mé ag inse anseo roimhe," arsa an seanduine, "fá dtaobh den triúr cat, ní raibh siad ach ar shiúl ón chrann nuair a thit sé. D'imigh mé liom ar eagla go leanfadh na cait mé agus tháinig mé isteach i gcoill. Bhí teach beag ar imeall na coille agus d'amharc mé isteach ar pholl bheag a bhí ar an fhuinneog. Chonaic mé bean ina suí ag an tine agus páiste gasúir ar a glúin agus í ag stialladh le scian mhór ar a mac. Bhéarfadh sí ar an scian agus sháithfeadh sí an scian ins an pháiste. Théadh an páiste ag gáire agus théadh sí féin ag caoineadh. Chuaigh mé féin isteach agus shuigh mé thuas ag an tine. D'fhiosraigh mé dithe caidé a bhí sí a dhéanamh leis an scian a bhí sí a sháthadh ins an pháiste. Dúirt sí liom go raibh fathach mór ins an tsiúl ag teacht an oíche sin agus gur iarr sé uirthi an páiste a bheith bruite fá choinne a shuipéara agus mura mbeadh sin déanta go n-íosfadh sé í féin. D'iarr mé an páiste uirthi. Thug mé liom amach sa choill é. Chóirigh mé leaba bheag ar dhuilleoga crainn dó i mbéal poill. Fuair mé muc óg sa choill agus mharaigh mé í agus thug mé don bhean í le bruith in áit an pháiste. Ghearr mé méar den pháiste nuair a d'fhág mé sa choill é, thug mé don bhean í agus d'iarr mé uirthi a cur ina póca, agus dá ndéarfadh an fathach nárbh é an páiste a bhí bruite, an mhéar a thabhairt dó. D'fhiafraigh mé dithe cá háit a gcuirfeadh sí i bhfolach mé ar feadh na hoíche. Dúirt sise nach raibh aon áit aici ach seomra a bhí lán daoine a bhí marbh agus dá mba é mo thoil é go dtiocfadh liom fanacht ann go maidin. Chuaigh mé féin síos go dtí an seomra agus nuair a d'fhoscail mé an doras ní raibh ann ach daoine a bhí marbh agus gan aon snáithe éadaigh orthu. Chaith mé díom mo chuid éadaigh agus chuaigh mé siar faoi ochtar acu seo le dul i bhfolach ar an fhathach. Tharraing mé in mo mhullach iad. Ní raibh mé i bhfad ansin nuair a mhothaigh mé an talamh ar crith, agus an tormán a bhí leis an fhathach ní dhéanfaidh mé dearmad choíche de. Nuair a tháinig sé chun tí d'fhiafraigh sé den bhean an raibh an páiste bruite aici. Dúirt sí go raibh, ag tabhairt na muice amach as an phota agus á tabhairt dó in áit an pháiste. D'ith sé uilig é ach dúirt sé leis an bhean nach cosúil le páiste é. Dúirt sise gurbh é an páiste a bhí ann agus gurbh é sin an méid a bhí aici de agus chuir sí lámh ina póca agus thug an mhéar dó. Chogain sé an mhéar agus dúirt sé nach raibh a sháith go fóill aige. Chuaigh sé go dtí an tseomra fá choinne fear ramhar go mbruithfeadh sé cuid de. Mar go raibh na fir marbh le tamall bhí sé ag cuartú go bhfaigheadh sé fear ramhar. Bhí sé á gcaitheamh thall agus abhus go dtí go bhfuair sé greim coise orm féin agus dúirt sé gur fear mé a dhéanfadh cúis dó. Thug sé leis a scian agus ghearr sé meall den dá chois díom agus thug sé go dtí an chistin é agus bhruith sé agus d'ith sé é. Dá gcorróinn nuair a bhí greim ag an fhathach orm agus é ag gearradh meall an dá chois díom, nach raibh mé ní ba dheise don bhás ná mar atá an fear sin inniu. Má bhí, bhronnfainn an beathach ar mhac Rí na hÉireann inniu."

"Bhí cinnte," arsa siadsan a bhí i láthair,

"Bhal," arsa an seanduine, "inseoidh mé an scéal uilig. Nuair a rinne sé a shuipéar, thit sé ina chodladh. Bhí sé ag srannaidh chomh hard sin go raibh sé ag tarraingt achan taobh den teach leis. Nuair a fuair mise ina chodladh é tháinig mé aníos chun na cistine. Ní raibh ag an fhathach ach súil amháin a bhí i gclár a éadain. Bhí barra iarainn i dtaobh an tí agus d'fhiosraigh mé den bhean caidé a bhí an fathach a dhéanamh leis. Dúirt sí liom gur fá dhéin a phíopa a réiteach a bhí sé. Dhearg mé an barra ins an tine agus nuair a bhí an barra dearg go maith agam thug mé liom é agus sháith mé isteach fríd a shúil agus amach ar chúl a chinn é. D'éirigh an fathach agus d'imigh mé féin agus an fathach in mo dhiaidh. Bhí sé dall. Níor léir dó cá raibh sé ag dul. Bhí fáinne draíochta ar a mhéar agus sula bhfuair sé suas liom bhain sé an fáinne dá mhéar agus scaoil sé in mo dhiaidh é. Dá rachadh an fáinne isteach ar mo mhuineál choinneodh sé mé go bhfaigheadh an fathach greim orm ach thit an fáinne ar an talamh ag mo chuid sálta.

'Cá bhfuil tú anois, a fháinne?' arsa an fathach.

'Tá mé ag sál a choise.'

'Gabh i leith anseo arís, a fháinne,' arsa an fathach. Scaoil sé arís é.

'Cá bhfuil tú anois, a fháinne?'

'Tá mé ag bun a laidhre móire.'

Dá rachadh an fáinne ar mo ladhar ní thiocfadh liom siúl. Scairt sé ar an fháinne arís agus scaoil sé an tríú huair é agus cá háit a ndeachaidh an fáinne ach isteach ar mo ladhar mhór. Bhí mé in mo sheasamh ansin. Ní thiocfadh liom corrú agus an fathach ag tarraingt orm. Ní raibh a fhios agam caidé a dhéanfainn. Scairt an fathach.

'Cá bhfuil tú, a fháinne?'

'Tá mé ar bharr a laidhre móire.'

'Coinnigh do ghreim,' arsa an fáthach. Thóg mé amach mo scian agus ghearr mé an ladhar mhór díom féin. Bhí mé ag dul thart le bruach locha ag an am. Chaith mé an ladhar agus an fáinne fad m'urchair amach ins an loch.

'Cá bhfuil tú anois, a fháinne?' arsa an fathach.

'Ar bharr a laidhre móire amuigh ins an loch,' arsa an fáinne.

'Coinnigh do ghreim. Is goirid go raibh mise agat.'

Chuaigh an fathach amach ins an loch ag déanamh go raibh mé féin amuigh ach fágadh an fathach agus báitheadh é. Sin iomlán mo scéil le corradh le trí fichid bliain. Mise Gadaí Dubh na Slua as Éirinn."

Thug triúr mac an rí, an beathach agus an Gadaí Dubh leofa. Ní dhearna siad stad mara ná cónaí go dtáinig siad abhaile. Nuair a chuala an leasmháthair go dtáinig siad abhaile bhí lúcháir an domhain uirthi. Fuair siad na dréimirí agus scaoileadh na rópaí dithe. Nuair a bhí sí ag teacht anuas den spíce ghearr sí léim agus briseadh a muineál ar an talamh.

Seán as Cróibh

Bhí fear i gCróibh fad ó shoin agus ní raibh aige ach é féin agus a mháthair. Chuaigh sé amach lá amháin ag baint preátaí ar pháigh ag fear eile. Ní raibh sé i bhfad ag baint na bpreátaí nó go dtáinig cailín rua agus tuirne léi go dtí ceann an iomaire agus thoisigh sí ag sníomh.

Níor mhaith leis an fhear labhairt léi siocair go raibh sé ar pháigh agus nach mbeadh sé ag cur amú an lae. Nuair a bhí sé ag dul síos an iomaire ag baint d'athraíodh sí an tuirne léi.

Bhí sí mar sin an chéad lá agus níor labhair sé léi. Tháinig sí an darna lá agus í ag cniotáil, agus níor labhair sé léi go dtí tráthnóna. Chuir an cailín ceist cad chuige nár labhair sé léi ar maidin. Dúirt sé léi go raibh eagla air roimh a mháistir, nár mhaith leis a bheith ina sheasamh gan a bheith ag baint na bpreátaí.

"Muise," ar sise, "níl agat ach thú féin agus do mháthair agus tá neart airgid agamsa agus ba chóir duit mise a phósadh."

"Is cuma liom," ar seisean, "ach níl aon dath airgid agamsa a phósfas mé."

"Bhéarfaidh mise duit an t-airgead," ar sise.

"Cárb as tú?" ar seisean. "Ní fhaca mé riamh tú."

"As fá Ghleann Geis mé," arsa sise. "Gabh síos amárach agus casfaidh mise leat ag bun an ghleanna agus pósfar muid beirt."

Ar maidin lá arna mhárach, in áit dul a bhaint na bpreátaí,

chuaigh sé síos go Gleann Geis agus casadh an cailín air agus d'iarr sí air teacht anonn chun tí. Chuaigh siad anonn trasna an chnoic bhig a bhí ann agus chuaigh siad isteach i dteach agus bhí sagart ansin agus pósadh an bheirt.

Bhí sé ins an teach sin ag obair don bhean go cionn trí bliana. "Ba chóir domh dul abhaile go bhfeicfidh mé mo mháthair," ar seisean lena bhean lá amháin.

"Ó, caidé a bheadh ort," ar sise; "nach bhfuil do mháthair go maith air."

"Seo ciarsúr síoda duit agus cuirfidh mé féin ar do mhuineál é agus ná tabhair cead do dhuine ar bith a scaoileadh agus ná scaoil féin ach oiread é."

Tháinig Seán abhaile go Cróibh ionsar a mháthair ardtráthnóna amháin ins an tsamhradh. Bhí a mháthair ag cur caoi ar pheireacót drugaide ag an doras. Nuair a tháinig Seán chun tí, "Ó, muise, céad fáilte romhat. An tú Seán?" ar sise. "An in Albain a bhí tú le trí bliana?"

"Is in Albain a bhí mé," arsa Seán.

Chruinnigh na comharsana uilig isteach nuair a chuala siad go dtáinig Seán abhaile as Albain. Tháinig sluanas codlata ar Sheán agus chaith sé é féin sa leaba. Bhí an ciarsúr ceangailte ar a mhuineál agus shíl a mháthair go dtachtfaí é. Nuair nach dtiocfadh léithe an ciarsúir a scaoileadh ghearr sí le scian é.

Mhuscail Seán. Ní raibh smaointiú riamh aige go raibh sé as baile. Bhí sé ag obair fán teach cúig nó sé de bhlianta go dtí lá amháin gur dhúirt a mháthair leis gur chóir dó pósadh agus gur dhúirt seisean gur cuma leis.

Phós sé cailín as an bhaile agus bhí siad ina gcónaí le chéile. Lá amháin cheannaigh sé láir ó fhear ar an bhaile le searraigh a thógáil uirthi. Dar leis go ndíolfadh sé ceann acu an uile bhliain a dhíolfadh an cíos dó.

Nuair a bhí searrach bliana tógtha uirthi smaointigh sé go

dtabharfadh sé go hArd an Rátha chun aonaigh é. Ar an oíche roimh an aonach shocraigh sé an láir agus an searrach i gcúl an tí ins an pháirc agus ar maidin bhí an searrach imithe.

Chuartaigh sé thíos agus thuas gach uile áit ar fud Chróibh agus ní bhfuair sé aon tuairisc ar an searrach. Bliain ón am sin bhí ceann eile aige le díol, agus mar a d'éirigh don chéad cheann cailleadh é seo ar an oíche roimh an aonach.

Dúirt sé nach gcaillfeadh sé an tríú searrach mar a chaill sé an dá cheann eile. Thug sé isteach chun tí é. Rinne sé a bhricfeasta ar maidin roimh dhul chun aonaigh. Ar dhul síos Ghleann Geis dó ag tarraingt ar aonach Ard an Rátha casadh buachaill rua dó agus slat gheal ina láimh ag bun mhalaí Ghleanna Geise. D'fhiafraigh an buachaill an raibh sé ag díol na clibeoige. Dúirt Seán go raibh.

"Caidé is lú a bhainfeas díot í?"

"Ocht bpunta dhéag," arsa Seán.

"Bhéarfaidh mé cúig phunta dhéag duit uirthi."

"Ní bhfaighidh tú í," arsa Seán.

Chuaigh sé chun aonaigh leis an chlibeog agus ní bhfaigheadh sé aon dath ní ba mhó ná cúig phunta dhéag uirthi. Níor dhíol sé í ar an aonach. Casadh an buachaill dó ar a bhealach abhaile ins an áit chéanna ar casadh dó ar maidin é.

"Níor dhíol tú an chlibeog," ar seisean.

"Níor dhíol," arsa Seán.

"An nglacfaidh tú cúig phunta dhéag uirthi anois?" arsa an buachaill rua.

"Glacfaidh," arsa Seán.

"Siúil liom anonn chun tí nó go ndíolfaidh mé an luach leat."

Chuaigh an bheirt trasna an chnoic bhig agus an chlibeog leofa go dtáinig siad a fhad le screig a bhí ann. D'fhoscail an screig agus chuaigh Seán agus an buachaill isteach.

Bhí teach breá ansin chomh maith agus a bhí ag aon fhear

uasal riamh. Chuir siad an chlibeog isteach ins an stábla agus ansin chuaigh siad féin chun tí. Bhí céad fáilte acu roimh Sheán, agus iarradh air tarraingt aníos chun na tine. Rinne siad suipéar agus nuair a bhí sé thart chuaigh an buachaill a cheannaigh an chlibeog go dtabharfadh sé a chuid airgid do Sheán. Thug sé cúig phunta dhéag dó.

Nuair a bhí an t-airgead ag Seán chuir sé ina phóca é agus thug sé buíochas don bhuachaill. Bhí beirt bhuachaill eile sa teach.

"Anois," arsa an fear a thug an t-airgead do Sheán le fear de na buachaillí eile a bhí ann, "éirigh agus tabhair cúig phunta dhéag eile dó ar an chlibeog a ghoid tú anuraidh uaidh." D'éirigh sé agus thug sé an t-airgead dó.

"Bhal," arsa an tríú fear, "is mise a ghoid an searrach eile agus fan go dtabharfaidh mise cúig phunta dhéag eile duit."

"Sin luach an dá chlibeog a chaill tú le dhá bhliain," arsa an bheirt stócach.

Bhí bean an tí ag amharc go han-ghéar ar Sheán agus dar leis go bhfaca sé roimhe í.

"An bhfaca tú mise riamh?" arsa an bhean.

"Ní fhaca," arsa Seán.

"An cuimhin leat tú a bheith ag baint preátaí, nuair a tháinig cailín rua agus tuirne léi go ceann an iomaire?"

"Ní cuimhin liom é," ar seisean.

"Tháinig sí ag cniotáil ar an darna lá," ar sise.

"Ó, is cuimhin liom anois" arsa Seán. "An tusa an bhean sin?" ar seisean.

"Is mé," ar sise. "Rinne tú dearmad fúm ó chuaigh tú ionsar do mháthair."

"Níor smaointigh mé riamh ort ó shoin," arsa Seán.

"Ba dhoiligh duit é nuair a chaill tú an ciarsúr síoda a bhí ar do mhuineál. Mise do bhean," ar sise, "agus seo iad do thriúr mac a thug an t-airgead duit ar na beathaigh."

"Anois," ar sise, "cé acu is fearr leat fanacht anseo agamsa nó dul abhaile ionsar do bhean eile?"

"Ó, muise," arsa Seán ,"b'fhearr liom dul abhaile ionsar mo bhean agus ionsar mo mháthair."

"Bhal, tá an oíche ag cur fearthainne," ar sise, "agus is doiligh duit dul abhaile anocht. Fan go maidin agus beidh tú in am go leor ins an bhaile amárach."

Chuaigh Seán a luí an oíche sin agus ar maidin lá arna mhárach nuair a mhuscail Seán fuair sé é féin ina luí ag bun an chnoic bhig ghlais idir dhá thom luachra. Tháinig sé abhaile go lúcháireach go Cróibh ionsar a mhnaoi agus a mháthair agus bhí sé acu go dtí gur fhuaraigh an bás a cheann.

Mac na Míchomhairle

Ins an tseanam in Éirinn bhí fear agus bean ag a raibh cúigear mac agus bhí siad ina gcúigear mac ab fhearr ag déanamh cleasanna in iomlán thalamh na hÉireann, ach ní raibh sárú ar an fhear ab óige.

Sháraigh sé ar a mháthair ná ar a athair riamh múineadh ná stiúradh a chur air. Nuair a théadh siad amach ag obair, in áit a bheith ag obair mar a bheadh an ceathrar eile bhíodh sé ag piocadh troda as duine inteacht acu i rith an lae, agus mura mbeadh an t-athair ag a dtaobh bheadh fear inteacht acu marbh ag an fhear eile.

Oíche amháin arsa an t-athair, "Níl dul múineadh a chur air." Bhaist siad Mac na Míchomhairle air mar gur sháraigh sé orthu comhairle a chur air thar dhuine ar bith eile acu. Dúirt an t-athair go gcaithfeadh sé é a dhíbirt ar shiúl ón teach.

"Ná déan sin," arsa an mháthair, "nó is é ab fhearr liomsa dár thóg mé riamh."

"Bhal, déan tusa do rogha rud," arsa an t-athair, "ach is goirid go raibh tú tuirseach go leor leis."

San am a raibh siad ag caint cé a bhí ag éisteacht amuigh ag an doras cúil ach Mac na Míchomhairle. D'éirigh sé leis go hachmair agus shiúil sé leis go dtáinig sé a fhad le seomra mór. Ansin shuigh sé síos ar an talamh agus thoisigh sé ag gol go cráite óir ba sin an chéad uair riamh a ghoill aon rud ar Mhac na Míchomhairle, ba chuma cibé a dúradh leis.

Nuair a bhí sé tuirseach ag caoineadh d'éirigh sé agus dúirt leis féin, "Rachaidh mé i bhfolach anocht. Éireoidh mé go breá luath ar maidin amárach. Iarrfaidh mé ar mo mháthair lón a dhéanamh domh agus ansin fágfaidh mé slán acu go brách nó ní bheidh sé le rá choíche ag an chuid eile de mo chuid deartháireacha go mb'éigean do m'athair mé a dhíbirt ón teach."

Shuigh sé i measc a chuid deartháireacha ach níor labhair sé aon fhocal i rith na hoíche. Bhí an-iontas ar a athair agus ar a mháthair chomh modhúil is a bhí sé ar an oíche seo le taobh mar a bhíodh sé ar oícheanta eile. Tháinig am daofa dul ina luí.

D'éirigh siad uilig go breá luath ar maidin lá arna mhárach. Nuair a bhí an bricfeasta thart d'iarr sé ar a mháthair lón a dhéanamh dó.

"Caidé atá tú a dhéanamh leis an lón?" arsa a mháthair.

"Inseoidh mé sin duit," arsa Mac na Míchomhairle, "nuair a bheas an lón réidh."

Rinne sí lón agus cheangail mála beag thart fá dtaobh de. Chaith Mac na Míchomhairle an mála ar a ghualainn agus d'fhág sé slán ag a athair agus ag a mháthair agus ag a cheathrar deartháir. Nuair a d'fhiosraigh a athair de caidé a bhí air nó cá raibh sé ag dul.

"Inseoidh mé sin duit," arsa Mac na Míchomhairle. "Dúirt tú aréir go gcaithfeá mé a dhíbirt ón teach agus go gcaithfinn déanamh as domh féin ach ní bheidh sé le rá choíche arís agat go gcaithfidh tú mé a dhíbirt. Bhéarfaidh mise le taispeáint duit féin agus do mo chuid deartháireacha go n-imeoidh mé féin liom béal mo chinn agus ní phillfidh mé níos mó a fhad is atá sruth ag rith nó féar ag fás."

"Ná déan sin," arsa an t-athair, "nó is iomaí rud a deir duine nuair a bhíos fearg air agus a mbíonn aithreachas air ina dhiaidh."

"Uair amháin rinne mise suas m'intinn le n-imeacht," arsa Mac na Míchomhairle, "níl mé ag dul a philleadh níos mó."

Ansin bhuail an mháthair ag caoineadh go cráite ina dhiaidh. D'éirigh Mac na Míchomhairle agus shiúil sé amach.

Bhí sé ag siúl leis riamh go dtí go raibh sé ag dul thart le bruach na farraige. D'amharc sé síos agus chonaic sé dobharchú mór ina chodladh ar an trá thíos faoin ailt.

"M'intinn féin," ar seisean, "is minic a chuala mé iomrá ar dhobharchú ach ní fhaca mé aon cheann riamh ó tháinig mé ar an tsaol go dtí seo. Rachaidh mé síos go bhfeicfidh mé caidé an cineál beathaigh é."

Chuaigh sé síos go hachmair agus ní dhearna sé stad mara ná cónaí go dtáinig sé go dtí an dobharchú, ach nuair a bhí sé chóir a bheith ag a thaobh mhuscail an dobharchú agus d'éirigh sé go dtabharfadh sé iarraidh air. D'amharc an buachaill thart an uile áit ach ní raibh áit ar bith le teitheadh aige. Bhí sé rófhada aige rith thar n-ais ar an ailt a dtáinig sé anuas, mar go mbeadh an dobharchú ró-achmair aige.

Ansin chonaic sé carraig ar a chúl. Bhain sé de a chóta agus chuir thart ar éadan na carraige é. Chuaigh sé féin isteach ar chúl na carraige á sheachnadh féin ar an namhaid. Thiontaigh an dobharchú agus bhí adharc amháin ar chlár a éadain.

Rith sé ar an charraig go han-achmair nó shíl sé gurb é an buachaill a bhí ann agus le tréan díbhirce agus mire catha rinne sé dhá chuid den adharc ar an charraig. Thit sé ar chúl a chinn agus thoisigh a chuid fola ag teacht.

Ba ghoirid agus ba ghearr gur fhág sé an trá uilig dearg le fuil. Nuair a bhí sé chóir a bheith marbh chuir an buachaill air a chóta agus shiúil sé amach ó chúl na carraige.

"A ghiolla gan chomhairle," arsa an dobharchú, "a fhad is a rith mé is tusa a rinne iarracht mo mharú."

"Níor bhain mise duit," arsa an strainséir, "ach thug tusa iarraidh mise a mharú ach sháraigh sé ort."

"Tá mé ag iarraidh ní amháin ort," arsa an dobharchú, "agus má dhéanann tú é beidh ádh ort in aon áit a rachas tú fríd an domhan."

"Caidé an ní é sin?" arsa Mac na Míchomhairle.

"Déan uaigh le do dhá láimh ins an ghaineamh," arsa an dobharchú. "Cuir mise síos inti agus ansin clúdaigh an gaineamh go deas os mo chionn."

"Dhéanfaidh mé sin go hachmair," arsa Mac na Míchomhairle. Rinne sé uaigh lena dhá láimh sa ghaineamh. Chuir sé an dobharchú síos ins an uaigh, chlúdaigh sé go deas é os a chionn agus ansin dúirt sé leis féin, "Nuair nach ndearna mé comhairle na ndaoine, dhéanfaidh mé anois comhairle na mbeathaigh mbrúidiúla agus comhairle éanacha an aeir."

Ansin bhí sé ag dul ar shiúl, nuair a mhothaigh sé scairt ar a chúl. Thiontaigh sé thart ach ní fhaca sé duine ar bith. D'iarr an neach air dul síos go dtí taobh na carraige agus an leathadharc a gheobhadh sé ansin a thógáil, agus áit ar bith a mbeadh sé nó géibheann ar bith a thiocfadh air nach raibh aige ach an ceann ramhar den adharc a chur ina bhéal agus go dtiocfadh urra céad fear ann agus nach mbeadh fathach ar bith ar an domhan a bheadh in innimh a bhualadh a fhad is a bheadh an dobharchú ag cuidiú leis.

D'iarr sé air ansin coirm ar bith pléisiúrtha a mbeadh sé ann, an ceann caol den adharc a chur ina bhéal agus nach mbeadh aon duine bocht nó saibhir a chluinfeadh ag gabháil cheoil é nach gcuirfeadh spéis ann.

Cheangail sé an adharc suas go han-mhaith, chuir í isteach i bpóca a chóta agus d'imigh leis.

Bhí sé ag siúl leis riamh go dtáinig titim cheo na hoíche. Tchí sé solas i bhfad uaidh agus níor i ndeas dó. Tharraing sé ar an tsolas agus nuair a chuaigh sé isteach ní raibh duine ar bith istigh ach bean ina suí ag an tine.

Chuir sí céad fáilte agus sláinte roimhe agus dúirt sí nach bhfaca sí aon strainséir ag teacht isteach sa teach le cian an tsaoil. "Creidim nach bhfaca," arsa an strainséir, "agus creidim gurb é an mífhortún agus díobháil comhairle a chas an bealach seo mé anocht."

"Muise is é go cinnte," arsa bean an tí. "Tá trua mhór agam duit nó seo teach ceithearnach coille. Tá dhá fhear déag acu le teacht anseo gan mhoill. Ghoid siad mise tá fada riamh ó shoin as oileán i bhfad ar shiúl agus tá mé anseo ó shoin ag déanamh réidh bia oíche agus lá leis na ceithearnaigh choille a shásamh."

"Bhal," arsa an strainséir, "bheinn an-bhuíoch díot dá dtiocfadh leat mé a choinneáil anseo go maidin."

"Tá trua mhór orm tú a choinneáil," arsa an bhean. "Nó go dtig na ceithearnaigh choille, sin a bhfuil d'fhad ar do shaol."

"Is cuma liom," arsa an stráinséir. "Ní raibh mé riamh ar shiúl as baile go dtí anocht agus tá sé chomh maith mo mharú anseo le bás a fháil amuigh sa dorchadas le hocras agus le fuacht."

"Más mar sin atá," arsa an bhean, "dhéanfaidh mise réidh do shuipéar agus nuair a bheas tú críochnaithe cuirfidh mé i bhfolach thíos i gclúid na móna thú."

D'ith an strainséir a shuipéar agus nuair a bhí sé críochnaithe thug sé buíochas mór dithe. Thug sí síos go clúid na móna é agus chlúdaigh sí chomh maith é agus a tháinig léi. Ní raibh sé i bhfad nuair a chuala sé an t-an-challán ag tarraingt ar an teach agus siúd isteach ar an doras le dhá cheithearnach coille dhéag.

Tháinig siad aníos agus chaith an uile dhuine acu de mála a bhí sé a iompar. Rinne bean an tí réidh a sáith bia agus dí, agus nuair a bhí siad críochnaithe arsa fear acu leis an fhear eile, "Dá bhfeicfeá an t-iontas a chonaic mise tá goirid ó shoin."

"Caidé an t-iontas é?" arsa an fear eile.

"Bhí mé ar oileán i bhfad ar shiúl agus bhí mic ríthe ag teacht as an uile chearn ar an domhan mar go raibh iníon rí an oileáin chomh leagtha ar cheol agus ar phléisiúr nach bpósfadh sí fear ar bith ach an fear ab fhearr ceol, ach níor shásaigh duine ar bith acu í agus is iad na focla deireanacha a dúirt sí sular fhág mise an t-oileán nach bpósfadh sí aon fhear choíche mura bhfaigheadh sí ceoltóir a shásódh í. Dúirt sí gur cuma léi cé acu sean nó óg é, bocht nó saibhir, ach an ceol binn a bheith aige."

"Tá muid ag caint mar seo," arsa fear acu, "agus b'fhéidir go bhfuil duine inteacht istigh ag éisteacht linn."

"An dtáinig duine ar bith anseo anocht?" arsa an ceannfort a bhí ar na ceithearnaigh choille.

"Tháinig buachaill óg," arsa bean an tí, "le titim na hoíche agus d'iarr sé áit go maidin agus thug mé sin dó."

"Agus cá bhfuil sé anois?" arsa an ceannfort.

"Tá sé thíos ansin ina chodladh i gclúid na móna," arsa bean an tí.

"Ní fada go raibh a fhios agamsa," arsa an ceannfort, "caidé an cineál buachalla atá ann nó bhí sé dolba agus dána teacht ag stopadh ina leithéid seo de theach agus fios maith aige gur sin a bheadh d'fhad ar a shaol."

Chuaigh an ceannfort síos go clúid na móna. D'iarr sé air éirí ina shuí go hachmair agus teacht amach mar go raibh graithe aige leis. D'éirigh an stráinséir go breá státúil agus shiúil sé aníos go neamhbhuartha agus shuigh sé isteach i measc na gceithearnach coille.

"Is tú an buachaill," arsa an ceannfort, "is lú eagla a chonaic mé riamh agus an namhaid ar an uile thaobh díot agus gan bealach ar gcúl ná ar aghaidh agat."

"Sin an rud a chas anseo anocht mé," arsa an strainséir, "díobháil comhairle agus eagla."

"Caidé a chas anseo thú?" arsa an ceannfort.

"Tá, sháraigh sé ar m'athair agus ar mo mháthair múineadh mar an chuid eile a chur orm sa bhaile. Oíche amháin dúirt m'athair go gcaithfeadh sé mé a dhíbirt ón teach. Ghlac mé an-fhearg leis agus smaointigh mé nach mbeadh sé le rá choíche ag mo dhearthaireacha gur díbríodh mé. D'iarr mé orthu lón a dhéanamh fá mo choinne. D'fhág mé slán agus beannacht acu agus d'imigh mé liom. Sin an ní a chas anseo anocht mé, agus má labhair tú ar an namhaid níl eagla ar bith orm roimh an namhaid ná duine ar bith eile, agus más troid atá de dhíth oraibh bhéarfaidh mé bhur sáith de daoibh."

"Níl," arsa an ceannfort. "Is tú an saighdiúir is fearr a casadh orainn riamh. Fágfaidh muid an troid tamall eile, ach an dtig leat cleasanna ar bith a dhéanamh?"

"Bhí sé mar cheird agam," arsa an strainséir, "nuair a bhí mé ins an bhaile."

Arsa an ceannfort, "Cé againn ar a dtitfidh sé an chéad chleas a dhéanamh?"

"Cé air a dtitfeadh sé," arsa an strainséir, "ach ort féin."

Thoisigh na cleasanna agus ní raibh cleas ar bith dá raibh siad a dhéanamh nach ndéanfadh Mac na Míchomhairle dhá cheann ina aghaidh. Is é an deireadh a bhí air gur dhúirt siad go raibh siad ag fágáil an bhua aige.

Ansin d'fhiafraigh an ceannfort de an raibh ceol aige. Dúirt an strainséir go raibh agus nuair a déarfadh an uile fhear amhrán go ndéarfadh seisean cúig cinn ina n-aghaidh. Dúirt siad uilig gurbh é sin an chuideachta ab fhearr a casadh orthu riamh, agus thoisigh an ceol.

Bhí an-cheol ag na ceithearnaigh choille ach nuair a tháinig sé ar Mhac na Míchomhairle ceann a rá, chuir sé a lámh ina phóca agus chuir sé an ceann caol den adharc ina bhéal agus níor bhréag é go raibh an ceol chomh binn agus gur chruinnigh iomlán na gceithearnach coille thart fá dtaobh de. Chaoin siad oiread agus go ndearna siad toibreacha fíoruisce as a gcuid deora i lár na gcloch nglas. D'iarr siad air stad lena thoil mar nach raibh siad in innimh éisteacht a thabhairt dá chuid ceoil ní ba mhó.

Ansin arsa fear acu leis an fhear eile, "Is é an trua nach bhfuil sé san oileán údaí a bhfuil iníon an rí ann. Is cinnte féin go bpósfadh sí é."

"Níl mé ansin agus ní bheidh," arsa Mac na Míchomhairle, "ná ní bheadh iníon rí ordaithe domh."

"Bhal anois," arsa na ceithearnaigh choille, "caithfidh muidinne dul amach fríd na coillte ag seilg arís. Thig leatsa stad anseo go maidin ag seanchas leis an bhean seo, agus mura sásaíonn sin tú b'fhéidir go mbeadh dúil agat teacht linne go cionn lá agus bliain, mar gur mhaith linn do chuideachta."

"Níor chuala mé scéal riamh ní ba bhinne," arsa Mac na Míchomhairle.

"Uair ar bith a mbíonn tú tuirseach dár gcuideachta," arsa an ceannfort, "ligfidh muidinne ar shiúl thú agus céad fáilte. Díolfaidh muid go dóighiúil thú agus bhéarfaidh an uile dhuine againn bronntanas maith duit nuair a bheas tú ag imeacht."

Chuir an uile fhear acu mála ar a dhroim. Chóirigh Mac na Míchomhairle tréan bia agus dí isteach ina mhála, chaith sé ar a dhroim é agus d'imigh leis.

Shiúil siad leofa go dtí go ndeachaidh siad isteach go doimhneacht na coille. Thigeadh siad abhaile an uile oíche ach ba é an deireadh a bhí air nach raibh fear ar bith acu ní b'fhearr ná Mac na Míchomhairle. Nuair a thigeadh crua ar an chuid eile de na ceithearnaigh choille chaitheadh siad scairteadh ar Mhac na Míchomhairle le tarrtháil orthu. Is é an deireadh a bhí air go ndearna siad ceannfort de os a gcionn uilig. Bhí sé ina gcuideachta go raibh an lá agus bliain caite.

Nuair a tháinig siad chun an bhaile ar an oíche dheireanach dúirt sé go raibh sé ag siúl leofa fada go leor agus go n-imeodh sé go dtí go bhfeicfeadh sé tuilleadh den tsaol. Dúirt na ceithearnaigh choille go raibh siad sásta ach go raibh siad buartha a bheith ag scarúint leis.

"Bhéarfaidh an uile dhuine againn bronntanas duit sula n-imeoidh tú," arsa an ceannfort.

"Bhéarfaidh mise sparán óir dó," arsa an chéad fhear, "agus is cuma cá fhad a bheas sé á chraitheadh beidh tréan giníocha ag titim amach as, agus mura bhfaighidh sé iníon an rí le ceol beidh sé rí-chinnte í a fháil le tréan óir."

"Muise," arsa an darna fear, "bhéarfaidh mise cloch ómra dó agus nuair a bhíos sé ag amharc i dtaobh na cloiche tchífidh sé caidé atá ag dul chun tosaigh i measc éisc na farraige agus i measc éanacha an aeir. Nuair a amharcóidh sé ins an taobh eile tchífidh sé caidé atá ag dul fríd iomlán an tsaoil seo agus páirt mhór den tsaol eile."

"Muise," arsa an tríú fear, "bhéarfaidh mise fideog dó a bhfuil geasa an domhain aici agus uair ar bith a chuirfeas sé ina bhéal í agus go smaointeoidh sé ar dhuine ar bith dá bhunadh, beidh sé ansin ag a thaobh ar an bhomaite."

"Bhéarfaidh mise clóca dorcha dó," arsa an ceathrú fear, "agus thig leis an oíche dhubh dhorcha a chur ina dhiaidh agus an lá deas gréine a bheith roimhe."

"Bhéarfaidh mise claíomh solais dó," arsa an cúigiú fear, "agus fathach ar bith a chastar air fríd an domhan titfidh sé as a sheasamh le tréan eagla nuair a fheicfeas sé na soilse a bheas an claíomh a chur de."

Arsa an séú fear, "Bhéarfaidh mise cleite dó agus am ar bith atá sé tuirseach ag siúl ní bheidh air ach an cleite a chur ina bhéal agus éireoidh sé suas go bun na spéire. Imeoidh sé leis mar choicheán gaoithe ann in áit ar bith fríd an domhan is mian leis dul."

"Bhéarfaidh mise beathach dó a bhfuil geasa an domhain aige," arsa an seachtú fear. "Rachaidh sé fríd an fharraige chomh maith leis an talamh tirim."

Dúirt an t-ochtú fear, "Bhéarfaidh mise slat draíochta dó a dhéanfas aon ní atá a chur imní air ach labhairt leis an tslat."

"Tabharfaidh mise ciarsúr póca dó agus cuirfidh aon duine riamh a fheicfeas é spéis ann," arsa an naoú fear.

"Bhéarfaidh mise cíor dó," arsa an deichiú fear, "agus uair ar bith a chíorfas sé a cheann cíorfaidh sé píosa óir as taobh amháin agus píosa airgid as an taobh eile."

Arsa an t-aonú fear déag, "Bhéarfaidh mise scáthán dó agus uair ar bith a dhéanfas sé amharc sa ghloine beidh sé trí huaire níos dóighiúla ná an uair roimhe sin."

"Níl bronntanas ar bith agam dó," arsa an darna fear déag, "ach an chéad iníon rí a chasfar air titfidh sí i ngrá leis."

D'fhág sé slán agus beannacht acu agus d'imigh leis. Chuaigh sé ag marcaíocht ar an bheathach agus cheangail sé na bronntanais ina mhála ar a chúl. D'iarr sé ar an bheathach gan stad mara ná cónaí a dhéanamh go dtí go dtéadh sé ins an oileán ina raibh mic ríthe an domhain ag gabháil cheoil ann, ag féacháil an mbainfeadh siad iníon an rí le pósadh.

D'imigh an beathach leis fríd chnoic aimhréiteacha agus míodúin réiteacha, fríd chnoic agus mullaigh nó go dtí gur shroich siad an t-oileán. Bhí titim cheo na hoíche ann. Tháinig sé isteach ag ceann an bhaile mhóir. Stad an strainséir ag an chéad teach a casadh air. Tháinig sé anuas den bheathach agus chuaigh isteach.

Ní raibh duine ar bith istigh ach táilliúir agus a iníon. D'fhiafraigh sé díofa an dtiocfadh leofa é a choinneáil go maidin. Dúirt siad go dtiocfadh ach go raibh siad bocht agus nach raibh an áit maith go leor fá choinne duine uasail mar eisean.

"Tógadh mise," arsa Mac na Míchomhairle, "bocht go leor i dtús mo shaoil."

Ansin chuaigh sé amach agus chuir sé an beathach ins an stábla. Thug sé isteach an mála ina raibh na bronntanais agus d'fhág sé go cúramach i dtaobh an tí é. Nuair a bhí an suipéar críochnaithe arsa an táilliúir leis, "Is cosúil le strainséir thú nach raibh anseo riamh roimhe."

"Is é sin mé," arsa Mac na Míchomhairle.

"Agus cé thú féin?" arsa an táilliúir.

"Fear as Éirinn atá ionam," arsa an strainséir, "atá ag siúl fríd an domhan, áit ar bith a bhfaighidh mé pléisiúr agus greann."

"Muise, seo an áit a bhfuil an pléisiúr," arsa an táilliúir, "mar go bhfuil mic ríthe as an uile chearn den domhan ar an oileán seo agus síleann an uile fhear gurb aige féin is fearr atá ceol agus go bhfaighidh sé iníon an rí le pósadh. Ba chóir duit a bheith ag teacht linne amárach ar uair an mheán lae. Sin an t-am a mbeidh an ceol ag dul ar aghaidh."

"Ó, is cuma liomsa fá dtaobh de cheol," arsa an strainséir. "Rachaidh mé síos an bealach mór go dtiocfaidh sibh ar ais."

D'éirigh siad go breá luath ar maidin lá arna mhárach agus d'imigh an táilliúir agus a iníon suas go cúirt an rí ag éisteacht leis an cheol ach d'imigh an strainséir leis a bhealach féin. Nuair a mheas sé go raibh sé ag teacht i ndeas d'uair an mheán lae chuaigh sé suas taobh amuigh de bhalla na cúirte.

Chuir sé an ceann caol den adharc ina bhéal agus bhuail sé ag ceol. Níor chualathas a leithéid de cheol ins an áit sin roimhe ná ina dhiaidh. Bhí an ceol chomh binn agus níor fhan aon duine uasal istigh i gcúirt an rí nár shiúil amach. Tháinig iníon an rí í féin amach.

D'fhág sí an cruinniú, tháinig amach ar an gheafta agus níor stad sí gur sheas sí ag taobh Mhac na Míchomhairle agus mar a thug an darna fear déag de na ceithearnaigh choille a bhronntanas dó thit sí i ngrá leis ar an chéad amharc a fuair sí air.

D'fhiafraigh sí de cárbh as é. Dúirt sé léi gur mac rí a bhí ann as Éirinn.

"Is tú an ceoltóir is fearr agus is binne a chuala mé riamh," arsa iníon an rí. "Ní fhaca mé aon duine riamh as Éirinn go dtí thú féin."

"Bhal, is mise an ceoltóir is fearr in Éirinn," arsa Mac na Míchomhairle.

"An dtiocfaidh tú anseo amárach," arsa iníon an rí, "ar uair an mheán lae?"

"Tiocfaidh go cinnte," arsa an strainséir agus d'imigh sé leis.

Ag titim na hoíche tháinig sé isteach ar ais go teach an táilliúra agus ní raibh thíos ná thuas acu ach an ceoltóir a tháinig ar uair an mheán lae taobh amuigh de chúirt an rí agus dúirt siad go raibh sé le bheith ann lá arna mhárach ar uair an mheán lae agus gur chóir dó a bheith leofa, ach dúirt sé nach rachadh, nach ceol ná spórt a bhí ag déanamh buartha dó.

D'éirigh siad le go leor luais ar maidin lá arna mhárach. D'imigh an tailliúir agus a iníon suas a fhad leis an cheol ach d'imigh an strainséir a bhealach féin. Nuair a mheas sé go raibh sé ag teacht i ndeas d'uair an mheán lae tháinig sé ar ais taobh amuigh de bhalla na cúirte. Chuir sé an adharc ina bhéal agus a dheiseacht an ceol a rinne sé an lá roimhe sin bhí sé trí huaire ní ba dheise ar an lá seo.

Bhí siad cruinnithe as an uile chearn fríd an oileán leis an cheoltóir a chluinstean a bhí ag gabháil cheoil ar an lá roimhe sin. Níor fhan duine istigh ins an chúirt nach dtáinig amach. Tháinig iníon an rí agus sheas sí ag a thaobh. D'fhiafraigh sí de ar mhaith leis iníon rí a fháil le pósadh. Dúirt sé go n-inseodh sé sin dithe lá arna mhárach.

D'iarr sí air a bheith ar ais ag an am chéanna ar uair an

mheán lae, gurbh é an lá deireanach dá coirm cheoil é agus cibé fear ab fhearr go bpósfaí é go luath lá anóirthear. Ansin d'imigh sé leis.

Bhí sé ag siúl leis go dtáinig titim cheo na hoíche. Chuaigh sé isteach ar ais i dteach an táilliúra agus níor dadaí an scéal a bhí acu an oíche roimhe sin le taobh mar a bhí acu an oíche seo. Dúirt siad go raibh an ceoltóir le bheith ansin lá arna mhárach ar uair an mheán lae agus gurb é sin an lá deireanach agus gur cheart dó a bheith ag teacht leofa, ach dúirt sé nach rachadh, nár dadaí dá ghnoithe é.

D'éirigh siad le go leor luais ar maidin lá arna mhárach. Chuaigh an táilliúir agus a iníon suas go cúirt an rí ag éisteacht leis an cheol. D'imigh an strainséir leis a bhealach féin agus nuair a mheas sé go raibh sé i ndeas d'uair an mheán lae tháinig sé taobh amuigh de bhallaí na cúirte agus bhuail sé ag ceol.

Tháinig iníon an rí amach go dtí an áit a raibh sé ina sheasamh. Dúirt sí lena hathair nach bpósfadh sí aon fhear choíche ach Mac na Míchomhairle.

D'iarr an rí air teacht isteach agus d'fhiafraigh sé de an nglacfadh sé a iníon le bheith ina bean phósta aige. Dúirt sé nár chuala sé scéal riamh ní ba bhinne.

Thoisigh an bhainis agus mhair an choirm lá agus bliain. Bhí cuireadh ag bocht agus saibhir, sean agus óg fríd an bhaile mhór teacht a fhad leis an choirm.

Nuair a bhí an bhainis thart rinneadh rí ar an oileán de Mhac na Míchomhairle. Thug sé leis an táilliúir agus a iníon go cúirt an rí agus a bheathach agus an mála ina raibh na bronntanais mhaithe. Nuair a bhí an bhainis thart tamall smaointigh sé gur mhór an trua dó gan a mháthair a bheith i gcúirt an rí san áit a raibh sé féin.

D'imigh sé agus chuir sé an fhideog ina bhéal agus smaointigh sé ar a mháthair. Ba ghearr go raibh sí ansin ina seasamh ag a thaobh. Bhí an-lúcháir air roimh a mháthair agus chuir sé culaith shíoda uirthi ó bhun go barr. Ansin chuir sé an ceann caol den adharc ina bhéal agus ba róbhinn a ghuth agus níor phill sé ní ba mhó ar thalamh na hÉireann ón lá sin go dtí an lá inniu.

Mac Rí Chúige Uladh agus Iníon Rí Chonnacht

Fad ó shoin sa tseanaimsir bhí rí i gCúige Uladh. Ní raibh aige ach mac amháin agus ba é an gaiscíoch ba dhóighiúla a bhí in Éirinn é. Shíl a athair an oiread sin de gur chuir sé dhá fhear déag á choimhéad ins an oíche agus dhá fhear déag á choimhéad ins an lá.

Lá amháin sa tsamhradh ghléas siad cóiste agus chuaigh siad anonn ag déanamh pléisiúir go réigiún Chonnacht.

Ag an am chéanna bhí Rí Chonnacht agus a iníon ag siúl ar bhruach na farraige. Ba í iníon Rí Chonnacht an cailín ba dhóighiúla i réigiún Chonnacht ag an am.

Ar an bhomaite a chonaic sí mac Rí Chúige Uladh thit sí i ngrá leis agus thit seisean i ngrá léi.

Nuair a tháinig am daofa dul abhaile ghléas Rí Chúige Uladh a chóiste arís agus d'imigh siad leofa ar nós na gaoithe. Bhéarfadh siad ar an ghaoth a bhí rompu agus ní bhéarfadh an ghaoth a bhí ina ndiaidh orthu go dtí go dtáinig siad chun an bhaile.

Deireadh an fhómhair a bhí ann. Ag an am sin in Éirinn ba ghnáth le gach rí fir a bheith aige ag gearradh adhmaid dó ag déanamh lóin fá choinne an gheimhridh.

Tháinig a chuid fear isteach tráthnóna amháin i ndiaidh a bheith fuar tuirseach ag gearradh adhmaid i rith an lae.

Shuigh siad mar ba ghnáth i gcuideachta a chéile ag déanamh a suipéara sa chistin.

Nuair a bhí an suipéar thart fosclaíodh an doras agus shiúil an buachaill óg isteach ba dheise ar shoilsigh grian nó gealach riamh air. Tháinig sé aníos agus d'umhlaigh sé do Rí Chúige Uladh. D'fhiafraigh an rí de caidé a bhí ag déanamh buartha dó nó caidé a thiocfadh leisean déanamh fána choinne.

"A dhuine uasail," arsa an buachaill, "chuir mo mháistir, Rí Chonnacht, mise anseo. Tá sé ag tabhairt cuireadh chun dinnéara do do mhac agus caithfidh sé a bheith i réigiún Chonnacht amárach ag meán lae."

Bhí an mac ins an pharlús. Scairt Rí Chúige Uladh aníos air. D'fhiafraigh sé de an rachadh sé go Connachta. Dúirt an mac go rachadh.

Ansin thug siad a shuipéar don bhuachaill. Nuair a bhí sé críochnaithe thug sé buíochas mór daofa agus dúirt go gcaithfeadh sé a bheith ag tarraingt ar an bhaile.

Nuair a bhí sé taobh amuigh den chúirt dúirt sé go ndearna sé dearmad. Phill sé isteach ar ais agus dúirt sé le Rí Chúige Uladh nach dtiocfadh lena mhac duine ar bith a bheith leis á choimhéad ach é féin. Tháinig an-bhuaireamh ar an rí agus dúirt sé nach dtiocfadh le sin a bheith amhlaidh. Labhair an mac agus dúirt gur mac duine uasail a bhí ann agus nach rachadh sé ar ais ar a fhocal cibé a d'éireodh dó. D'fhág an strainséir slán acu agus d'imigh sé leis.

Nuair a bhí sé ar shiúl chruinnigh siad uilig thart fán tine agus bhí siad go han-bhuartha. Bhí gach duine ag tabhairt a chomhairle do mhac an rí ach ní raibh gar caidé a déarfadh aon duine leis. Dúirt sé go rachadh sé i gcás ar bith.

Tháinig am luí. Ar maidin go luath mhuscail mac Rí Chúige Uladh. D'éirigh sé go hachmair agus chuir sé air an chulaith ab fhearr a bhí aige agus nuair a bhí an bricfeasta thart d'fhág sé slán agus beannacht ag a athair go bhfillfeadh sé ar ais as Connachta.

D'imigh sé leis agus ní raibh sé i bhfad ag siúl nuair a tharla isteach i gcoill é. Nuair a bhí sé chóir a bheith ag teorann Chonnacht chonaic sé an fathach ba mhó dá bhfaca aon duine riamh ar an tsaol seo ina sheasamh roimhe. Scanraigh sé an oiread sin é nach raibh a fhios aige caidé ab fhearr dó a dhéanamh. Bhí cos de chuid an fhathaigh i réigiún Chonnacht agus an chos eile i réigiún Chúige Uladh. Bhí sé chomh hard sin ón talamh nach dtiocfadh le mac an rí mullach a chinn a fheiceáil. Bhí a dhá láimh spréite amach agus ní raibh bealach ag mac Rí Uladh dul ar gcúl. Chaithfeadh sé a ghealltanas a dhéanamh agus dul ar aghaidh.

Nuair a bhí sé ag tarraingt i ndeas don fhathach chonaic sé iomlán an tsaoil seo agus páirt mhór den tsaol eile idir a chosa. "Nach beag eagla atá ort ag teacht an bealach seo inniu agus fios agat go raibh mise anseo, agus ní bhfaighidh tú níos faide go n-inseoidh tú domh cén fáth a bhfuil mise in mo sheasamh anseo le trí chéad bliain."

"Bhal, inseoidh mé sin duit nuair a thiocfas mé ar ais."

"Cá bhfuil tú ag dul?" arsa an fathach.

"Tá mé ag dul chun coirm cheoil a fhad le Rí Chonnacht," arsa mac an rí.

Labhair an fathach agus dúirt sé, "Mise Fathach an Talaimh agus cuirimse faoi gheasa tú a bheith ag siúl leat nó go dté tú go dtí an Domhan Thiar agus go dté tú as sin go Tír na hÓige agus beidh anás go leor romhat sula bhfaighidh tú go dtí an áit sin."

Ansin d'imigh mac Rí Chúige Uladh leis ag tarraingt ar Chonnachta, ach nuair a shíl sé go raibh sé chóir a bheith ann bhí cúl a chinn leis. Is é an deireadh a bhí air nach raibh a fhios aige cá raibh sé ag dul. Dúirt sé leis féin dá mbeadh sé sa bhaile i gcúirt a athara nach n-iarrfadh sé choíche dul go Connachta.

Ní raibh sé i bhfad ag siúl nuair a tháinig sé a fhad le cnoc. Chuaigh sé suas go dtí go raibh sé ag mullach an chnoic. Chonaic sé an fear ba mhillteanaí dá bhfaca sé riamh ina luí roimhe. Bhí lámh dá chuid, shíl sé féin, buailte thuas ar an spéir agus an lámh eile ar an talamh. Ní raibh bealach ar bith ag mac an rí dul ar aghaidh.

"Caidé a thug anseo thú," arsa an fathach, "agus fios agat go raibh mise anseo?"

"Tá mé ag dul chun dinnéara go Connachta," arsa mac an rí.

"Bhal, ní bhfaighidh tú thart," arsa an fathach, "go n-inseoidh tú domhsa cad chuige a bhfuil mé in mo luí anseo le trí chéad bliain."

"Inseoidh mé sin duit," arsa mac an rí, "nuair a thiocfas mé ar ais."

"Maith go leor," arsa an fathach, "ach cuimhnigh gur mise Fathach na Spéire agus cuirimse faoi gheasa tú a bheith ag siúl leat nó go dté tú go dtí an Domhan Thiar agus go dté tú as sin go Tír na hÓige agus beidh anás go leor romhat sula bhfaighidh tú go dtí an áit sin." Agus d'imigh sé leis.

Bhí sé ag siúl leis riamh go dtí go dtáinig sé go bruach na farraige. Ní thiocfadh leis dul ní b'fhaide. Ansin chonaic sé an fathach ba mhó dá bhfaca aon duine riamh ag tarraingt air. Bhí sé ag cur saoistí roimhe mar a bheadh sléibhte ann agus an t-iasc a bhí ar uachtar na farraige thit siad síos go dtí an gaineamh le tréan eagla, agus an t-iasc a bhí thíos féadann tú a bheith cinnte nár iarr siad corrú.

D'fhiafraigh an fathach de caidé a thug ansin ar an lá sin é. Dúirt sé go raibh sé ag dul ar choirm a fhad le Rí Chonnacht.

"Tabhair anonn mé," arsa mac an rí, "agus bhéarfaidh mé airgead ar bith duit a iarrfas tú orm."

"Ní thig liom tú a thabhairt anonn," arsa an fathach, "go n-inseoidh tú domhsa cad chuige a bhfuil mé anseo, oíche agus lá, le trí chéad bliain."

"Tabhair anonn mé," arsa mac an rí, "agus inseoidh mé sin duit nuair a thiocfas mé ar ais."

"Maith go leor," arsa an fathach, "bí thuas ar mo dhroim."

Léim sé suas ar a dhroim agus d'imigh an fathach leis. An áit ba tiubh ba tanaí agus ní dhearna siad stad mara ná cónaí go dtug sé anonn trasna é.

Nuair a lig sé anuas dá dhroim é, arsa an fathach leis, "Mise Fathach na Farraige agus mura n-inseoidh tú domhsa cad chuige a bhfuil mé anseo nuair a thiocfas tú ar ais anseo, caillfidh tú do cheann."

D'imigh mac an rí leis agus ní raibh sé i bhfad ag siúl nuair a tchí sé sliabh a bhí trí thine agus bhí loch in aice lena bhun. Bhí fathach ag taobh an locha agus a cheann thíos ins an uisce. Bhí sé ag séideadh níos mó uisce amach as an loch ná a d'fheicfeá ar chuan farraige. Tháinig mac an rí go bruach an locha.

"Caidé atá tú a dhéanamh anseo inniu," arsa an fathach, "agus fios agat go raibh mise anseo?"

"Gabhaim pardún agat," arsa mac an rí, "tá mé ag dul a fhad le dinnéar go Cúige Chonnacht."

"Bhal," arsa an fathach, "ní bhfaighidh tú thart go n-inseoidh tú domhsa cad chuige a bhfuil mo cheann ins an loch anseo le trí chéad bliain."

"Inseoidh mé sin duit," arsa mac Rí Chúige Uladh, "nuair a thiocfas mé ar ais."

"Bhal," arsa an fathach, "sula n-imíonn tú cuimhnigh gur mise Fathach na Tine agus ach go bhfuil mise ag séideadh an uisce seo trasna an tsléibhe ní bheifeá leath bealaigh go mbeifeá dóite in do smúracha.

Ansin d'fhág mac an rí beannacht aige agus d'imigh sé leis. Ní raibh sé i bhfad ag siúl go ndeachaidh sé trasna an tsléibhe. Ansin tharla isteach sa tír ba dheise dá bhfaca aon duine riamh é, áit nach raibh ocras ná tart, buaireadh ná aois ag cur isteach ar dhuine ar bith. D'aithin sé go maith go raibh sé i dTír na hÓige.

Ní raibh sé i bhfad ag siúl nuair a tchí sé an cailín ba dheise ar shoilsigh grian nó gealach riamh uirthi ag tarraingt air. Bhí culaith uirthi chomh geal leis an tsneachta agus bhí solas a héadain ní ba ghile ná an ghrian. Bhí claspa óir i gclár a héadain agus claspa airgid i gcúl a cinn.

Ar an bhomaite a dtáinig sé a fhad léi thit sé i ngrá léi agus thit sise i ngrá leis.

"Creidim," arsa an cailín, "nach bhfuil a fhios agat cé mé féin."

"Níl a fhios," arsa mac an rí, "ach is mise mac Rí Chúige Uladh. Fuair mé cuireadh go Connachta ar an drochuair domh féin. Tá mé ag siúl liom lá agus bliain fríd chnoic agus mullaigh agus fríd fhathaigh. Tá mé anois chomh fada ar gcúl agus a bhí mé riamh."

"Ná síl biorán de sin," arsa an cailín. "Nach mise iníon Rí Chonnacht. Tháinig mé leath bealaigh an lá sin in do araicis. Casadh orm na fathaigh chéanna agus chuir siad geasa orm go gcaithfinn teacht go Tír na hÓige. Anois tá mé ag fanacht le Rí Thír na hÓige agus tá sé mo choinneáil go dtí go mbeidh a mhac bliain is fiche, go bpósfaidh sé mé, agus bhí mé le bheith anseo go dtige mac Rí Chúige Uladh agus go dtitfeadh sé i ngrá liom agus go ngeallfadh sé mé a phósadh. Ansin bhí na geasa le baint díom."

Shiúil an bheirt leofa go dtí go dtáinig siad a fhad le geafta na cúirte. Bhí an rí é féin amuigh ag spaisteoireacht agus nuair a chonaic sé iad dar leis gurbh iad an lánúin ba dhóighiúla iad dá bhfaca sé riamh. D'iarr sé ar fhear de na searbhóntaí cibé a d'iarrfadh siad air go gcaithfeadh sé a thabhairt daofa. Chuir sé fáilte roimh mhac Rí Chúige Uladh agus d'fhiafraigh sé de caidé a bhí a dhéanamh buartha dó. Dúirt sé leis nach raibh ní ar bith ar domhan ag cur buartha air ach an cailín a bhí leis a fháil le pósadh. "Gheobhaidh tú sin uaimse agus fáilte," arsa rí Thír na hÓige. Ansin pósadh an bheirt agus nuair a bhí an bhainis thart dúirt siad gur chóir daofa dul abhaile go réigiún Chonnacht. D'fhág siad slán ag Rí Thír na hÓige agus d'imigh siad leofa.

Ní raibh siad i bhfad ag siúl go dtáinig siad a fhad leis an chnoc a bhí trí thine. "Anois," arsa mac Rí Chúige Uladh, "seo a bhfuil d'fhad ar mo shaol. Tá fathach ar an taobh eile den chnoc ag bruach locha agus dúirt mé leis go n-inseoinn dó cad chuige a bhfuil sé ann nuair a thiocfainn ar ais. Anois, níl mo scéalta féin ná scéal duine eile liom."

"Ná síl biorán de sin," arsa iníon Rí Chonnacht. "Iarr air muid a ligint thart ar an taobh eile den loch agus go n-inseoidh tú dó scéal a chuirfeas lúcháir air. Ansin iarr air a cheann a thógáil amach as an loch, cúl a chinn a thabhairt don sliabh agus tú a leanúint go Cúige Uladh. Ansin beidh an uile shórt mar is cóir."

Ní raibh siad i bhfad ag siúl go dtáinig siad go bruach an locha. "Anois," arsa an fathach, "caithfidh tú a inse domh cad chuige a bhfuil mé anseo an fhad seo ama."

"Lig thart muid go dtí an taobh eile den loch," arsa mac an rí, "agus inseoidh mé scéal duit a chuirfeas lúcháir ort."

"Maith go leor," arsa an fathach agus lig sé thart iad go dtí an taobh eile den loch.

Thiontaigh mac an rí thart agus dúirt sé leis an fhathach, "Tabhair cúl do chinn don tsliabh agus fág an loch. Bhí sé ann sula dtáinig tú anseo agus beidh sé ann choíche. Lean mise go Cúige Uladh agus beidh na geasa díot."

Thug an fathach cúl a chinn don loch agus lean sé é agus de réir mar bhí siad ag siúl bhí sé ag fás ní ba dhóighiúla chuile choiscéim. Is é an deireadh a bhí air nach raibh aon fhear níos dóighiúla ná é.

"Ní aithníonn tú mé," arsa an fathach.

"Ní aithním," arsa mac an rí.

"Leasdeartháir mise do d'athair mór. Cuireadh faoi gheasa mé ins an Domhan Thiar ag bruach an locha in aimsir na troda idir Connachta agus Cúige Uladh. Bhí mé le bheith ansin choíche go dtigfeadh mac Rí Chúige Uladh agus iníon Rí Chonnacht go Tír na hÓige agus go bpósfaí ann iad. Nuair a bheadh siad ag teacht chun an bhaile bhí na geasa le baint díom."

Shiúil siad leofa go dtáinig siad go bruach na farraige. Chonaic siad an fathach mór ag tarraingt anall orthu. "Anois," arsa mac Rí Chúige Uladh, "níl mo scéal féin ná scéal duine eile agam le hinse dó nuair a thiocfas sé an fhad seo."

"Iarr air," arsa iníon Rí Chonnacht, "do thabhairt anonn trasna, tú féin agus do chomrádaithe, agus go n-inseoidh tú scéal dó a chuirfeas lúcháir air. Ansin tiontaigh thart, iarr air siúl amach as an fharraige, tú a leanúint go Cúige Uladh agus go mbeidh na geasa de."

Tháinig an fathach go bruach an chladaigh. "Inis domh anois," ar seisean, "cad chuige a bhfuil mé anseo le trí chéad bliain."

"Tabhair anonn trasna mé," arsa mac an rí, "mé féin agus mo chomrádaithe, agus inseoidh mé scéal duit a chuirfeas lúcháir ort."

"Maith go leor," arsa an fathach. Chaith sé iad uilig suas ar a dhroim, d'imigh sé leis agus níorbh fhada gur fhág sé iad ar an talamh thall.

Thiontaigh mac an rí agus dúirt sé leis siúl amach as an

fharraige, eisean a leanúint go Cúige Uladh agus go mbeadh na geasa de.

Shiúil an fathach amach ar an talamh, lean sé iad agus de réir mar a bhí siad ag siúl bhí sé ag fás ní ba dhóighiúla.

"Níl a fhios agat," arsa an fathach, "cé mé féin."

"Níl a fhios," arsa mac an rí.

"Leasdeartháir mé d'athair mór Rí Chonnacht. Nuair a bhí an troid thart idir Cúige Chonnacht agus Cúige Uladh cuireadh faoi gheasa mé a bheith in mo sheasamh ins an fharraige choíche nó go dtigfeadh iníon Rí Chonnacht agus mac Rí Chúige Uladh go Tír na hÓige, go bpósfaí iad agus nuair a thiocfadh siad an bealach seo ar ais bhí na geasa le baint díom."

Ansin shiúil siad leofa go dtáinig siad ar amharc an tsléibhe agus an áit a raibh an fathach mór ina luí agus lámh leis suas go dtí an spéir agus an lámh eile ar an talamh. "Anois," arsa mac Rí Chúige Uladh, "tá mé chomh holc agus a bhí mé riamh mar gur gheall mé don fhathach seo go n-inseoinn dó cad chuige a bhfuil sé anseo le trí chéad bliain nuair a bheinn ag teacht ar ais."

"Ná síl biorán de sin," arsa iníon Rí Chonnacht. "Iarr air do ligint thart agus go n-inseoidh tú scéal dó a chuirfeas lúcháir air. Ansin iarr air a láimh a thabhairt anuas ón spéir, go raibh an spéir ansin sula rugadh é agus go mbeidh sé ansin i ndiaidh a bháis. Iarr air éirí aniar ina sheasamh, cúl a chinn a thabhairt don tsliabh, tú a leanúint go Cúige Uladh agus go mbeidh na geasa de."

Níorbh fhada daofa go dtáinig siad go barr an tsléibhe. "An bhfuil brí mo scéil leat?" arsa an fathach.

"Lig thart mé," arsa mac an rí, "agus inseoidh mé scéal duit a chuirfeas lúcháir ort."

Lig sé thart iad. Thiontaigh mac an rí agus d'iarr air a láimh a thabhairt anuas ón spéir mar go raibh sé ansin sular rugadh é agus go mbeadh sé ann i ndiaidh a bháis, é éirí aniar ina sheasamh, cúl a chinn a thabhairt don sliabh, é a leanúint go Cúige Uladh agus go mbeadh na geasa de.

Shiúil siad leofa agus de réir mar a bhí siad ag siúl bhí an fathach ag fás ní ba dhóighiúla.

"Creidim nach n-aithníonn tú mé," arsa an fathach.

"Ní aithním," arsa mac an rí leis.

"Leasdeartháir mise," arsa an fathach, "do d'athair mór a bhí i gCúige Uladh. Cuireadh faoi gheasa mé i ndiaidh don troid a bheith thart idir Cúige Uladh agus Cúige Chonnacht. Cuireadh mé in mo luí ar an sliabh go dtí go dtigfeadh mac Rí Chúige Uladh agus iníon Rí Chonnacht go Tír na hÓige, go bpósfaí ansin iad agus nuair a thiocfadh siad an bealach seo ar ais bhí na geasa le baint díom."

Shiúil siad leofa gur tharla isteach i gcoill iad ar an teorainn idir Cúige Uladh agus Cúige Chonnacht. Chonaic siad an fathach mór ag tarraingt orthu. "Anois," arsa mac Rí Chúige Uladh, "níl mo scéal féin ná scéal duine eile agam le hinse dó nuair a thiocfas sé an fhad seo."

"Iarr air," arsa iníon Rí Chonnacht, "tú féin agus do chomrádaithe a ligint thart agus go n-inseoidh tú scéal dó a chuirfeas lúcháir air. Ansin tiontaigh thart, iarr air siúl amach as an choill, tú a leanúint go Cúige Uladh agus go mbeidh na geasa de."

Tháinig an fathach go himeall na coille. "Inis domh anois," ar seisean, "cad chuige a bhfuil mise anseo le trí chéad bliain."

"Lig thart mé," arsa mac an rí, "mé féin agus mo chomrádaithe, agus inseoidh mé scéal duit a chuirfeas lúcháir ort."

"Maith go leor," arsa an fathach. Lig sé a lámha anuas lena thaobh agus níorbh fhada go raibh siad amuigh as an choill.

Thiontaigh mac an rí agus dúirt sé leis siúl amach as an

choill, eisean a leanúint go Cúige Uladh agus go mbeadh na geasa de.

Shiúil an fathach amach as an choill. De réir mar a bhí siad ag siúl bhí sé ag fás ní ba dhóighiúla.

"Níl a fhios agat," arsa an fathach, "cé mé féin."

"Níl a fhios," arsa mac an rí.

"Leasdeartháir mé d'athair mór Rí Chonnacht. Nuair a bhí an troid thart idir Cúige Chonnacht agus Cúige Uladh cuireadh faoi gheasa mé a bheith in mo sheasamh ins an choill choíche nó go dtigfeadh iníon Rí Chonnacht agus mac Rí Chúige Uladh go Tír na hÓige, go bpósfaí iad agus nuair a thiocfadh siad an bealach seo ar ais bhí na geasa le baint díom."

Ní raibh siad i bhfad ag siúl nuair a casadh daofa Rí Chonnacht agus a chuid arm ar thuairisc a iníona. Nuair a chonaic sé ag teacht iad fhliuch sé le deora iad agus thriomaigh sé le póga iad agus dúirt go gcaithfeadh siad dul leis go Connachta.

Rinneadh bainis a mhair lá agus bliain. Nuair a bhí an bhainis thart ghléas siad orthu a gcuid cóistí óir. Bhéarfadh siad ar an ghaoth a bhí rompu agus ní bhéarfadh an ghaoth a bhí ina ndiaidh orthu go dtáinig siad go Cúige Uladh. Níorbh a dhath an lúcháir a bhí ar Rí Chonnacht le taobh an lúcháir a bhí ar Rí Chúige Uladh roimh a mhac a shíl sé nach bhfeicfeadh sé ní ba mhó.

Ansin rinne sé bainis a mhair lá agus bliain agus nuair a bhí an choirm thart dúirt mac Rí Chúige Uladh go ndéanfadh seisean beirt ardoifigeach de bheirt leasdeartháir a athara mhóir os cionn airm Chúige Uladh, agus dúirt Rí Chonnacht go ndéanfadh seisean dhá ardoifigeach de bheirt leasdeartháir a athara os cionn airm Chonnacht.

Chuaigh lá agus bliain thart agus dúirt Rí Chúige Uladh

lena mhac gur chóir daofa cuireadh chun dinnéara a thabhairt do Rí Chonnacht. Bhí lúcháir ar an mhac agus dúirt sé nár chuala sé riamh scéal ní ba bhinne.

Chuir sé teachtaire go Connachta agus go luath lá arna mhárach bhí Rí Chonnacht agus a chuid arm abhus i gCúige Uladh. Bhí oíche phléisiúrtha acu ach d'ól airm Chonnacht barraíocht agus chuaigh siad ag scairteadh ainmneacha agus ag fáil dímheasa ar mhuintir Chúige Uladh.

Ghlac mac Rí Chúige Uladh an-fhearg agus ar maidin lá arna mhárach dúirt sé le Rí Chonnacht go mbainfeadh seisean díolaíocht as féin agus as a chuid fear ar mhaithe leis an dímheas a fuair siad ó mhuintir Chúige Chonnacht i gcúirt a athara, go dtabharfadh sé rí-chogadh dó agus go mbuailfeadh sé é.

Bhí an-bhuaireadh ar Rí Chonnacht ach ní raibh gar ann. Thoisigh an troid. Throid siad lá agus bliain agus buaileadh bunadh Chonnacht.

Smaointigh mac Rí Chúige Uladh gur bhocht an rud Rí Chonnacht a chur den choróin. D'fhág sé aige é a fhad is a bhí sé beo ach thug sé orthu cíos trom airgid a dhíol le bunadh Chúige Uladh dhá uair sa bhliain.

I ndiaidh bhás Rí Chonnacht chuaigh mac Rí Chúige Uladh agus a bhean go Connachta. Ghlac siad an chóroin agus stiúraigh siad airm Chonnacht gach lá ina dhiaidh sin ach níor tháinig muintir Chonnacht chun dinnéara go Cúige Uladh ón lá sin go dtí an lá inniu.

Mac Rí Éireann agus Mac Rí na Lochlannach

Fad ó shoin ins an tseanam in Éirinn bhí fear agus bean ann. Bhí beirt iníon agus beirt mhac acu. Ní raibh siad ach bocht ach bhí an bheirt iníon ar na cailíní ba dhóighiúla a bhí in Éirinn san am.

Bhí mic ríthe agus ardphrionsaí ceithre réigiúin na hÉireann ag teacht ar cuairt ins an áit an uile lá sa bhliain go bhfaigheadh siad amharc amháin ar na cailíní seo nuair a chuala siad ar chomh dóighiúil is a bhí siad.

Tháinig mac Rí Éireann lá amháin ag déanamh pléisiúir taobh amuigh de Bhaile Átha Cliath. Casadh air an bhean ba shine de na cailíní agus dar leis féin gurbh í an cailín ba dhóighiúla í dá bhfaca sé riamh.

Chomh luath agus a casadh air í thit sé i ngrá léi agus d'fhiafraigh sé dithe cá raibh sí ina cónaí. Dúirt sí leis go raibh cónaí uirthi taobh amuigh de Bhaile Átha Cliath.

"Bhal," arsa mac an rí, "siúlfaidh mise leat go dtí go bhfeicfidh mé d'athair agus do mháthair mar nach bhfaca mé aon bhean riamh ab fhearr a d'fhóirfeadh domh ach tú."

Shiúil siad leofa riamh go dtáinig siad a fhad le cró fóide. Chuaigh an cailín isteach agus mac an rí ina diaidh. D'éirigh an t-athair agus an mháthair agus chuir siad céad fáilte agus sláinte roimh an duine uasal agus dúirt siad leis go raibh siad an-bhuartha nach raibh an teach maith go leor ag duine uasal mar é. Dúirt mac an rí leofa go raibh an teach chomh maith agus a bhí acu féin.

Shuigh sé tamall ag seanchas agus nuair a tháinig am do mhac an rí dul abhaile d'éirigh sé ina sheasamh agus dúirt sé leofa gurbh é an réasún a tháinig sé ná gur casadh a n-iníon air agus gur chuir sé spéis inti agus gur smaointigh sé go dtiocfadh sé agus go n-iarrfadh sé cead ar a hathair agus a máthair í a phósadh.

Dúirt siad leis go dtabharfadh siad an cead sin dó agus fáilte ach nach raibh sí ach bocht agus nach raibh ór ná airgead ar bith acu. Dúirt sé gur chuma leis, go raibh go leor airgid aige féin, go raibh sé ag imeacht ach go mbeadh sé ar ais ar uair an mheán lae ar an lá dár gcionn, go mbeadh cóiste leis agus go gcaithfeadh siad uilig dul leis go cúirt a athara, Ardrí na hÉireann, san áit a ndéanfadh siad bainis a mhairfeadh lá agus bliain.

D'fhág sé slán acu agus d'imigh sé leis. Nuair a bhí sé ag tarraingt ar an bhaile bhí oiread lúcháire air nach raibh a fhios aige cé acu a cheann nó a chosa a bhí ar an talamh ach ag smaointiú go bhfuair sé an cailín ba dheise a bhí in Éirinn.

Nuair a d'imigh sé shuigh siad uilig thart fán tine ins an bhaile ag seanchas fán ghreann a bheadh acu i gcúirt an rí go cionn lá agus bliain, ach dúirt an mháthair nach dtabharfadh sí féin isteach dó go bhfeicfeadh sí é ag teacht lena chóiste mar go raibh neart iníon ríthe fríd Éirinn a raibh neart óir agus airgid acu agus gan é a bheith ag pósadh cailín bocht.

Bhí go maith agus ní raibh go holc. Chuaigh siad ina luí an oíche sin agus d'éirigh siad le go leor luais ar maidin agus bhuail an uile dhuine á gcóiriú féin chomh maith is a tháinig leofa. Ní raibh sé i bhfad go dtáinig uair an mheán lae. Chuala siad an tormán taobh amuigh. D'amharc siad amach. Chonaic siad an cóiste ag tarraingt ar an teach. Bhéarfadh sé ar an ghaoth a bhí roimhe agus ní bhéarfadh an ghaoth a bhí ina dhiaidh air.

Tháinig mac an rí amach agus bhí sé cóirithe go hanghalánta. Tháinig sé isteach agus d'fhiafraigh an raibh siad réidh agus dúirt siad leis go raibh. Chuaigh sé amach ar ais agus tháinig sé isteach leis an chulaith ba dheise bhí ar aon bhanríon in Éirinn roimhe ná ina dhiaidh ó shoin.

Nuair a chuir an cailín uirthi an chulaith bhí sí trí huaire ní ba dheise agus ní ba dhóighiúla ná mar a bhí sí an lá roimhe sin. Ansin chuaigh siad uilig isteach sa chóiste. D'imigh siad leofa. An áit ba tiubh ba tanaí. Bhéarfadh siad ar an ghaoth a bhí rompu agus ní bhéarfadh an ghaoth a bhí ina ndiaidh orthu go dtí go dtáinig siad a fhad le cúirt Ardrí na hÉireann. Bhí Ardrí na hÉireann amuigh rompu agus a chuid saighdiúirí ina dhiaidh ag seinm le héireagáin, drumaí agus píopaí le móid agus onóir a thabhairt don bhanríon óg a bhí ag tarraingt chun tí.

Pósadh iad agus thoisigh an bhainis agus bhí cuireadh ag ísle agus ag uaisle na tíre a bheith ann. Mhair an choirm lá agus bliain agus a leithéid de phléisiúr agus de ghreann ní raibh i gcúirt Ardrí na hÉireann roimhe ná ina dhiaidh.

Nuair a bhí an bhainis thart dúirt Ardrí na hÉireann go raibh sé féin ró-aosta le bheith ina rí ní b'fhaide. Chuir sé an choróin ar a mhac a pósadh agus rinneadh banríon den bhean óg ar iomlán na hÉireann.

Bhí mac Rí na Lochlannach abhus ag an bhainis agus nuair a chonaic sé deirfiúr na mná a pósadh, dar leis go raibh sí dhá uair ní ba dheise ná an bhanríon. Ghléas sé air i ndiaidh na bainise agus chuaigh sé síos go béal na toinne go Binn Éadair.

Ghléas siad long dó. Thóg siad a gcuid seolta agus d'imigh siad leofa. An áit ba tiubh ba tanaí agus ní raibh siad i bhfad go dtáinig siad isteach i bport thall i gCríocha Lochlann.

Bhí Rí na Lochlannach ansin lena bhean agus leis an chuid

eile den mhuirín. Bhí an-lúcháir go brách orthu nuair a chonaic siad a mac a bhí in Éirinn le cúig bliana ag teacht, ach in áit labhairt go pléisiúrtha leofa is é an rud gur thoisigh sé ag screadaidh agus ag scréachaidh agus ní raibh dul acu ciall a chur ann.

Nuair a d'fhiafraigh a athair de caidé a bhí contráilte leis dúirt sé go raibh a sháith mar go raibh an cailín ba dhóighiúla a bhí riamh ar an domhan thall in Éirinn, gur chuir sé spéis inti ag bainis mhac Rí na hÉireann agus nach mbeadh sé beo mura bhfaigheadh sé í le pósadh.

Chuaigh siad suas chun na cúirte agus níor chodlaigh sé aon néal go maidin ach ag scairteadh ar an chailín seo a bhí in Éirinn.

Lá arna mhárach arsa an rí lena bhean, "Níl a fhios agam caidé is fearr a dhéanamh leis."

"Ní thig leat dadaí a dhéanamh leis," arsa an bhean, "ach gléasadh agus rachaidh mise libh agus ní dhéanfaidh muid stad mara ná cónaí nó go dté muid anonn go hÉirinn, agus má ghlacann an cailín leis tá an uile shórt go maith ach mura ndéanfaidh níl aige ach teacht anall ar ais agus bás a fháil."

Ghléas siad. Chuaigh arm na Lochlannach a sheinm rompu agus ina ndiaidh go dtáinig siad go béal na toinne. Bhí long ansin fána gcoinne. Thóg siad a gcuid seolta agus d'imigh siad leofa agus ní dhearna siad stad mara ná cónaí go dtáinig siad go Binn Éadair.

Shiúil siad aníos go dtáinig siad go cúirt Ardrí na hÉireann. Bhí an-fháilte ag an rí óg agus ag a bhean rompu. Thug siad isteach chun na cúirte iad agus rinne siad réidh coirm a mhair cúpla lá.

Nuair a bhí an uile shórt thart d'fhiafraigh mac Rí na Lochlannach den bhanríon óg cá háit a raibh a deirfiúr ina cónaí. Dúirt an t-ardrí go rachadh sé féin leofa ins an chóiste. Bhéarfadh siad ar an ghaoth a bhí rompu agus ní bhéarfadh an ghaoth a bhí ina ndiaidh orthu go dtáinig siad go dtí an cró fóide.

Nuair a tháinig siad amach as an chóiste bhí an-iontas go brách ar Rí na Lochlannach fán áit a raibh a mhac le bean a fháil.

Chuaigh mac Rí na Lochlannach isteach. D'éirigh siad uilig agus chuir siad sláinte agus fáilte roimh an duine uasal. Dúirt seisean nach raibh faill aige fanacht mar go dtáinig sé go bhfeicfeadh sé an dtabharfadh siad an bhean ab óige dó le pósadh.

Dúirt siad go dtabharfadh agus fáilte ach nach raibh ór ná airgead aici. Dúirt mac Rí na Lochlannach gur chuma leis mar go raibh neart óir agus airgid aige féin. D'iarr sé orthu uilig a bheith amuigh agus dul isteach sa chóiste.

Rinne siad sin agus d'imigh siad leofa. An áit ba tiubh ba tanaí. Ní dhearna siad stad mara ná cónaí go dtí go dtáinig siad go cúirt Ardrí na hÉireann. Thug sé cuireadh d'Ardrí na hÉireann agus dá bhean a bheith ag teacht leofa anonn i measc na Lochlannach go dtí go mbeadh siad ag a bhainis.

Dúirt an t-ardrí nár chuala sé riamh scéal ní ba bhinne. Ghléas sé air, é féin agus a bhean agus níor stad siad riamh go ndeachaidh siad go béal na toinne. Bhí an long réidh faoi sheol. Chuaigh siad isteach ar bord agus bhéarfadh siad ar an ghaoth a bhí rompu agus ní bhéarfadh an ghaoth a bhí ina ndiaidh orthu go ndeachaidh siad isteach i bport i gCríocha Lochlann.

Chuaigh siad suas chun na cúirte. Thoisigh an bhainis. Mhair an bhainis lá agus bliain agus a leithéid de choirm ní raibh ag na Lochlannaigh roimhe ná ina dhiaidh ó shoin.

Fhad is bhí an bhainis ag dul chun tosaigh bhí fear saibhir ann ag iarraidh ar fhear de bhunadh na hÉireann cuartú a dhéanamh fríd fharraigí na hÉireann agus dobharchú a fháil dó agus a thabhairt anonn chun na Lochlann agus go dtabharfadh sé a mheáchan féin d'ór agus airgead dó. Dúirt an fear go ndéanfadh sé a dhícheall.

"Bhal," arsa an Lochlannach, "dhéanfaidh mise margadh leat a bheith anseo roimh lá agus bliain, agus mura mbíonn tú anseo cuirfidh mise faoin uile chineál geasa thú agus ní bheidh aon mhaith ionat duit féin ná do dhuine ar bith eile le do shaol."

"Dhéanfaidh mé mo dhícheall a bheith anseo i gcionn lá agus bliain," arsa an tÉireannach, "agus má sháraíonn orm níl neart air."

Tháinig an t-am d'Ardrí na hÉireann agus dá chuid fear dul abhaile. Tháinig Rí na Lochlannach agus a chuid saighdiúirí anuas leofa go ndeachaidh siad ar bord. Ní raibh siad i bhfad go dtáinig siad go Binn Éadair.

D'imigh fear na farraige leis go han-bhuartha, ach seachtain ina dhiaidh sin fuair sé dobharchú. D'imigh sé leis ar ais agus níor stad sé riamh nó go ndeachaidh sé anonn go Críocha Lochlann. Bhí an fear saibhir fána choinne agus bhí an-fháilte aige roimhe.

Nuair a chonaic sé go raibh an dobharchú leis, chuaigh sé a léimnigh le lúcháir agus dúirt sé leis an Éireannach go raibh a sháith aige féin don chuid eile dá shaol i gcás ar bith agus go mbeadh a sháith aigesean fosta dá mbeadh sé ina thost.

"Ná labhair aon fhocal nuair a bheas tú ag déanamh do dhinnéara amárach ná go deo go raibh tú réidh. Beidh oiread agatsa agus a bheas agamsa ach má labhrann tú beidh tú fuar folamh. Ní thabharfaidh mise pingin ná bonn duit. Rachaidh tú siar go hÉirinn níos boichte ná mar a bhí tú nuair a tháinig tú anall."

"Tá sin féaráilte go leor," arsa an tÉireannach. "Ní labharfaidh mé focal amháin agus má labhrann is orm féin a bheas an locht."

Ar uair an mhéan lae lá arna mhárach bhí an dinnéar bruite ag an Lochlannach agus caidé a bhruith sé ach an dobharchú. Bhuail an bheirt ag ithe agus chuir an Lochlannach oiread geasa ar an dobharchú go bhfaca sé an méid óir agus airgid a bhí fríd an domhan ar thóin na farraige. Chuaigh an tÉireannach ag ithe agus chonaic sé an t-ór ar thóin na farraige mar a chonaic an Lochlannach é.

D'éirigh sé ina sheasamh agus scairt sé i seanard a chinn, "Ach go bhfaighidh mise a fhad le cuid den ór sin beidh mo sháith agam le mo shaol cibé síon a shéidfeas."

"Bhal, fan ort," arsa an Lochlannach. "Ól braon den tsú agus tchífidh tú a dhá oiread." Bhí an díbheirg ar an Éireannach go dtí go bhfuair sé braon den tsú ach ar an bhomaite a d'ól sé an chéad bholgam ní fhaca sé dadaí ní ba mhó.

"An bhfuil tú sásta anois?" arsa an Lochlannach. "Tú féin is ciontaí. Fuair tú do mhargadh agus rachaidh tú ar ais go hÉirinn níos boichte ná a d'fhág tú é."

D'imigh an tÉireannach leis go han-bhuartha agus tháinig sé go hÉirinn agus ba bhuartha a ghuth. Níor chuartaigh sé aon dobharchú d'aon duine ón lá sin go dtí an lá inniu.

Páidín agus na Sióga Oíche Shamhna

Bhí fear agus bean ann i bhfad ó shoin agus ní raibh acu ach iad féin. Ní raibh acu ach seanteach agus ar oíche na gaoithe móire thit an rigín den chistin. Bhí siad chomh bocht agus nach raibh said in innimh aon chaoi a chur air. Chuaigh siad ina gcónaí thíos ins an tseomra.

Ar Oíche Shamhna mhothaigh siad an-challán go brách sa chistin. Ghlac siad an-eagla. Tháinig an fear aníos go bhfeicfeadh sé caidé an callán a bhí ann ach ar theacht aníos dó chonaic sé cruinniú mór daoine ina seasamh sa chistin. Bhí greim ag an uile dhuine ar chreata. D'éirigh na creataí suas ina mbeithigh bhána. Chuaigh an uile dhuine suas ar a bheathach agus d'imigh siad leofa.

Ansin bhí an fear chomh holc agus a bhí sé riamh. "Ná bac leis," arsa seisean leis féin, "beidh mise anseo níos luaithe ar Oíche Bhealtaine."

Chuaigh sé síos ar ais agus bhí an t-iontas á inse aige dá bhean go dtí go ndeachaidh siad ina luí. Bhí sé ina shuí go luath ar maidin agus tháinig sé aníos chun na cistine. Chonaic sé na creataí ins an áit chéanna ina raibh siad an lá roimhe sin.

Ní raibh sé ag fáil codladh na hoíche oíche ná lá ach ag smaointiú ar Oíche Bhealtaine. Is é an deireadh a bhí air go dtáinig Oíche Bhealtaine.

Bhí sé féin agus a bhean ina suí arís ag an tine agus chuala siad callán a bhí ní ba láidre ná an chéad uair. D'éirigh sé agus rith sé aníos, ach ar an drochuair dó féin bhí sé mall agus bhí greim ag an uile fhear ar a chreata agus bhí a gcuid cainte críochnaithe agus sháraigh air aon fhocal amháin a thógáil. D'éirigh an domhan de bheathaigh ar ais, chaith an uile fhear cos thar a bheathach féin, ghlan siad amach thar an bhallóg agus d'imigh leofa. An áit ba tiubh ba tanaí. Bhéarfadh siad ar an ghaoth a bhí rompu agus ní bhéarfadh an ghaoth a bhí ina ndiaidh orthu.

Chuaigh an fear amach ag amharc ina ndiaidh ach ní raibh dul aige iad a fheiceáil ní ba mhó. Tháinig sé isteach ar ais go han-bhrónach a fhad lena bhean agus dúirt gurbh olc an tríú huair nach mbaineann. Arsa seisean, "Beidh mise thuas níos luaithe Oíche Shamhna seo chugainn. Ní thiocfaidh mé anuas as an chistin ar chor ar bith."

Níor mhothaigh sé an t-am ag dul thart go dtáinig Oíche Shamhna ar ais. Ar thitim na hoíche le clapsholas luigh sé istigh i gcúlfaidh. Ní raibh sé i bhfad ina luí ansin nuair isteach le slua mór daoine. Bheir an uile dhuine ar chreata mar a rinne siad ar an dá oíche roimhe sin.

Nuair a chonaic an fear iad ag breith ar chreata d'éirigh sé féin agus chuartaigh sé thart agus sháraigh air ceann ar bith a fháil ach buachalán buí. Labhair an uile fhear tar éis an fhir eile. Ansin d'éirigh beathach aníos a fhad leis an uile fhear.

Nuair a bhí an fear deireanach críochnaithe dúirt fear an tí na focla céanna. D'éirigh aníos a fhad leisean gamhain óg. Chaith sé a chos thar an ghamhain. D'éirigh an chéad bheathach ansin agus ghlan sé amach thar an bhallóg. D'éirigh an uile bheathach, ceann i ndiaidh an chinn eile agus ghlan siad amach. Ansin d'éirigh an gamhain agus ghlan sé amach thar an bhalla.

Thiontaigh an caiptín a bhí ar na fir thart agus dúirt sé leis, "Má labhrann tú focal amháin go bhfilleann tú ar an bhaile ar ais ní bhfaighidh tú abhaile go síoraí." Dúirt an fear nach ndéanfadh.

Ansin d'imigh siad leofa ach ní raibh siad i bhfad ag dul nuair a scairt an caiptín amach "Baile Dhún na nGall" trí huaire. Ní raibh na focla amuigh as a bhéal nuair a bhí siad uilig istigh i nDún na nGall. Ansin d'ith siad agus d'ól siad a sáith ach ní fhaca duine ar bith iad. Scairt an caiptín amach ar ais "Baile Átha Cliath" agus ní raibh na focla amuigh as a bhéal go raibh siad thíos i gcathair Bhaile Átha Cliath. D'ól siad agus d'ith siad a sáith ansin. Scairt an caiptín amach ar ais, "An taobh eile d'abhainn na Finne." D'imigh siad leofa. An áit ba tiubh ba tanaí. Bhéarfadh siad ar an ghaoth a bhí rompu agus ní bhéarfadh an ghaoth a bhí ina ndiaidh orthu go dtí go dtáinig siad go dtí an taobh seo d'abhainn na Finne.

An caiptín a bhí amuigh chun tosaigh. Ghlan a bheathach amach thar an abhainn. Ansin ghlan an darna beathach an dóigh chéanna é. Ghlan an uile bheathach é go dtí fear an ghamhna. D'éirigh an gamhain agus ghlan sé an abhainn.

Bhí an fear ólta agus rinne sé dearmad ar caidé a d'iarr an caiptín air agus scairt sé amach i seanard a chinn, "Ní miste liom caidé a deir sibh, tá an-léim ag mo ghamhain." Leis sin fágadh ina sheasamh é ar an talamh ghlas agus ní raibh dadaí faoina dhá chois ach an buachalán buí. D'imigh an chuid eile leofa. D'fhág siad slán aige agus ní fhaca sé níos mó iad.

Ní raibh bealaí móra ann san am agus d'imigh sé féin ag tarraingt ar an bhaile. Lá amháin bhí sé ag dul ceart agus lá eile bhí sé ag dul contráilte agus bhí sé trí mhí ag siúl agus sa deireadh tháinig sé chun an bhaile.

D'amharc sé thart ins an chistin ag dul isteach dó agus chonaic sé an uile cheann de na creataí ina seasamh ag an bhalla ach ní raibh an buachalán buí le feiceáil. Tháinig sé anuas chun an tseomra agus bhí an-fháilte ag a bhean roimhe.

Chónaigh sé ansin fán bhaile agus ba chuma caidé an slua a mhothaigh sé ag caint ar Oíche Shamhna nó Oíche Bhealtaine níor chorraigh sé amach ag éisteacht leofa ón lá sin go dtí an lá inniu.

Páidín Ghleann Bolcáin

Bhí sin ann fad ó shoin fear agus bean ina gcónaí thuas i nGleann Bolcáin i nGleann an Bhaile Dhuibh. Páidín a bhí ar an fhear agus Máire ar an bhean. Ní raibh mórán acu le spáráil ach greim a choinneodh beo iad ó lá go lá.

D'iarr Máire ar Pháidín cúpla caora a cheannacht agus iad a mharú, an fheoil a dhíol agus go mb'fhéidir go ndéanfadh siad beagán airgid orthu.

D'éirigh Páidín go luath lá arna mhárach agus d'imigh sé leis go haonach Chearnaí agus cheannaigh sé triúr caora. Rinne sé iad a bhúistéireacht agus rinne sé beagán sochair iontu. Bhí sé mar sin go cionn bliana ag ceannacht na gcaorach agus á marú.

Ar dul siar go Cearnach dó lá amháin ceobháistí fearthainneach, chonaic sé teach ar thaobh an bhealaigh mhóir. Shíl sé nach bhfaca sé aon teach ar an bhealach riamh roimhe nuair a bhí sé ag dul go Cearnach. Chuaigh sé isteach sa teach go ndeargfadh sé a phíopa ach ní fhaca sé aon duine istigh. D'fhan sé tamall ina shuí ar stól ag fanacht go dtiocfadh duine inteacht de bhunadh an tí isteach. B'fhada leis an t-am agus thoisigh sé ag deargadh a phíopa le haibhleog. Bhí tine bhreá thíos agus an teach scuabtha chomh glan agus a d'fhéadfadh sé a bheith.

Nuair a bhí sé ag deargadh a phíopa d'amharc sé ar pholl an bhaic agus chonaic sé easóg ag cur a cheann amach ar pholl bheag a bhí ann agus gine ina bhéal aige. Tháinig sé amach ar cheann an stóil ar a raibh Páidín ina shuí. D'fhág sé an gine ar an stól. Chuaigh sé isteach ar ais agus thóg sé amach ceann eile. Bhí sé amach agus isteach, ag tabhairt amach gine leis an uile uair agus á bhfágáil ar an stól nó go raibh lán hata amuigh aige. D'éirigh Páidín agus d'amharc sé ar an airgead agus ar an easóg agus dúirt sé leis féin go raibh sin go hiontach.

Chuaigh sé chun aonaigh agus cheannaigh sé a chuid caorach. Tháinig sé abhaile mar a dhéanfadh sé i gcónaí agus mharaigh sé iad.

Lá amháin arsa Máire leis, "A Pháidín, ceannaigh bó. Tá oiread airgid déanta agat anois go dtiocfadh leat bó a cheannacht."

Cheannaigh Páidín bó óna chomharsa agus chuaigh mórán den airgead a rinne sé ar na caoirigh amach i luach na bó. Smaointigh sé ansin go rachadh sé siar go Cearnach arís agus go gceannódh sé tuilleadh caorach. Ar dhul siar dó chonaic sé an teach ina raibh an easóg.

"Má bhíonn an easóg ann inniu agus an t-airgead á thógáil amach as poll an bhaic aige," ar seisean leis féin, "beidh an t-airgead liomsa muna mbíonn duine ar bith fán teach."

Chuaigh sé isteach mar a rinne sé an chéad lá ar leithscéal a phíopa a dheargadh. Bhí an teach mar an gcéanna, é scuabtha agus tine mhaith thíos. Shílfeá gurbh í an tine chéanna í agus an maide briste ins an áit ar fhág Páidín é ar an lá deireanach a raibh sé sa teach.

Shuigh sé ar cheann an stóil agus d'amharc sé ar pholl an bhaic. Caidé a chonaic sé ach an easóg ar ais agus gine ina bhéal aige. Tháinig sé amach agus d'fhág sé an gine ar an stól taobh Pháidín. Chuaigh sé isteach, agus mar a rinne sé roimhe thóg sé amach ceann eile. Bhí sé amach agus isteach as an pholl beag seo nó go raibh toirt hata Pháidín de ghiníocha amuigh aige ar an stól.

"Seo é m'amsa anois," arsa Páidín. Nuair a bhí an easóg istigh chuir Páidín a chos ar an pholl a raibh an easóg isteach agus amach air. Chuir sé na giníocha uilig isteach ina hata agus thiontaigh sé ar an bhaile. Ní dheachaidh sé chun aonaigh ar chor ar bith.

Ní raibh ach cúpla coiscéim siúlta aige nuair a mhothaigh sé an easóg ar a dhroim agus ar mhullach a chinn. Bhí déanamh air go n-íosfadh sé é ach níor lig Páidín an t-airgead uaidh. Lean sé dhá mhíle talaimh é agus phill sé ar an teach arís. Tháinig Páidín chun an bhaile agus chuir sé an t-airgead isteach i gcraiceann bolóige agus chuir sé i bhfolach i gcúl an chúpla é. D'fhiafraigh Máire de an raibh sé ar an aonach. Dúirt sé go raibh ach nár cheannaigh sé aon chaora.

Bhí an bóitheach os coinne an tí. Ar maidin lá arna mhárach nuair a d'éirigh sé chonaic an easóg ag teacht amach ar dhoras an bhóithigh. Bhí sceadamán na bó gearrtha ag an easóg. Bhí Páidín ina fhear lúfar. Bheir sé ar a bhata agus scairt sé ar an mhadadh mhór dhubh a bhí aige.

Lean an madadh an easóg agus ní raibh Páidín i bhfad ar gcúl uathu ins an rása. Rinne an easóg siar ar Chearnach agus an madadh ina dhiaidh agus Páidín i ndiaidh na beirte. Ar dhul go dtí an teach dó ina raibh an easóg ann chonaic sé an madadh agus an easóg ag dul isteach chun tí. Chuaigh Páidín suas go dtí an doras. Chonaic sé an madadh agus greim muinéil aige ar bhean thuas ag an tine.

"Fóir ort, a Pháidín," ar sise, "agus ná lig do do mhadadh mé a mharú. Mise an easóg. Mharaigh mé do bhó. Bhí a fhios agam go dtiocfá an bealach seo in mo dhiaidh. Suigh anseo go n-inseoidh mé scéal duit. Tá cúirt agus caisleán le díol i mBaile na Trá agus ní raibh aon fhear riamh a cheannaigh é nach mbeadh marbh ar maidin. Gabh thusa ionsar an cheantáil agus ceannaigh an teach. Tá a luach go maith agat. Tá mac liomsa ina mháistir ar na leipreacháin agus sin an fear a mharaíonn iad sin a cheannaíonn an teach. Bíonn siad ag damhsa achan oíche agus ag ól go mbíonn an lá ann. Cuireann siad cathú ar an fhear a cheannaíonn an teach a bheith ag damhsa leofa go maidin agus ní stadann sé go bhfaigheann sé bás," ar sise.

"Éireoidh an rud céanna domhsa," arsa Páidín, "má cheannaím é."

"Ní éireoidh," arsa an tseanbhean.

"Maith go leor," arsa Páidín, "ceannóidh mé é," agus d'éirigh sé lena aghaidh a thabhairt ar an bhaile.

"Fan go fóill," arsa an tseanbhean. "Tá mé ag iarraidh ní beag ort agus tá súil agam go ndéanfaidh tú é agus nach ndéanfaidh tú dearmad."

"Nuair a cheannós tusa an teach tchífidh tú mo mhacsa. Nuair a fhosclós tú an doras inseoidh sé scéal duit. Nuair a gheobhas tú an uile shórt buartha tharat, tiocfaidh tú anseo agus cochán leat agus dófaidh tú an teach seo. Ná déan dearmad de sin."

"Ní dhéanfaidh mé," arsa Páidín.

Bhí an tráthnóna ann nuair a tháinig Páidín abhaile go Gleann Bolcáin agus é tuirseach. D'fhiafraigh Máire de cá raibh sé ó mhaidin. Dúirt sé go raibh sé sa chnoc ag cuartú caorach a chaill sé.

Trí seachtainí ón lá sin arsa Páidín lena bhean, "Ba chóir dúinn dul go Baile na Trá. Tá teach mór le ceantáil ann."

"Caidé a bheifeása a dhéanamh ann?" ar sise. "Ar ndóigh níl slí ar bith againne tada a cheannacht anois. Ar ndóigh tá an bhó marbh agus cuid de na caoirigh caillte agus níl gnoithe againn ann."

"Is cuma duit," arsa Páidín. "Éirigh agus cuir ort do chuid éadaigh maithe; tá seachtain nó níos mó sula gceantálfar an teach agus rachaidh muid de shiúl ár gcos ann."

Le Páidín a shásamh, chuir Máire uirthi a cuid éadaigh agus bhog an bheirt leofa go Baile na Trá.

Ar lá na ceantála ní raibh duine ag cur pingine isteach ar an teach mhór. Bhí barraíocht eagla orthu. Chuir Páidín méid áirithe airgid air agus caitheadh chuige é. "Anois," arsa Máire "tá tú náirithe. Ar ndóigh, níl aon phingin agat le díol ar a shon."

Tharraing Páidín craiceann na bolóige chuige agus dhíol sé amach luach an tí. Bhí an-iontas ar Mháire cá bhfuair sé an t-airgead, agus dúirt Páidín go raibh neart aige. Dúirt muintir na háite gur trua an duine bocht é, gur goirid a bheadh sé beo agus nach raibh aon duine riamh a cheannaigh an teach céanna nach raibh marbh ar an mhaidin dár gcionn.

Thug fear na heochracha do Pháidín agus d'fhoscail sé an doras. Ar dhul isteach dó tchí sé fear rua agus péire píob ar a ghualainn.

"Céad míle fáilte romhat, a Pháidín as Gleann Bolcáin, tú féin agus Máire."

"Fág an bealach agam," arsa Páidín, "agus ná scanraigh mo bhean."

"Ó, thig liomsa," arsa an Fear Rua, "a bheith fríd an teach seo gach uile lá agus ní fheicfidh tú féin ná do bhean mé. Is mise máistir na leipreachán."

"Caidé an dóigh a maraíonn tú na daoine a cheannaíonn an teach seo?" arsa Páidín.

"Tá seomra mór thuas ansin," ar seisean, "agus nuair a thig an meán oíche tosaíonn mise agus mo chuid fear ag damhsa ann. Tá ceaig mór d'uisce beatha i dtaobh an tseomra agus cupán iarainn ar shlabhra greamaithe leis agus ólann muid ár sáith i rith na hoíche. Is cuma caidé a ólfar as an cheaig ní fholmhófar é riamh agus bronnfaidh mise ort é ón oíche anocht amach."

"Siúil leat," arsa Páidín le Máire, "go bhfeice muid na seomraí móra atá ann." Shiúil siad ceithre chearna an tí go dtáinig siad go dtí seomra ollmhór.

"A Mháire," arsa Páidín, "nár dheas an áit damhsa a bheadh inti seo go maidin."

"Ó, is breá an áit í," arsa Máire. Ní raibh a fhios ag Máire go bhfaigheadh duine ar bith bás ann.

"Suigh thusa ansin, a Mháire, go rachaidh mise amach go gcruinneoidh mé iomlán na gcomharsan go dtabharfaidh mé oíche mhór daofa go maidin."

Chuaigh Páidín amach. Ní dheachaidh sé i bhfad gur casadh an Fear Rua leis.

"Anois," arsa Páidín leis an Fhear Rua, "sílfidh Máire gur sibhse na comharsana, agus an bhfuil aon dochar ann do Mháire ná domhsa?"

"Níl," arsa an Fear Rua, "agus nuair a bheas an oíche seo thart inseoidh mise scéal duit."

Nuair a tháinig an dó dhéag tháinig an Fear Rua agus céad leipreachán leis. Shíl Máire gurbh iad a gcomharsana iad. Chuir sí céad fáilte rompu uilig. Chuaigh Páidín anonn go dtí an cheaig agus lion sé gloine do Mháire agus ceann dó féin. Dúirt sé leis na buachaillí a sáith a ól as. Dhamhsaigh said leofa go raibh sé beagnach ina lá. Nuair a thoisigh an coileach ag scairteadh b'éigean daofa imeacht.

Arsa an Fear Rua le Páidín, "I dtaca leis an scéal seo atá mé a dhul a inse duit, an ndéanfaidh tú gar domh nuair a bheas sé de dhíth orm?"

"Dhéanfaidh go cinnte," arsa Páidín, "uair ar bith a scairtfeas tú orm."

"B'fhéidir nach dtiocfainn go cionn lá agus bliain," arsa an Fear Rua, "agus b'fhéidir go dtiocfainn níos luaithe."

D'fhág sé slán ag Páidín agus dúirt nach bhfeicfeadh sé sa

seomra sin choíche arís é agus gan eagla ar bith a bheith air ins an teach sin. Cheannaigh Páidín eallach agus beithígh. Bhí buachaill ar aimsir aige. Bhí sé ag dul i láidreacht sa tsaol gach lá dá raibh ag teacht.

Bliain ón lá sin bhí Páidín ag tabhairt a gcuid dá chuid muca nuair a tchí sé marcach ar dhroim gearráin ag teacht trasna an chnoic. Tháinig an marcach go dtí Páidín.

"A Pháidín, tháinig mé fá do choinne inniu. Mise an Fear Rua ar gheall tú dó go ndéanfá gar dó i gcionn lá agus bliain."

"Ó, tá cuimhne agam ort," arsa Páidín. "Caidé atá tú ag iarraidh orm a dhéanamh."

"Tá na leipreacháin ó dheas ag cur cogaidh ar na leipreacháin ó thuaidh. Tá mise in mo cheannfort ar an bhunadh ó thuaidh agus tá an dá thaobh le dul in aghaidh a chéile ar Thrá Éanna. Tá mé ag iarraidh do chuidiú."

"Ó, caidé an cineál cuidithe a dtig liom a thabhairt duit?" arsa Páidín.

"Tá tusa níos láidre ná mo chuid fear," arsa an Fear Rua.

"Caidé an dóigh a n-aithneoidh mise do chuid fear?" arsa Páidín.

Arsa an Fear Rua, "Tá bearád geal agus cóta dearg ar mo chuid fearsa agus tá cóta dubh agus bearád dearg ar an bhunadh ó dheas."

"Tchím," arsa Páidín. "Coinneoidh mise marc ar bhunadh na mbearád ngeal."

"Ar a naoi a chlog anocht beidh muid ag troid ar an trá," arsa an Fear Rua.

"Níl aon bheathach agam a bhéarfainn liom," arsa Páidín.

"Bhéarfaidh mise beathach duit anois," arsa an Fear Rua.

Tharraing sé buachalán buí aníos as an talamh agus rinne sé beathach de do Pháidín.

"Caidé an cineál airm a bhéarfas mé liom?" arsa Páidín.

"Sin do chomhairle féin," arsa an Fear Rua.

"Bhéarfaidh mé liom maide briste atá anseo," ar seisean.

Chuaigh Páidín suas ar dhroim an bheathaigh. Bhéarfadh sé ar an ghaoth a bhí roimhe agus ní bhéarfadh an ghaoth a bhí ina dhiaidh air go dtáinig sé go barr na trá ag Trá Éanna.

"Fan tusa ansin," arsa an Fear Rua, "agus ná gabh isteach ins an troid nó go bhfeice tú an mbeidh mo chuid fear á mbualadh."

Chrom Páidín agus an maide briste aige i gcúl carraige a bhí ann. Bhí slua mór daoine ar an trá. Nuair a thoisigh an troid ar a dó dhéag chuaigh na fir fríd a chéile agus chaill cuid acu a gcuid bearád. Sin an marc ba mhó a bhí ag Páidín ar fhir an Fhir Rua. Ní raibh a fhios aige cé acu den dá thaobh a bhí ag dul i laige. Chaith sé seileog ar an mhaide bhriste agus chuaigh sé síos fríofa. Bhí sé ag leagaint leis an mhaide bhriste mar a bheadh cnap míoltóg ann. Nuair a ghlan an lá bhí mórán marbh agus mórán beo.

Tháinig an Fear Rua a fhad le Páidín ag tabhairt buíochais dó ar son an gníomh mór a rinne sé. "Tá mé ag fágáil sláin agus beannachta agat. Tá an draíocht imithe díom. Ar iarr an tseanbhean a bhí ina heasóg ort dada a dhéanamh?"

"Ó, d'iarr," arsa Páidín.

"Bhal, tá súil agam go ndéanfaidh tú é. Slán agus beannacht agat anois agus bí ag dul chun chun an bhaile."

Bhí an tráthnóna ann nuair a shroich Páidín an baile. D'fhiafraigh Máire de cá raibh sé. Dúirt sé go raibh sé i nGleann Bolcáin fá choinne rud beag a d'fhág sé ina dhiaidh ansin.

Chodlaigh Páidín agus Máire ins an chúirt mhór an oíche sin agus ní fhaca siad aon rud ba mheasa ná iad féin.

Ar maidin lá arna mhárach thug Páidín leis beathach agus cairt agus bátailte cocháin. D'imigh sé bealach Chearnaí go dtí go dtáinig sé go dtí an teach beag ina raibh an easóg. Chuaigh sé isteach agus ní fhaca sé aon duine. Bhí an tine mar a d'fhág sé í bliain go leith roimhe agus an maide briste ina áit féin mar a d'fhág sé é.

Líon sé an teach lán cocháin agus chuir sé trí thine é. D'fhan sé nó gur dódh an rigín de. Nuair a bhí iomlán dóite d'éirigh seanduine agus seanbhean aníos i gcroí na luaithe agus chuir siad céad fáilte roimh Pháidín Mhór Ghleann Bolcáin. Chuaigh an seanduine agus an tseanbhean le Páidín ar an chairt agus thug sé leis chun an bhaile iad.

Ba iad seo bean agus a mac a cuireadh faoi dhraíocht ag fear céile na mná nó go dtiocfadh fear de chuid an tsaoil seo a bhainfeadh an draíocht díofa. Ba seo a gcúirt agus a gcaisleán a cheannaigh Páidín Mór Ghleann Bolcáin.

Rí Chúige Uladh agus Rí na Lochlannach

Ins an tseanaimsir in Éirinn bhí rí agus banríon i gCúige Uladh. Ní raibh acu ach beirt mhac agus ba iad an bheirt ghaiscíoch iad ba bhreátha a bhí in Éirinn san am. Bhí cuireadh acu gach lá i dtrí réigiúin na hÉireann ó iníonacha prionsaí agus iníonacha ardphrionsaí agus ní raibh siad lá ar bith fán bhaile.

Lá amháin dúirt an rí leis an bhanríon, "Is mé an trua is mó in Éirinn leis an bheirt mhac atá agam. Níl suaimhneas le fáil agam oíche ná lá ach ag smaointiú orthu. Nuair atá gnoithe ar bith agam leofa, tá siad ar shiúl."

"Bhal, ní mhairfidh sin ach tamall," arsa an bhanríon. "Tiocfaidh an lá go fóill agus ní chuirfidh siad aon bhuaireadh ort."

"B'fhéidir sin anois," arsa an rí, "agus ní dhéarfaidh mé níos mó fána dtaobh."

Cén t-am a bhí ann ach am go bhfuair Ardrí na hÉireann bás agus chuaigh ríthe na hÉireann agus ard-cheannfoirt agus oifigigh chun tórramh an ardrí le modh agus comóradh a thabhairt dó. Ach nuair a bhí an tórramh thart b'éigean daofa uilig cruinniú go hAlmhain le toghchán a bheith acu le déanamh amach cé a bhí le bheith ina ardrí in Éirinn.

Chruinnigh siad as ceithre réigiúin na hÉireann, beag agus mór, sean agus óg le bheith ag an toghchán. Ach cé a rinneadh amach le bheith ina ardrí in Éirinn ach Rí Chúige Uladh. Bhí an-lúcháir go brách ar Rí Chuige Uladh go raibh sé le bheith ina ardrí os cionn bhunadh na hÉireann.

Ar maidin lá arna mhárach d'éirigh sé féin agus a bhean agus a bheirt mhac agus d'fhág siad slán agus beannacht ag muintir Chúige Uladh. D'imigh siad síos go lár na hÉireann go dtí cúirt an ardrí. Bhí an-phléisiúr go brách ag beirt mhac Rí Chúige Uladh nuair a chonaic siad chomh deas is a bhí an chúirt.

Thagadh teaghlaigh ríthe as an uile chearn ar an domhan chuig scoil ard a bhí i gConnachta ag foghlaim mar nach raibh oileán ar domhan ab fhearr léann ná Éire ins an am. Cé a tháinig ann ag foghlaim ach iníon Rí na Lochlannach. Chuala sí iomrá ar bheirt mhac Ardrí na hÉireann agus ar chomh dóighiúil is a bhí siad, agus ní raibh suaimhneas le fáil aici oíche ná lá ach ag iarraidh teacht go bhfeicfeadh sí iad.

Maidin amháin ins an tsamhradh nuair a bhí an ghrian ag soilsiú go suáilceach agus na héanacha ag seinm fríd choillte na hÉireann go pléisiúrtha, ghléas an mháistreás a bhí os cionn na scoile cóiste. Thug sí léithe iníon Rí Chonnacht agus iníon Rí na Lochlannach isteach sa chóiste. D'imigh siad leofa.

Ní dhearna siad stad mara ná cónaí go dtáinig siad go cúirt Ardrí na hÉireann. Tháinig an bheirt mhac amach ina n-araicis. Bhí an-fháilte acu rompu agus chuaigh siad isteach ó sheomra go seomra go ndeachaidh siad isteach san áit ina raibh an rí agus a bhean.

Rinneadh réidh dinnéar ina raibh an uile chineál ní b'fhearr ná a chéile. Nuair a bhí an dinnéar caite dúirt an bhanríon lena beirt mhac gur chóir daofa na cailíní a thabhairt amach thart fán chúirt le pléisiúr a dhéanamh daofa. D'imigh siad amach agus cé leis a ndeachaidh iníon Rí na Lochlannach ach leis an fhear ab óige de chlann an ardrí. Thit sí i ngrá leis agus ba ghoirid i ndiaidh daofa teacht isteach go raibh an t-am ann le dul ar ais go Connachta. D'fhág siad slán agus beannacht ag an ardrí agus ag an bhanríon. Chuaigh siad isteach sa chóiste, d'imigh siad leofa agus ní raibh sé i bhfad go raibh siad ar ais i gConnachta.

Chuaigh na blianta thart go hachmair agus ba mhithid d'iníon Rí na Lochlannach dul abhaile ar ais. Tosach an fhómhair a bhí ann agus tháinig bád isteach go Cill Ala. Thóg siad í ar bord. Thóg siad a gcuid seolta agus d'imigh leofa go hachmair agus ní raibh siad i bhfad ar an bhealach gur fhág siad slán folláin í i measc mhuintir na Lochlannach.

Chuaigh sí suas go cúirt a hathara agus bhí an-fháilte ag a hathair agus ag a máthair roimpi ar ais chun an bhaile. Chaith sí mí ins an chúirt ach ní raibh stad uirthi oíche ná lá ach ag caint ar an phléisiúr agus ar an ghreann a bhí in Éirinn, agus dúirt sí lena hathair go mb'fhearr léi a bheith beo ar chuid amháin in Éirinn ná a bheith ina banríon os cionn mhuintir na Lochlannach.

"Tá sé chomh maith agat," arsa an rí, "do chroí a chur in áit cónaithe agus gan a bheith ag smaointiú ar Éirinn níos faide mar go bhfuil muintir na hÉireann róláidir agus ró-achmair le cead a thabhairt d'oileánach ar bith coimhthíoch dul ina measc."

"Bhal," arsa an bhanríon, "cuirfidh mise caoi ort. Má dhéanann tú an rud a déarfas mé gheobhaidh tú isteach go hÉirinn gan troid gan buille claímh. Cuir anonn duine de do chuid gaiscíoch go hÉirinn a fhad leis an ardrí agus déarfaidh sé gur iarr tú air teacht a fhad le coirm i measc mhuintir na Lochlannach, é féin agus a bhean agus a bheirt mhac, agus go dtabharfaidh tú aoibhneas agus pléisiúr dó go cionn míosa, nach bhfuair sé riamh in Éirinn."

Scairt an rí ar a chuid searbhóntaí agus dúirt sé go gcaithfeadh duine acu dul anonn go hÉirinn a fhad leis an ardrí agus cuireadh a thabhairt dó féin agus dá bhean agus dá bheirt mhac teacht anall agus cuairt mhíosa a dhéanamh i measc mhuintir na Lochlannach.

Maidin lá arna mhárach ghléas siad an long agus chuaigh an gaiscíoch ab fhearr ar bord. Thóg siad a gcuid seolta agus d'imigh siad agus níorbh fhada go dtáinig siad go Binn Éadair. D'fhág an gaiscíoch slán ag foireann na loinge agus d'imigh leis ag tarraingt ar chúirt an ardrí. An geimhreadh a bhí ann agus bhí an lá goirid. Thit an oíche air sula raibh sé leath bealaigh.

Bhí an t-ardrí agus an bhanríon agus a mbeirt mhac ina suí go pléisiúrtha ag tine na cistine nuair a fosclaíodh an doras agus siúd isteach leis an ghaiscíoch ba dheise dá bhfaca siad riamh.

Shiúil sé aníos agus d'umhlaigh sé don rí. D'fhiafraigh an rí de caidé a bhí a chur buartha air agus cárb as a dtáinig sé. Dúirt sé gur gaiscíoch é de mhuintir na Lochlannach, gur chuir an rí anall é le cuireadh a thabhairt d'Ardrí na hÉireann, an bhanríon agus a bheirt mhac dul anonn go cionn míosa agus go dtabharfadh sé pléisiúr daofa nach bhfuair siad riamh in Éirinn.

"Maith go leor," arsa an rí. "Rachaidh muid anonn, ach fanfaidh tú againn anocht."

"Déanfaidh, go cinnte," arsa an gaiscíoch.

Ansin rinneadh réidh a shuipéar. Leagadh táblaí den uile chineál bia agus dí ab fhearr ná a chéile don duine uasal.

Nuair a bhí an suipéar thart bhí siad ag seanchas go raibh am luí ann. Ar maidin d'éirigh siad uilig le go leor luais agus chuaigh arm na hÉireann leofa ag seinm rompu agus ina ndiaidh le héireagáin, drumaí agus píopaí gur shroich siad Binn Éadair. Bhí an long ansin fána gcoinne. Chuaigh siad uilig ar bord. Thóg siad a gcuid seolta agus d'imigh siad leofa. Bhéarfadh siad ar an ghaoth a bhí rompu agus ní bhéarfadh an ghaoth a bhí ina ndiaidh orthu go dtí go dtáinig siad go hOileáin na Lochlannach.

Chuaigh Ardrí na hÉireann, a bhanríon agus a mbeirt mhac suas chun na cúirte. Bhí an-fháilte ag rí na Lochlannach rompu. Chaith siad mí go pléisiúrtha, agus ar an lá deireanach dúirt Rí na hÉireann, "Sílim anois go bhfuil sé in am againn a bheith ag tarraingt ar an bhaile."

"Muise," arsa Rí na Lochlannach, "ní raibh mise riamh in Éirinn agus ba mhaith liom féin agus le mo bhean agus m'iníon dul ar feadh míosa go hÉirinn go bhfeicfidh muid gaiscígh na hÉireann amuigh ag seilg fríd choillte agus mullaigh."

"Maith go leor," arsa an t-ardrí. "Bígí ag teacht linne go hÉirinn agus bhéarfaidh muid mí chomh pléisiúrtha daoibh agus a thug sibhse dúinne."

Ghléas siad cóiste mór agus chuaigh an t-iomlán isteach sa chóiste. Chuaigh arm na Lochlannach ag seinm rompu agus ina ndiaidh go ndeachaidh siad go bruach na toinne. Bhí long ansin fána gcoinne. Chuaigh siad uilig ar bord agus d'imigh siad leofa agus ní raibh sé i bhfad go dtáinig siad go Binn Éadair. Bhí arm na hÉireann ansin ina n-araicis agus sheinn siad rompu agus ina ndiaidh ag tarraingt ar chúirt an ardrí.

Nuair a bhí siad leath bealaigh arsa rí na Lochlannach lena bhean, "Is beag a shílfeas saighdiúirí na hÉireann inniu agus iad ag tabhairt pléisiúr dúinn lena gcuid ceoil go dtiocfaidh an lá a mbeidh sé ina bhuaireadh agus ina dhobrón daofa."

"Is beag," arsa an bhanríon agus shiúil siad leofa. Ní raibh sé i bhfad go dtáinig siad go dtí an chúirt.

Chuaigh siad isteach agus tosaíodh ar tréan bia agus dí a dhéanamh réidh d'Ardrí na hÉireann agus do mhuintir na Lochlannach. Chaith siad mí go pléisiúrtha fríd cheithre réigiúin na hÉireann agus nuair a bhí an mhí caite labhair Rí na Lochlannach.

"Creidim go bhfuil sé in am againne a bheith ag tarraingt ar an bhaile. Creidim gurb é seo an lá deireanach dúinn a bheith choíche in Éirinn ach tá mé ag iarraidh ní amháin ort," ar seisean.

"Má thig liom a thabhairt duit gheobhaidh tú sin agus céad míle fáilte," arsa Ardrí na hÉireann.

"Níl mé ag iarraidh ort," arsa Rí na Lochlannach, "ach áit tí, áit phléisiúrtha domh féin agus do mo bhean agus do m'iníon le teacht uair an uile bhliain go hÉirinn le mí a chaitheamh i measc na ndaoine fá phléisiúr mar go bhfuil grá againn daofa."

"Bhéarfaidh mise sin duit," arsa Rí na hÉireann.

"Beidh mé ar ais," arsa Rí na Lochlannach, "fá chionn lá agus bliain agus beidh tú in innimh taispeáint domh cá mbeidh áit na cúirte."

Ansin d'fhág siad slán ag an ardrí agus ag an bhanríon agus ag a gclann. Shiúil siad go Binn Éadair. Bhí an long ansin fána gcoinne. Tógadh ar bord iad agus d'imigh siad leofa agus ní raibh siad i bhfad go raibh siad thall ar ais i measc a muintire féin i dtír na Lochlannach.

Ní luaithe a bhí siad ar shiúl nuair a bhuail an-bhuaireamh Ardrí na hÉireann. Smaointigh sé go raibh sé contráilte aige áit tí a thabhairt do Rí na Lochlannach in Éirinn gan cead ó bhunadh na tíre. Ghléas sé air cóiste agus d'imigh sé leis go dtáinig sé a fhad leis an tseanduine ba shine in Éirinn agus an duine ba mhó draíocht agus ba mhó geas.

Dúirt sé leis go raibh Rí na Lochlannach abhus in Éirinn ar feadh míosa agus gur iarr sé áit tí nuair a bhí sé ag imeacht, gur thug seisean dó é agus gur dhúirt sé go mbeadh sé ar ais i gcionn lá agus bliain agus go raibh an-bhuaireadh air gur gheall sé áit tí dó gan cead bhunadh na hÉireann.

"A dhuine bhoicht," arsa an seanduine, "is mór mo thrua duit. Tiocfaidh Rí na Lochlannach anall ar ais i gcionn lá agus bliain. Fiafróidh sé díot cá bhfuil an áit tí a gheall tú dó. Tabhair leat é go dtí an loch is mó in Éirinn agus má bhíonn deich míle ar leithead inti agus deich míle ar fhad, abair leis nach bhfuil áit ar bith eile agat san am i láthair le tabhairt dó ach an loch, agus abair go nglacfaidh sé barraíocht airgid an t-uisce a ligint ar shiúl as an loch le teach a dhéanamh ina lár. Má deir sé nach bhfuil aon mhaith ann dó, tá pléisiúr mór romhat, ach má deir sé go bhfóirfidh an áit go maith dó cuirfidh sé scéal anonn a fhad leis an seachtar ceannfort is fearr i gcionn oibreacha i measc mhuintir na Lochlannach agus iarrfaidh sé orthu teacht anall. Ansin cuirfidh siad amach scéala chuig fear ar bith fríd cheithre réigiúin na hÉireann a bhfuil airgead i dhíth air teacht a fhad leis an loch. Tá an t-am cruaidh in Éirinn agus nuair a chloisfeas na daoine iomrá ar an saothrú tiocfaidh siad as an uile chearn agus ligfidh siad an t-uisce as an loch agus dhéanfaidh siad cúirt ina lár nach bhfuil a leithéid in Éirinn. Rannfaidh siad an talamh thart fán chúirt ina ngabháltais. Ansin beidh Lochlannaigh ag teacht isteach chuile lá go Binn Éadair agus rachaidh siad ina gcónaí ar na gabháltais. Ansin dhéanfaidh siad mór le muintir na hÉireann agus tosóidh siad ag ceannacht talaimh agus ag déanamh tithe agus is é an deireadh a bheas air go mbeidh leath na hÉireann faofa. Maidin inteacht tiocfaidh arm na Lochlannach isteach go Binn Éadair ag am nach mbeidh aon duine ag smaointiú orthu agus siúlfaidh siad go dtí an áit ina mbeidh Rí na Lochlannach ina chónaí. Ansin bhéarfaidh siad cogadh duit agus buailfidh siad thú agus caithfidh tú an choróin a fhágáil i do dhiaidh agus teithfidh tú féin agus do bhean agus do bheirt mhac go Cúige Uladh. Ansin cuirfidh Rí na Lochlannach an choróin air agus beidh tú féin agus muintir na hÉireann faoi smacht go brách."

Chuaigh Ardrí na hÉireann abhaile go han-bhuartha. Ní raibh an lá agus bliain i bhfad ag dul thart. Go luath maidin amháin stad cóiste taobh amuigh de chúirt Ardrí na hÉireann.

Fosclaíodh doras an choiste agus cé a shiúil amach as ach Rí na Lochlannach. Chuir Ardrí na hÉireann fáilte roimhe agus d'iarr sé air teacht isteach.

"Níl faill agam," arsa Rí na Lochlannach; "tá deifre an-mhór orm. Tháinig mé anall go bhfeicfinn cá háit a bhfuil tú le suíomh tí a thabhairt domh."

"Taispeánfaidh mé sin duit," arsa an t-ardrí, "ach tá an áit i bhfad ar shiúl as seo."

"Bhal, bí istigh anseo," arsa Rí na Lochlannach, "agus ní bheidh muid i bhfad ag dul cibé áit a bhfuil tú ag dul a thaispeáint domh."

Chuaigh an bheirt isteach ins an chóiste agus d'imigh siad leofa go dtáinig siad go dtí an loch.

"Seo anois an áit atá agamsa fá do choinne," arsa Ardrí na hÉireann. "Tá céad míle cearnach uisce ins an loch seo agus sílim go nglacfaidh sé barraíocht airgid an áit a thriomú agus cúirt a dhéanamh ann."

"Dá dtabharfá áit ar bith eile domh in Éirinn," arsa Rí na Lochlannach, "ní bheinn sásta ach seo é lár na tíre agus bhéarfaidh mé airgead ar bith duit atá tú a iarraidh."

"Níl mé ag iarraidh airgead ar bith," arsa Ardrí na hÉireann. Ansin chuaigh siad beirt isteach ins an chóiste agus d'imigh siad leofa ar ais chun na cúirte. Stad Rí na Lochlannach ins an chúirt an oíche sin agus ar maidin lá arna mhárach chuaigh sé go Binn Éadair agus d'iarr sé ar mhuintir na Lochlannach dul anonn agus an seachtar ceannfort ab fhearr os cionn oibre i measc mhuintir na Lochlannach a thabhairt anall. D'imigh siad agus ní raibh i bhfad go dtáinig siad ar ais agus seachtar ceannfort leofa.

Chuir siad scéala fríd Éirinn ag iarraidh ar dhuine ar bith go raibh saothrú i dhíth orthu teacht a fhad leis an loch agus go dtabharfadh sé a dhá oiread páighe daofa is a bhí muintir na hÉireann ag tabhairt daofa. B'fhíor don tseanduine. Ar an mhaidin dár gcionn bhí slua fear as chuile chearn den tír cruinnithe thart fán loch.

Thoisigh an obair agus ní raibh sé i bhfad go raibh an t-uisce uilig díosctha. Ansin thoisigh na saortha cloiche agus chuile chineál lucht ceirde ar obair agus ní raibh sé i bhfad go raibh an chúirt réidh. Thoisigh siad ansin ag déanamh gabháltais den chuid eile den talamh go dtí gur rann siad amach é uilig.

Thoisigh na Lochlannaigh ag teacht chuile lá go Binn Éadair agus is é an deireadh a bhí air go raibh cúig mhíle de na Lochlannaigh ina gcónaí ar áit an locha. Thoisigh siad ag ceannacht talaimh agus chuile lá bhí scaiftí ag teacht isteach go Binn Éadair. Is é an deireadh a bhí ar an scéal gur scaip siad go Corcaigh agus go Baile Átha Cliath agus níorbh fhada go raibh leath na tíre fúthu.

Ansin lá amháin tháinig fiche long luchtaithe d'arm na Lochlannach isteach go Binn Éadair. Shiúil siad leofa go dtí go dtáinig siad chun na háite a raibh Rí na Lochlannach ina chónaí. Bhagair siad cogadh ar Ardrí na hÉireann. Thoisigh an troid agus níorbh fhada gur bhuaigh bunadh na Lochlannach agus b'éigean d'Ardrí na hÉireann, a bhean agus a bheirt mhac teitheadh go Cúige Uladh. Shuigh Rí na Lochlannach ins an choróin os cionn mhuintir na hÉireann.

Nuair a tháinig an t-ardrí go Cúige Uladh bhí rí eile ansin ina áit. Nuair a d'inis sé dó caidé mar a d'éirigh idir é féin agus Rí na Lochlannach agus go raibh an fear sin ina ardrí os a gcionn uilig ghlac bunadh Chúige Uladh an-fhearg agus chruinnigh siad suas iomlán a gcuid fear le cogadh a thabhairt do Rí na Lochlannach.

D'imigh an mac ab óige a bhí ag Rí na hÉireann siar go Connachta, agus nuair a chuala muintir Chonnacht caidé mar a bhí, chruinnigh siad féin suas a gcuid fear le cuidiú le Rí Uladh. D'imigh an dá arm agus ní dhearna siad stad mara ná cónaí go ndeachaidh siad síos go lár na hÉireann. Bhagair siad cogadh ar Rí na Lochlannach. Ní raibh siad i bhfad ag troid nuair a thoisigh na Lochlannaigh ag teitheadh mar cháithne roimh an ghaoth. Chuir Rí na Lochlannach suas brat geal le fios a thabhairt go raibh sé le socrú.

Chaith sé é féin ar a dhá ghlúin roimh Ardrí na hÉireann agus dúirt sé leis go raibh sé an-bhuartha as an obair a bhí déanta aige agus dúirt sé go ndéanfadh sé cúiteamh ar a shon. Dúirt sé go dtabharfadh sé a iníon don mhac ab óige le pósadh agus go dtiocfadh leis ardrí a dhéanamh de os cionn mhuintir na hÉireann agus nuair a bheadh an bhainis thart go dtabharfadh sé an mac ba shine anonn agus go bpósfaí ar iníon Ardphrionsa na Lochlannach é agus go ndéanfadh sé rí de os cionn mhuintir na Lochlannach a fhad is a bheadh sé beo.

Pósadh iníon Rí na Lochlannach ar an mac ab óige agus mhair an bhainis lá agus bliain. Nuair a bhí an bhainis thart d'imigh iomlán airm Rí na Lochlannach abhaile agus thug leofa an mac ba shine de chuid Ardrí na hÉireann. Ní raibh siad i bhfad thall nuair a pósadh é féin agus iníon Ardphrionsa na Lochlannach. Nuair a bhí an bhainis thart rinneadh rí de os cionn mhuintir na Lochlannach.

Ní raibh sé i bhfad ina rí nuair a bhuail brón agus cumha é fá Éirinn. Dúirt sé narbh é a dheartháir ba chóir a bheith ina Ardrí in Éirinn ach é féin mar gurb é ba shine agus go gcuirfeadh sé arm anonn go hÉirinn agus go rachadh sé féin leofa agus go gcuirfeadh sé a dheartháir den choróin.

Tháinig sé anall ach bhí bunadh na hÉireann uilig ag cuidiú lena chéile agus ní raibh siad i bhfad ag troid nuair ab éigean do na Lochlannaigh teitheadh. Tháinig sé anall le harm úr nua chuile bhliain ar feadh deich mbliana ach buaileadh é agus b'éigean dó teitheadh. Is é an deireadh a bhí air gur dhúirt sé nach raibh sé ag teacht ar ais ní ba mhó. Thit sé i ndubhbhrón agus b'íseal a ghuth agus níor tháinig arm na Lochlannach ar ais go hÉirinn ón lá sin go dtí an lá inniu.

Scéal na Beirte Dearthár

Sa tseanaimsir in Éirinn in aimsir Chormaic Mhic Airt, nuair a bhí an saol go haoibhinn le neart, bhí muintir na hÉireann mar ba cheart. I lár na tíre in Éirinn bhí fear agus bean ann. Ní raibh acu ach beirt mhac. Bhí an fear ba shine críonna agus santach ach bhí an fear óg tugtha don ghreann agus don phléisiúr. Nuair a bhí siad ag fás aníos ina mbeirt bhuachaill, bhuail tinneas an mháthair agus nuair a bhí sí ar leaba an bháis scairt sí ar a fear agus d'iarr sí air a bheith ina cheann mhaith don bheirt mhac agus nuair a bheadh sé ag fáil bháis gan feoil a dhéanamh de dhuine acu agus iasc den duine eile agus an méid a bhí amuigh is istigh aige a roinnt go cothrom. Dúirt sé go ndéanfadh.

Ní raibh sé i bhfad go bhfuair sí bás agus gur cuireadh í. Go gearr ina dhiaidh bhuail tinneas an t-athair. Chuir sé scéala amach fá choinne cúpla fear de na comharsana agus rinne sé a thiomna.

Ní dhearna sé mar a d'iarr a bhean air. D'fhág sé an méid a bhí amuigh is istigh ag an fhear ba shine agus d'fhág sé an fear óg fuar folamh. Níor fhág sé pingin ná bonn aige.

Fuair sé bás agus ba ghoirid i ndiaidh a churtha nuair a dúirt an fear ba shine leis an fhear óg go gcaithfeadh sé imeacht amach as an áit. Nuair a d'fhiafraigh an fear óg de cad chuige nó caidé an réasún bhí aige le sin a rá, dúirt sé nár fhág a athair airgead ná ór aige, teach ná talamh ach gur fhág sé deireadh aigesean agus go raibh sé ag dul a phósadh agus go mb'fhearr dósan imeacht agus áit a dhéanamh dó féin.

Cheangail an fear óg suas lón, d'fhág sé slán ag an deartháir agus dúirt gur chreid sé nach bhfeicfeadh sé ní ba mhó é. "Ach sula n-imím," ar seisean, "tabhair cúpla scilling domh a chuideos liom ar an bhealach."

"Ní thabharfainn cúpla pingin duit," arsa an deartháir, "nó tá sé de dhíth orm féin."

"Muise," arsa fear an phléisiúir, "gidh gur mór do shaibhreas anois b'fhéidir go dtiocfadh an lá go fóill go mbeifeá ag iarraidh airgid agus bia ormsa."

"Ní thiocfaidh choíche," arsa an fear ba shine. "Má dhéanann tú as duit féin beidh tú maith go leor."

Ghlac fear an phléisiúir fearg agus d'imigh sé leis. Bhí sé ag siúl leis riamh gur tharla isteach i gceann coille é. Bhí an lá an-te agus shuigh sé síos i measc na gcrann go n-íosfadh sé a dhinnéar. Bhí sé buartha brónach agus cumha air ag fágáil an bhaile agus gan fios aige cá rachadh sé.

Sular mhothaigh sé riamh thit sé thart ina chodladh. Níor luaithe é ina chodladh ná rinne sé brionglóid gur pósadh é ar iníon mhéara Bhaile Átha Cliath, go raibh sé féin agus í féin ag imeacht leofa ina gcóiste óir agus go bhfaca sé a dheartháir agus a bhean agus a mhuirín ag teacht ag iarraidh airgid, lóistín agus bia air.

Ansin chlis sé suas. "Is minic a chuala mé riamh," ar seisean, "fá dtaobh de rámhaillí an chinn ach sin cuid de i gcás ar bith. Caidé an dóigh a dtiocfadh liomsa a bheith pósta ar iníon mhéara Bhaile Átha Cliath agus gan pingin gan bonn agam agus gan fios cá háit a rachas mé?"

D'éirigh sé agus d'imigh sé leis. Bhí sé ag siúl leis riamh go dtáinig an oíche. Ní raibh barr cleite amach ná bun cleite isteach. Bhí éanacha beaga na coille craobhaí ag dul chun síorchodlata agus chun foscadh na hoíche. Ní fhaca sé solas i bhfad uaidh ná i ndeas dó ach tharla sé go dtí scioból.

Ní raibh glas ar bith ar an scioból san am ach cipín maide a bhí sáite síos ins an haspa agus sáite i bhfáinne iarainn a bhí ins an ursain. Tharraing sé an cipín agus chuaigh sé isteach. Dhruid sé an doras go maith ina dhiaidh. Chuartaigh sé thart agus bhí an scioból lán cocháin mar go raibh na buailteoirí ag obair le seachtain roimhe sin.

Shín an fear pléisiúrtha é féin istigh i lár an chocháin agus dúirt leis féin, "Tá mé chomh pléisiúrtha agus dá mbeinn ar leaba rí." Ní raibh i bhfad gur thit sé thart ina chodladh. Ní raibh sé i bhfad ina chodladh nó go ndearna sé brionglóid mar a rinne sé ar uair an mhéan lae ag taobh an chrainn.

Is é an bhrionglóid a rinne sé gur pósadh é ar iníon mhéara Bhaile Átha Cliath, go raibh an bheirt acu ó áit go háit ag déanamh pléisiúir i gcóiste óir, go bhfaca sé bean a dhearthára, a dheartháir agus a muirín ag teacht le titim cheo na hoíche ag iarraidh airgid, bia agus lóistín air.

Chlis sé suas. Bhí teacht an lae ann. Smaointigh sé cibé ar leofa an scioból nach mbeadh siad sásta leis a bheith ann. Tháinig sé amach go hachmair agus dhruid sé an doras go maith ina dhiaidh.

D'imigh sé leis. Bhí sé ag siúl leis riamh go dtáinig sé isteach go ceann baile mhóir. Bhí sé ag siúl suas sráid a bhí ann. Chonaic sé teach éifeachtach agus d'amharc sé isteach ar an fhuinneog. Chonaic sé an taobh istigh lán trumpaí.

Arsa seisean leis féin, "Níl agam ar an tsaol seo ach sé phingin amháin agus tá sé chomh maith domh a bheith folamh mar ní maith ar bith a dhéanfas sé domh. Bhí mé in mo an-seinnteoir ar an trumpa a bhí ag m'athair sa bhaile nuair a bhí mé ag fás aníos agus," ar seisean, "ní rachaidh mé thairis seo go gceannóidh mé ceann de na trumpaí atá taobh istigh."

Shiúil sé isteach. D'fhiafraigh sé d'fhear an tsiopa cé mhéad a bhí ar na trumpaí. Dúirt sé gur sé phingin a bhí orthu. Chuir sé a lámh ina phóca agus thug sé na sé phingin d'fhear an tsiopa. Thug an fear trumpa úr dó agus d'imigh sé leis.

Bhí sé ag siúl leis go ndeachaidh sé amach as an bhaile mhór. Tháinig sé go dtí bun claí fóide. "Ní rachaidh mé thairis seo," ar seisean, "go bhfeicfidh mé caidé an cineál ceoil atá ag an trumpa."

Bhuail sé air ag seinm agus de bhrí nár sheinn sé dada le fada níor tháinig leis stad go dtí go seinnfeadh sé a sháith. Chonaic sé fear ag tarraingt air.

"Tá tusa go neamhbhuartha," arsa an strainséir.

"Tá mé mar sin," arsa fear an phléisiúir, "agus d'fhéad mé go leor buartha a bheith orm."

"Caidé an buaireadh atá ort?" arsa an strainséir.

"Tá," arsa an fear pléisiúir. "Fuair m'athair bás. Bhí neart óir agus airgid aige. D'fhág sé an méid a bhí amuigh is istigh uilig ag mo dhearthair ach níor fhág sé pingin ná bonn agamsa. Ansin b'éigean domh imeacht liom i mbéal mo chinn."

"Muise, sin an rud a d'éirigh domhsa," arsa an strainséir. "Ní raibh agam ach mé féin agus mo dheirfiúr. Fuair mo mháthair bás agus d'fhág sí an méid a bhí amuigh is istigh ag mo dheirfiúr. D'fhág sí mise fuar folamh. Go gearr i ndiaidh a curtha dúirt mo dheirfiúr liom éirí agus imeacht liom. Ghlac mé fearg agus d'imigh mé liom béal mo chinn."

"Bhal," arsa an fear an phléisiúir, "siúlfaidh an bheirt againn le chéile."

"Margadh déanta é," arsa an strainséir.

Ansin d'imigh siad leofa. Bhí siad ag siúl go dtáinig an oíche. Chonaic siad solas i bhfad uathu agus níor i ndeas daofa. Tharraing siad ar an tsolas agus chuaigh siad isteach. Ní raibh ann ach beirt chailín a d'fhiafraigh díofa brí a siúil.

Dúirt siad gur strainséirí a bhí iontu ag siúl go mall san oíche, gur mhaith leofa dá gcoinneodh siad iad go maidin. Dúirt siad go ndéanfadh.

Rinne siad réidh tréan bia agus dí fána gcoinne. Nuair a d'ith siad a sáith, shuigh siad ag seanchas fán tine. D'fhiafraigh bean de na cailíní díofa cá raibh siad ag dul. Dúirt siad go raibh siad ag imeacht béal a gcinn go bhfeicfeadh siad cé acu ab fhearr a raibh an t-ádh air.

Dúirt bean de na cailíní nach raibh aicise ach í féin, go bhfuair a bunadh bás agus fear ar bith a phósfadh í go bhfaigheadh sé an méid a bhí amuigh agus istigh, ór agus airgead, a raibh fán teach. Sula bhfuair fear an phléisiúir faill labhairt d'éirigh an strainséir agus dúirt go bpósfadh seisean í.

Lá arna mhárach cuireadh scéala fá choinne an tsagairt mar gurbh ins na tithe a phósadh na lánúnacha uilig ins an am. Ansin chuir siad scéala fá choinne na gcomharsan. Mhair an bhainis i rith na seachtaine agus nuair a bhí sé thart d'fhág fear an phléisiúir slán acu agus dúirt go gcaithfeadh seisean dul ní b'fhaide.

Bhí sé ag siúl leis riamh go dtáinig sé go bruach locha. Shuigh sé síos. Chuaigh sé a dhéanamh a dhinnéara. Tchí sé cóiste ag tarraingt air. Stad an cóiste ag a thaobh agus tháinig an cailín ba dhóighiúla ar shoilsigh grian nó gealach riamh uirthi amach as an chóiste. Chuaigh sí ag amharc isteach sa loch.

Nuair a bhí a sháith ite aige smaointigh sé go seinnfeadh sé tamall ar an trumpa. Bhuail sé air ag seinm. Tháinig an cailín anall chuige. Dúirt sí go raibh cosúlacht neamhbhuartha air. Dúirt sé go raibh nó go raibh sé ag imeacht leis béal a chinn go bhfeicfeadh sé cén áit a bhfaigheadh sé obair.

D'iarr sí air éirí agus gan a bheith ina shuí ansin ní b'fhaide agus siúl leis isteach sa bhaile mhór agus é a bheith ag siúl leis go dtí go dtiocfadh sé a fhad leis an teach ba mhó a bhí ann, go bhfeicfeadh sé slua fear ag obair ansin agus dul a fhad leis an fhear uasal agus obair a iarraidh air, agus mura dtabharfadh sé obair dó é dul ag seinm ar a thrumpa agus go scairtfeadh sé ar ais air. Ní dhearna sé stad riamh go dtáinig sé isteach chun an bhaile mhóir. Shiúil sé go dtáinig sé a fhad leis an teach ba mhó ann. Chonaic sé slua fear ag obair. Chuaigh sé anonn a fhad leis an fhear uasal agus d'iarr sé obair air. Dúirt seisean go raibh sé buartha mar go raibh go leor fear aige agus nach dtiocfadh leis obair a thabhairt dó.

Is é an deireadh a bhí air go ndeachaidh sé ag seinm ar a thrumpa. Scairt sé ar ais air agus dúirt sé go dtabharfadh sé obair dó mar go raibh a iníon tugtha do phléisiúr, a chóta a chaitheamh de agus dul suas ag obair i measc an tslua. Rinne sé sin agus nuair a bhí an lá istigh tháinig siad uilig chun na cistine agus nuair a bhí an suipéar thart tháinig méara Bhaile Átha Cliath agus a iníon anuas ina measc.

Chaith sé ansin lá agus bliain agus is é an deireadh a bhí air gur pósadh iad. Rinneadh méara de ar Bhaile Átha Cliath. Bhí an bunadh bocht go han-mhaith dó mar nach ndearna sé dearmad díofa siocair an buaireadh a fuair sé féin ó áit go háit.

Nuair a bhí an bhainis thart tháinig tráthnóna agus an ghrian ag dul faoi nuair a chonaic sé fear agus bean agus beirt pháiste leofa ag tarraingt aníos ar an chúirt. D'aithin fear an phléisiúir gurbh é a dhearbráthair, a d'fhág sé chomh saibhir sa bhaile, a bhí ann.

D'iarr siad dídean na hoíche air. Thug sé sin daofa agus ar maidin lá arna mhárach chuir sé ceist ar a dhearbráthair caidé ba réasún dó a bheith ag dul thart ag cruinniú agus é chomh saibhir nuair a d'fhág seisean an baile. Dúirt sé gurbh é an lá a dhíbir sé é an lá buartha dó, gur striog an méid beithígh a bhí fán teach, nár mhair an t-ór agus an t-airgead i bhfad dó, nach raibh sé in innimh díol ar son na háite ní b'fhaide agus gur chuir an sirriam amach é agus gur sin an ní a d'fhág ar an tsiúl ar an lá sin é. Chuir sé a lámh ina phóca agus thug sé gine dó. D'imigh a dheartháir leis agus dúirt sé nach bhfeicfeadh sé ní ba mhó é. Casadh a bhean dó. D'fhiafraigh sí de cérbh é an fear bocht. Dúirt sé gurbh é sin a dheartháir a d'fhág sé ina dhiaidh go saibhir sa bhaile. D'fhiafraigh sí caidé a dúirt sé leis.

"Muise," ar seisean lena bhean, "déarfaidh mé ceathrú duitse anois:

> Tógadh go pléisiúrtha mé i dtosach mo shaoil
> Ach ní fheicfidh mé mo mhuintir níos mó, ó, faraor.
> Shiúil mise coillte na hÉireann ag baint chnó
> Ach ní sheinnfidh mé thart fá Loch Éirne níos mó.
> Tá mo dheartháir ag cruinniú gidh gur mhór a chrú
> Ach an lá a dhíbir sé mé ba é sin an lá dubh."

Chroch sé suas a thrumpa agus ba bhuartha a ghuth agus níor sheinn sé ón lá sin go dtí an lá inniu.

Seán an Bhata Bhuí

Bhí fear agus bean ann fad ó shoin. Ní raibh acu ach mac amháin. Nuair a bhí sé deich mbliana fuair a athair bás agus ansin bhí siad ina gcónaí go han-bhocht. Lá amháin dúirt a mháthair leis go gcaithfeadh sé an bhó a thabhairt amach chun aonaigh agus gan a díol go bhfaigheadh sé cúig phunta d'airgead uirthi. Dúirt sé go ndéanfadh agus d'imigh sé leis.

Bhí sé ag siúl leis riamh go raibh sé ag dul suas baile mór agus casadh buachaill rua dó. D'fhiafraigh seisean de caidé a bhí sé a iarraidh ar an bhó. Dúirt sé go raibh cúig phunta uaidh.

"Ní thabharfaidh mé sin duit ach bhéarfaidh mé luchóg duit," arsa an Buachaill Rua.

"Ní thig liom sin a ghlacadh," arsa an buachaill, "nó mharódh mó mháthair mé nuair a rachainn abhaile."

"Glac m'fhocal," arsa an Buachaill Rua, "dhéanfaidh seo fear saibhir asat."

Ansin ghlac sé an luchóg agus d'imigh sé leis. Nuair a tháinig sé abhaile d'fhiafraigh a mháthair de cé mhéad a fuair sé ar an bhó. Dúirt sé go bhfuair sé luchóg. Bhuail sí agus ghread sí é agus chuir sí ina luí é gan suipéar ar bith. Dúirt sí go gcaithfeadh sé an darna ceann a thabhairt amach don chéad aonach eile. Dúirt an fear óg go ndéanfadh sé sin agus d'imigh sé leis.

Nuair a bhí sé ag dul suas baile mór casadh dó an Buachaill Rua. Bheannaigh sé an t-am de lá dó agus d'fhiafraigh an raibh sé ag díol na bó. Dúirt an buachaill go raibh.

D'fhiafraigh an Buachaill Rua de cé mhéad a bhí sé a iarraidh uirthi agus dúirt seisean cúig phunta.

"Ní thabharfaidh mise sin duit," arsa an Buachaill Rua, "ach bhéarfaidh mé beachóg duit agus glac m'fhocal go ndéanfaidh sé fear saibhir asat." Bheir an buachaill ar an bheachóg agus d'fhág an Buachaill Rua slán agus beannacht aige agus d'imigh leis.

Nuair a tháinig an gasúr abhaile d'fhiafraigh a mháthair de cé mhéad a fuair sé ar an bhó. Dúirt sé go bhfuair sé beachóg. Nuair a chonaic sí gur beachóg a fuair sé uirthi níor dhadaí an bualadh a fuair sé an chéad oíche le taobh an darna hoíche. Chuir sí ina luí é gan suipéar ar bith.

Dúirt sí go gcaithfeadh sé an tríú bó a thabhairt amach don tríú haonach. Dúirt sé go ndéanfadh sé sin agus d'imigh sé leis.

Bhí sé ag siúl leis riamh go dtí go ndeachaidh sé suas an baile mór. Cé a casadh dó ach an Buachaill Rua. D'fhiafraigh sé de cé mhéad a bhí sé a iarraidh ar an bhó.

"Cúig phunta," arsa an gasúr.

"Ní thabharfaidh mé sin duit," arsa an Buachaill Rua, "ach bhéarfaidh mé cláirseach duit. Glac m'fhocal, má ghlacann tú an chláirseach go ndéanfaidh sé fear saibhir asat go fóill." Bheir an gasúr ar an chláirseach mar go raibh dúil mhór aige sa tseinm agus d'imigh sé leis.

Nuair a tháinig sé abhaile d'fhiafraigh a mháthair de cé mhéad a fuair sé ar an bhó. Dúirt sé go bhfuair sé cláirseach. Níor dhadaí riamh an bualadh a fuair sé an dá oíche eile le taobh na hoíche seo.

Dúirt sí ansin nach raibh aici ach bó amháin eile, gan ligint d'aon fhear a fáil go hamaideach mar a fuair siad ar na haontaí eile. Dúirt sé nach bhfaigheadh. Thiomáin sé amach an bhó dheireanach agus d'imigh sé ag tarraingt ar an cheathrú haonach. Nuair a bhí sé ag dul suas baile mór cé a casadh dó ach an Buachaill Rua. D'fhiafraigh sé de cé mhéad a bhí sé a iarraidh ar an bhó agus dúirt sé cúig phunta.

"Ní thabharfaidh mé sin duit," arsa an Buachaill Rua, "ach bhéarfaidh mé bata buí duit. Glac m'fhocal, dhéanfaidh sé fear saibhir asat le do shaol." Bheir an gasúr ar an bhata bhuí. "Anois," arsa an Buachaill Rua, "nuair a rachas tú abhaile beidh an-fhearg ar do mháthair. Ná habair dadaí ach iarr ar an chláirseach a ghabháil a sheinm. Ansin tchífidh tú caidé a thig leis na seoda atá agat déanamh." D'fhág sé slán agus beannacht ag an ghasúr agus dúirt nach raibh aon dath dá n-iarrfadh sé ar an bhata bhuí nach ndéanfadh sé dó.

Tháinig an gasúr abhaile agus d'fhiafraigh a mháthair de cé mhéad a fuair sé ar an bhó. Dúirt sé go bhfuair sé bata buí ach sula bhfuair an mháthair faill dul á bhualadh thug sé anuas an chláirseach agus d'iarr sé air dul ag seinm. Thoisigh an chláirseach ag seinm, bhuail an luchóg ag damhsa, chuaigh an bata buí agus an bheachóg ag damhsa. Nuair a chonaic an mháthair na seoda ag damhsa rinne sí racht gáire amach óna croí.

"Anois," ar sise, "thig leat do rogha rud a dhéanamh. Níl dadaí le n-ithe maidin amárach."

"Tá aithne agamsa ar fhear siopa," arsa an gasúr, "sa bhaile mhór agus rachaidh mé ionsair amárach go luath. Bhéarfaidh mé liom an bata buí, an chláirseach, an luchóg agus an bheachóg."

D'éirigh sé go luath ar lá arna mhárach agus ní dhearna sé stad mara ná cónaí go dtí go dtáinig sé isteach chun an bhaile mhóir. Chuaigh sé isteach sa tsiopa. D'iarr sé ar fhear an tsiopa lód plúir a thabhairt dó.

"Bhéarfaidh," arsa fear an tsiopa, "ach cá bhfuil an t-airgead?"

"Níl airgead ar bith agam," arsa an gasúr.

"Nach tú a shílfeas gur mé atá amaideach," arsa fear an tsiopa. "Aon mhála amháin ní bhfaighidh tú."

"Bhéarfaidh mise ort go dtabharfaidh tú domh é," arsa an gasúr. "Tabhair a pháighe dó," ar seisean leis an bhata bhuí.

Thoisigh an bata buí á bhualadh agus thoisigh an luchóg á scríobadh agus thoisigh an bheachóg ag cur gathanna ann. Nuair a bhí sé chóir a bheith marbh d'iarr sé ar an bhuachaill iad a stopadh agus go dtabharfadh sé lód plúir dó.

Nuair a bhí an gasúr ag imeacht scairt an siopadóir ina dhiaidh, "Nuair atá tú chomh hachmair tá iníon rí ins an Domhan Thiar agus tá sí i ngalar dubh. Fear ar bith a bhainfeas trí gháire aisti gheobhaidh sé í le pósadh."

D'imigh an gasúr leis ag tarraingt ar an bhaile. Nuair a tháinig sé chun an bhaile agus lód plúir leis bhí an-lúcháir ar a mháthair. D'inis sé dithe fán iníon a bhí ag rí ins an Domhan Thiar, go raibh clann ríthe ag teacht as chuile chearn fríd an domhan agus fear ar bith acu a bhainfeadh trí gháire aisti go bhfaigheadh sé í le pósadh. Dúirt sé dá mbeadh seisean ann lena chuid seoda nach raibh aon mhac rí ar an domhan is luaithe a bhainfeadh gáire aisti ná é.

D'éirigh sé go luath ar maidin agus d'iarr sé ar an bhata bhuí cathaoir óir a dhéanamh a bhéarfadh ar an ghaoth a bhí roimpi agus nach mbéarfadh an ghaoth a bhí ina diaidh uirthi. Bhí an chathaoir aige ar an bhomaite. Thug sé leis a chuid seoda isteach sa chathaoir. D'imigh sé leis. Ní raibh sé i bhfad ar bith go raibh sé sa Domhan Thiar. Tháinig an rí anuas roimhe agus chuir sé céad fáilte agus sláinte roimh mhac óg Rí Éireann, mar a shíl sé.

D'iarr sé air dul suas leis chun na cúirte. Nuair a bhí sé thuas ag an sconsa taobh amuigh den chúirt chonaic sé trí chéad spíce thart ar an sconsa agus ceann duine ar chuile spíce. D'fhiafraigh an rí de an bhfaca sé iontas ar bith. Dúirt sé nach bhfaca ach an méid ceann a bhí thart ar na spící.

"Sin teaghlaigh ríthe as an uile chearn fríd an domhan," arsa an rí. "Tháinig siad ag iarraidh m'iníonsa. An uile dhuine gur sháraigh sé air, chuaigh a cheann ar an spíce. Tá eagla orm go rachaidh do cheannsa ar an spíce seo."

Chuaigh siad isteach sa chúirt. Chuaigh an rí síos go dtí an parlús ag inse dá bhean agus dá iníon gur mhaith le mac rí as Éirinn a bhfeiceáil. Ansin d'iarr an gasúr ar an chláirseach dul ag seinm. Thoisigh an chláirseach ag seinm, bhuail an bata buí ag damhsa, bhuail an luchóg ag damhsa agus chuaigh an bheachóg ag damhsa.

Tháinig an rí aníos ó dhoras an pharlúis agus nuair a chonaic sé na seoda a bhí ag damhsa rinne sé racht gáire. Tháinig a bhean aníos agus rinne sise racht gáire. Dúirt an rí go raibh triail a iníne bainte aige.

I gcionn trí lá chuir sé an chláirseach ag seinm agus ins an am chéanna rinne iníon an rí racht gáire. Dúirt an rí go bhfaigheadh sé í le pósadh. Rinne siad bainis a mhair ar feadh lá agus bliain.

Nuair a bhí an bhainis thart tháinig mac rí as an Domhan Thoir. Chuir sé spéis in iníon an rí. Dúirt sé leis an ghasúr dá ligfeadh sé isteach ina pharlús é go raibh scéal aige le hinse dá bhean, go dtabharfadh sé céad punt dó. Dúirt an gasúr go ligfeadh. Thug sé an céad punt dó agus chuaigh sé isteach. Ní raibh sé ach ina shuí ar an chathaoir nuair a lean an bata buí isteach é agus an bheachóg, an luchóg agus an chláirseach ina dhiaidh. Thoisigh siad ar a bhualadh. Ní bhfuair sé cead focal amháin a labhairt. B'éigean dó éirí agus siúl amach agus bhí sé an-bhuartha.

Ní dhearna sé stad mara ná cónaí go ndeachaidh sé isteach i dteach gréasaí. Cheannaigh sé ábhar culaithe de leathar fíneálta uaidh. Ansin chuaigh sé a fhad le táilliúir agus d'iarr sé air an chulaith a bheith déanta aige ar uair an mheán lae an lá dár gcionn agus go ndíolfadh sé go maith é.

Tháinig sé aníos ar an darna lá agus culaith leathair air. Dúirt sé leis an bhuachaill go dtabharfadh sé céad punt eile dó ach a ligint isteach chun an tseomra mar go raibh scéal aige le hinse dá bhean. Dúirt an buachaill go ligfeadh. Thug sé an céad punt dó agus shiúil sé isteach ach ní raibh sé ach ina shuí ar an chathaoir nuair a lean an bata buí, an luchóg, an bheachóg agus an chláirseach é agus thoisigh siad uilig á bhualadh sa cheann. D'éirigh sé arís agus shiúil sé amach agus bhí sé an-bhuartha.

Chuaigh sé ansin a fhad le gabha agus d'iarr sé air hata cruach a dhéanamh dó. Tháinig sé aníos an tríú lá agus dúirt sé leis an bhuachaill go dtabharfadh sé céad punt eile dó ach a ligint isteach mar go raibh scéal aige le hinse dá bhean. Dúirt an buachaill go ligfeadh. Thug sé an céad punt dó agus shiúil sé isteach. Ní raibh sé ach ina shuí ar an chathaoir istigh nuair a lean an bata buí, an luchóg, an bheachóg agus an chláirseach isteach é. Thoisigh an bheachóg ag cur gathanna ina éadan. D'éirigh sé le tréan buartha agus rith sé amach. Bhí prios gloine ag iníon an rí agus ar theacht amach dó thóg sé an hata cruach dá cheann agus bhris sé an ghloine. Scairt an rí ar a chuid airm agus beireadh air. Cuireadh isteach sa phríosún go cionn trí bliana é.

Dúirt an buachaill lena bhean gur mithid daofa dul ag amharc ar a mháthair. Chuaigh siad uilig isteach sa chathaoir óir agus d'imigh siad. Bhéarfadh siad ar an ghaoth a bhí rompu agus ní bhéarfadh an ghaoth a bhí ina ndiaidh orthu agus ní dhearna siad stad mara ná cónaí go dtáinig siad go hÉirinn.

Bhí lúcháir ar a mháthair roimhe. Chuir sé culaith de shíoda uirthi. Chuir sé claspa óir i gclár a héadain agus claspa airgid i gcúl a cinn. Ansin chuaigh siad uilig isteach sa chathaoir óir. D'fhág siad slán ag Éirinn agus níorbh fhada go dtí go raibh siad thiar ins an Domhan Thiar. Rinne siad coirm eile a mhair lá agus bliain agus tá siad thiar ins an Domhan Thiar ón lá sin ó shoin.

Tadhg na dTadhgann

Fad ó shoin sa tseanam in Éirinn bhí fear agus bean ann agus ní raibh acu ach aon mhac amháin agus ba Tadhg ab ainm dó. Bhí Tadhg ar an athair mór agus Tadhg ar a athair agus Tadhg ar athair a mháthara, agus siocair go raibh Tadhg air féin ba de shíolrú Thaidhg na dTadhgann é. Nuair a bhí sé ag fás aníos fuair a athair bás. Go gearr ina dhiaidh sin chuaigh arm an Rí Ó Domhnaill amach ag déanamh pléisiúir ar cheann de shléibhte Thír Chonaill. Leis an ghreann agus an phléisiúr a bhí acu níor mhothaigh siad riamh go dtáinig an oíche orthu. Dúirt an ceannfort a bhí os a gcionn nach mbainfeadh siad an baile amach, gur oíche shamhraidh a bhí ann agus gurbh fhearr daofa uilig luí síos agus codladh ar an tsliabh. Thoiligh siad sin a dhéanamh ach ní raibh siad i bhfad ina gcodladh nuair a tháinig cailleach phisreogach thart.

"A airm Uí Dhónaill," ar sise, "cuirimse geasa oraibh agus cibé a iarrfas mé oraibh caithfidh sibh é a dhéanamh. Beidh sibh in bhur gcodladh ansin go dtí go dtiocfaidh fear de shíolrú Thaidhg na dTadhgann thart a mhusclóchas sibh. Cuirfidh mé isteach ins an screig sibh. Dhéanfaidh mé seomra mór daoibh agus codlóidh sibh ansin go ceann fada go leor. Bainfidh mé an claíomh den oifigeach agus cuirfidh mé isteach sa scabaird í. Ní trom libh bhur gceann."

Rinne sí mar a dúirt sí. D'fhoscail sí an screig agus chuaigh gach uile fhear agus beathach isteach ann. Chuir sí isteach i seomra iad. Chroch sí claíomh ar an bhalla. D'fhág sí fear amháin ann ag coimhéad na coda eile air agus gurb é a chaithfeadh a bheith ag siúl na gcnoc agus na mullaigh nó go gcasfaí fear de shíolrú Thaidhg na dTadhgann air agus go gcaithfeadh sé é a thabhairt isteach agus go mb'fhéidir go musclódh sé iad. Dá sárófaí air go mb'fhéidir go dtiocfadh fear den tsíolrú céanna thart roimh dheireadh an tsaoil agus muna n-éireodh leisean go mbeadh siad ansin go dtí an Lá Deireanach. Nuair a chuir Tadhg a athair ní raibh aige ach bó agus capall. D'éirigh sé le go leor luais lá arna mhárach sa dóigh go dtabharfadh sé an capall chun an mhargaidh. Bhí sé ag siúl leis fríd an tsliabh. Casadh buachaill rua dó. D'fhiafraigh seisean cé mhéad a bhí sé a iarraidh ar an chapall. Luaigh sé an méid a bhí uaidh.

"Bhal," arsa an Buachaill Rua, "bhéarfaidh mise sin duit."

"B'fhéidir go bhfaighinn níos mó air. B'fhearr liom dul chun an mhargaidh leis," arsa Tadhg.

"Dhéanfaidh mise margadh leat," arsa an Buachaill Rua; "cibé pingin is airde a gheobhas tú ná díol é agus bhéarfaidh mise a dhá oiread duit air." Dúirt Tadhg go ndéanfadh sé sin agus d'imigh sé leis chun an mhargaidh. Nuair a bhí sé ag teacht i ndeas don tráthnóna tháinig an Buachaill Rua a fhad leis. D'fhiafraigh sé cé mhéad a bhí sé a fháil air agus d'inis Tadhg sin dó.

"Bhal," arsa an Buachaill Rua, "bhéarfaidh mise a dhá oiread air. Ach níl an t-airgead anseo liom. Siúil leat go dtí go ndíolfaidh mé tú."

D'imigh an bheirt leofa. Bhí siad ag siúl fríd an tsliabh. An geimhreadh a bhí ann. Níor mhothaigh Tadhg go dtáinig an oíche. Thoisigh an fhearthainn agus thoisigh an ghaoth mhór agus d'éirigh sé chomh dorcha sin nach raibh a fhios ag Tadhg cá raibh sé ag dul.

"Is fearr duit fanacht liomsa go maidin mar ní bhainfidh tú an baile amach. Tá sé ró-dhoineantach," arsa an Buachaill Rua.

"Níor chuala mé riamh scéal níos binne," arsa Tadhg. Shiúil an bheirt leofa go dtáinig siad a fhad le screig. Thóg an Buachaill Rua amach slaitín draíochta. Bhuail sé an screig agus d'fhoscail doras ar an screig.

"Anois," arsa an Buachaill Rua, "ar dhul isteach anseo duit rachaidh tú isteach i gcúirt agus i gcaisleán. Beidh na cailíní is deise dá bhfaca tú riamh ansin. Beidh siad ag tabhairt tréan bia agus dí duit ach ná hith a dhath uathu ach an bia a thabharfas mise duit nó ní thiocfaidh tú amach níos mó."

Ansin shiúil siad leofa. Chonaic Tadhg an chúirt ba dheise dá bhfaca sé riamh. Chuaigh sé go dtí doras na cúirte. Shiúil sé isteach. Bhí siad á chur ó dhuine go duine go dtí go dtáinig sé a fhad leis na cailíní ba dheise dá bhfaca aon duine riamh ag leagaint bia ar na táblaí.

Bheir siad greim thall agus abhus air, á chur anonn go n-íosfadh sé a shuipéar ach ní íosfadh sé a dhath uathu. Dúirt sé nach raibh ocras air.

Ansin tháinig an Buachaill Rua isteach. Leag sé bord bia agus dí os comhair Thaidhg. Shuigh sé féin agus Tadhg agus d'ith siad a sáith. Ansin thoisigh na píopairí sí ag seinm an cheoil ba dheise dár chuala sé riamh. Bhí siad mar sin go raibh spéartha an lae ann.

Ansin dúirt an Buachaill Rua le Tadhg gur chóir daofa dul amach go bhfeicfeadh siad an capall. Shíl Tadhg go raibh siad ag dul a fhad leis an stábla ach fuair sé é féin istigh ins an seomra ba mhó dá bhfaca sé riamh. Nuair a d'amharc sé thart ní raibh an Buachaill Rua le feiceáil. Chonaic sé na mílte fear ansin cóirithe i nglas agus búclaí buí orthu. Bhí beathach ag taobh chuile fhear agus bhí a gcuid claíomh ar an taobh eile. Bhí an ceannfort amuigh chun tosaigh agus bhí a bheathach ag a thaobh agus bhí brat glas ina láimh a raibh brainsí óir air. D'amharc sé suas ar thaobh an bhalla. Chonaic sé an claíomh óir ba dheise dá bhfaca sé riamh ina scabaird airgid. "M'intinn féin, " arsa seisean, "dá mbeadh an claíomh óir sin agam bheinn saibhir go brách." Chuaigh sé anonn agus bheir sé greim ar an chlaíomh. Tharraing sé aníos an tríú bealaigh í ach lig an claíomh búireach as agus thóg an uile fhear a cheann. Nuair a chonaic Tadhg seo scanraigh sé agus bhí eagla air go marófaí é. Lig sé don chlaíomh agus thit gach uile fhear ina chodladh ar ais. Shiúil sé anuas go dtí an doras ach smaointigh sé go bhféachfadh sé an darna huair leis an chlaíomh.

Chuaigh sé anonn ar ais, tharraing sé aníos leath bealaigh í agus d'éirigh gach uile fhear aniar ina shuí. Scanraigh sé ar ais agus lig sé don chlaíomh agus thit siad thart ina gcodladh mar a bhí siad. Smaointigh sé go bhféachfadh sé an tríú huair.

Tharraing sé aníos dhá dtrian bealaigh í agus d'éirigh gach uile fhear aniar ar a leathghlúin agus scairt an ceannfort ag fiafraí an raibh an t-am caite. Nuair a chuala Tadhg seo lig sé an claíomh síos sa scabaird ar ais agus thit gach uile fhear thart ina chodladh. Shiúil Tadhg anuas go dtí doras an tseomra. Casadh an Buachaill Rua air agus is é a bhí go han-bhrónach.

"A Thaidhg," arsa an Buachaill Rua, "is dona do mhisneach. Dá dtarraingeofá an claíomh ba leat í. Sin iad fir Uí Dhónaill. Bhí siad le bheith ina gcodladh ansin go dtí go dtarraingeodh fear de do shíolrú an claíomh. Anois beidh siad ina gcodladh ansin go dtí an céad deireanach den dá mhíle. Ansin má thig fear eile de do shíolrú thart bhéarfaidh mé isteach é an dóigh chéanna agus muna n-éiríonn leis beidh siad ina gcodladh go dtí Lá an Bhreithiúnais.

Shiúil siad leofa ag tarraingt ar an screig san áit a

ndeachaidh siad isteach. Chuir an Buachaill Rua lámh ina
phóca agus thóg sé amach sparán agus dúirt sé le Tadhg a fhad
is a choinneodh sé an sparán sin go mbeadh tréan óir agus
airgid aige lena shaol. Ansin tháinig Tadhg abhaile.

D'inis sé an scéal dá mháthair. Bhí an saol ag éirí leis agus
chuile lá níos fearr na an lá roimhe. Pósadh é agus bhí sé ina
sháith den tsaol ach ní dheachaidh sé lena chapall fríd an
tsliabh ón lá sin go dtí an lá inniu.

Proinsias Dubh Mac Aodha
agus Cuirristín

Fad ó shoin ins an tseanam in Éirinn bhí fear agus bean ann agus ní raibh acu ach iníon amháin. Ba Prionsias Dubh Mac Aodha an t-ainm a bhí ar an fhear. Nuair a bhí an iníon trí bliana d'aois tháinig an drochbhliain. Mheath an coirce agus na preátaí agus ní raibh saothrú ar bith san áit. Dúirt Prionsias Dubh lena bhean go gcaithfeadh sé imeacht taobh thoir den tsliabh go bhfeicfeadh sé an bhfaigheadh sé aimsir go cionn bliana.

Lá arna mhárach d'éirigh sé go luath. D'fhág sé slán ag a bhean agus d'imigh sé leis. Nuair a bhí sé ag dul fríd an Bhearnas casadh fear dó. Bheannaigh sé an t-am de lá don fhear agus d'fhiafraigh an fear de cá raibh a thriall. Dúirt sé go raibh sé ag dul go bhfeicfeadh sé an bhfaigheadh sé aimsir taobh thoir den sliabh.

"Muise," arsa an fear, "tá tú amaideach dul ar aimsir. Má dhéanann tú an rud a iarrfas mise ort, déanfaidh tú an oiread airgid in aon uair an chloig is a dhéanfá i gcúig bliana."

"Níor chuala mé riamh scéal níos binne," arsa Prionsias Dubh, "ach níl a fhios agam cé thú féin."

"Bhal," arsa an fear, "ar chuala tú iomrá riamh ar Chuirristín?"

"Chuala go minic," arsa Prionsias Dubh.

"Siúil leat," arsa Cuirristín. "Mise an gadaí is fearr i réigiún Chonnacht."

"Muise," arsa Prionsias Dubh, "bhí an cheird agam féin sular fhág mé an baile."

"Nuair a bheas tú seal de bhlianta ag siúl liomsa," arsa Cuirristín, "beidh tú ar an ghadaí is fearr a bheas i gCúige Uladh." Ansin d'imigh an bheirt suas an gleann ach ní raibh siad imithe i bhfad nuair a d'amharc Prionsias Dubh thart agus chonaic sé cóiste agus dhá bheathach ag teacht go hachmair.

"Caidé an cineál cóiste sin?" arsa Prionsias Dubh.

"Sin tiarna agus gíománach," arsa Cuirristín. "Bhí cruinniú cíosa fríd Thír Chonaill agus má dhéanann tú an rud a iarrfas mise ort déanfaidh tú páighe maith lae. Sin carraig i dtaobh na screige. Nuair a bheas an cóiste ag teacht i ndeas dúinn cuirfidh gach duine againn ár ndroim leis an charraig. Rachaidh sí síos an sliabh mar a bheadh roth muilinn ann agus nuair a bhuailfeas sí taobh an chóiste, titfidh na beithígh mar go bhfuil sé furast beithígh a leagaint nuair atá siad ag rith."

Chuir siad a gcúl leis an charraig agus d'imigh sí síos an sliabh mar a bheadh roth muilinn ann. Bhuail sí taobh an chóiste agus thit na beithígh. D'imigh Cuirristín agus Prionsias Dubh ina rith síos an sliabh. Nuair a chonaic an tiarna agus an gíománach ag teacht iad thoisigh siad ag scairteadh ar chuidiú. Tháinig an bheirt a fhad leofa. Leag Cuirristín an tiarna agus leag Prionsias Dubh an gíománach. Chuartaigh Cuirristín pócaí an tiarna. Fuair sé piostal lódáilte i bpóca dá chuid agus piostal eile lódáilte sa phóca eile. Chuartaigh Prionsias Dubh an gíománach agus fuair sé piostal eile lódáilte ina phóca. Chuaigh an bheirt isteach sa chóiste agus fuair siad mála leathair a bhí lán óir, agus leabhar an tiarna. Thóg siad na beithígh agus d'ordaigh don tiarna agus dá ghíománach imeacht chomh tapaidh agus a thiocfadh leofa amach as a n-amharc. D'imigh siad leofa ins na fatha fásaigh. Bhéarfadh siad ar an ghaoth a bhí rompu agus ní bhéarfadh an ghaoth a bhí ina ndiaidh orthu go dtáinig siad isteach sa bhaile mhór.

D'imigh Cuirristín agus Prionsias Dubh ina rith suas an sliabh agus nuair a bhí siad ag bun screige fuair Cuirristín greim ar sheanchrann. Tharraing sé amach an crann agus chonaic Prionsias Dubh an uaimh ba dheise dá bhfaca sé riamh. Chuaigh an bheirt isteach agus tharraing siad an crann ar ais ina ndiaidh. Chuntas siad an méid óir a bhí sa mhála leathair. Bhí dhá mhíle gine buí óir ann. Thug Cuirristín a leath do Phroinsias Dubh agus choinnigh sé leath dó féin. Bhí an-lúcháir go brách ar Phrionsias Dubh nuair a chonaic sé chomh hachmair agus a shaothraigh sé míle gine. D'fhan siad istigh ins an uaimh ar feadh trí lá. Nuair a shroich an tiarna agus an gíománach an baile mór chuaigh siad a fhad leis na saighdiúirí. Dúirt siad go dtáinig beirt fhear orthu ins an Bhearnas Mhór, gur ghoid siad a gcuid airgid agus gur dhóbair nár maraíodh iad. Ansin d'imigh an t-arm uilig amach á gcuartú. Bhí siad trí lá fríd shléibhte an Bhearnais á gcuartú ach sháraigh orthu iad a fháil in aon áit.

Nuair a bhí siad tuirseach istigh san uaimh dúirt Cuirristín le Prionsias Dubh gur chóir daofa dul amach go bhfeicfeadh siad an raibh an namhaid ar shiúl. D'imigh siad leofa síos an sliabh agus chonaic siad fear ag tarraingt orthu agus gunna leis ar a ghualainn. D'fhiafraigh sé díofa cérbh iad féin agus dúirt Cuirristín gur beirt strainséir iad a bhí ag iarraidh aimsire.

"Bhal, is é an fáth ar fhiafraigh mé é," arsa an fear, "is mise oifigeach an airm. Tá mé ag dul thart i gculaith fhear tíre go bhfeicfinn an bhfaighinn tuairisc na ngadaithe a tháinig ar an tiarna agus a thug leofa a chuid airgid go mí-ionraice."

"An tusa atá ann?" arsa Cuirristín.

Sular mhothaigh sé, bheir sé thart fána lár ar an oifigeach agus leag sé é. Bhain Prionsias Dubh de a ghunna agus thug an bheirt ordú dó imeacht leis agus gan amharc thart go mbeadh sé as a n-amharc.

D'imigh an t-oifigeach leis ag rith agus ní dhearna sé stad mara ná cónaí go dtáinig sé a fhad leis an arm. D'inis sé daofa go dtáinig an bheirt ghadaí air agus go dtug siad leofa a ghunna agus an méid airgid a bhí aige. D'imigh an t-arm uilig amach ar a dtuairisc ach d'imigh Cuirristín agus Prionsias Dubh ag rith agus chuaigh siad isteach san uaimh.

Nuair a chaith na saighdiúirí trí lá á gcuartú dúirt fear acu leis an fhear eile go gcaithfidh sé gur imigh siad ar a seachnadh go sléibhte Chonnacht.

Nuair a fuair Cuirristín agus Prionsias Dubh ar shiúl iad tháinig siad beirt amach agus dúirt Cuirristín go raibh sé ag dul síos go Baile Átha Cliath mar go raibh a fhios aige na coirnéil agus na háiteacha a raibh an t-airgead go han-mhaith iontu agus nuair a chloisfeadh sé aon chineál scéil go dtiocfadh sé a fhad leisean ar ais.

"Maith go leor," arsa Prionsias Dubh. D'fhág Cuirristín slán agus beannacht aige agus d'imigh sé leis.

Bhí sé ag siúl leis riamh agus ní dhearna sé stad mara ná cónaí go ndeachaidh sé go Baile Átha Cliath. Bhí sé ag siúl suas cúlsráid agus bhuail an-tart é agus bhí dúil mhór aige ins an ghloine. Smaointigh sé go rachadh sé isteach i dteach tábhairne. Nuair a chuaigh se isteach ní raibh ansin ach aon fhear amháin. Bhí sé ag cuntas a chuid óir agus á chur i mbocsa.

"Tchím," arsa Cuirristín, "go bhfuil airgead agatsa."

"Tá go cinnte," arsa fear an tábhairne, "agus dá bhfaighfeása tábhairne de do chuid féin, bheadh lán bocsa óir agatsa fosta."

"Ó, dhéanfainnse lán bocsa óir," arsa Cuirristín. "In aon seachtain amháin thiocfadh liom trí chineál biotáilte a dhéanamh as an chineál amháin."

"Bhal, seo casca lán a fuair mise inniu," arsa fear an

tábhairne, "agus má dhéanann tú trí chineál biotáilte amach as an chasca seo tabharfaidh mé céad gine duit."

"Maith go leor," arsa Cuirristín.

Chuir sé a lámh síos ina phóca, tharraing sé amach gimléad beag agus rinne poll i dtaobh an chasca. D'iarr sé an fhear an tábhairne ordóg a chur isteach ann. Rinne sé poll ar an taobh eile agus d'iarr sé air an ordóg eile a chur isteach ann. Rinne sé poll ansin ar a bharr agus d'iarr sé air a theanga a chur isteach ann. "Anois, ní thig leat amharc thart," arsa Chuirristín, "go bhfaighidh mise na gléasanna atá fóirsteanach do na trí chineál biotáilte."

Ansin shiúil sé anall. Chuir sé an bocsa óir faoina ascaill agus d'imigh sé leis. Ní dhearna sé stad ná cónaí go dtáinig sé go sléibhte an Bhearnais. Nuair a chonaic Prionsias Dubh ag teacht é bhí an-lúcháir go brách air roimhe. Chuaigh an bheirt isteach chun na huaimhe agus rann siad an t-ór a bhí sa bhocsa.

"Anois," arsa Cuirristín, "tá scéal nua agam le hinse duit. Tá méara Bhaile Átha Cliath ag dul anonn ar cuairt go Sasana. Rachaidh an bheirt againne síos mar a bheadh beirt fhear uasal ann. Stadfaidh muid ina theach agus nuair a imeos sé féin go Sasana éireoidh muidinne ins an oíche agus ní fhágfaidh muid pingin rua ná geal nach dtabharfaidh muid linn." D'imigh an bheirt agus ní dhearna siad stad ná cónaí go raibh siad i mBaile Átha Cliath. Chuaigh siad suas chun tigh mhéara an bhaile mhóir agus d'fhiafraigh siad an dtiocfadh leofa fanacht go cionn míosa. Dúirt an méara go dtiocfadh agus céad fáilte ach go mbeadh sé féin ag imeacht ar cuairt go Sasana ach nach mbeadh sé i bhfad go mbeadh sé ar ais.

Bhí go maith agus ní raibh go holc. Chuaigh gach duine fá shuaimhneas agus idir an meán oíche agus lá dúirt Cuirristín le Prionsias Dubh go raibh an t-am acu a bheith ina suí. D'éirigh an bheirt go hachmair agus thoisigh siad ag cuartú an tí. Níor fhág siad pingin rua ná geal faoi bhallaí an tí nár thóg siad. Chuaigh siad isteach ins an seomra ina raibh iníon mhéara Bhaile Átha Cliath ina codladh. Chuir Cuirristín a phiostal go dtí clár a héadain lena scaoileadh ach bheir Prionsias Dubh ar a láimh agus dúirt nach scaoilfeadh sé í a fhad is a bheadh seisean thart.

Scanraigh an cailín agus thoisigh sí ag screadaidh agus ag scréachaidh. Chuala an t-arm í agus rith siad go dtí an teach. Nuair a chuala Cuirristín agus Prionsias Dubh an namhaid ag teacht chuaigh siad amach ar an doras cúil. Níor stad siad ag reathaidh go dtí go ndeachaidh siad siar go sliabh Chonnacht. Sa deireadh ní raibh Prionsias Dubh in innimh dul ní b'fhaide.

Tháinig an t-arm a fhad leis agus dúradh go raibh sé fada go leor ag goid agus ag beadaíocht agus go gcuirfeadh siadsan go háit é a gcuirfí múineadh air. Bheir siad thall agus abhus air agus cheangail siad a dhá láimh ar chúl a chinn. Bhí Cuirristín chomh lúfar sin gur sháraigh orthu greim a fháil air. D'imigh sé leis agus ní raibh a fhios acu cá ndeachaidh sé.

Shiúil siad le Prionsias Dubh agus ní dhearna siad stad ná cónaí gur chuir siad isteach i bpríosún Bhaile Átha Cliath é. Dúirt siad go mbeadh sé ansin go cionn míosa go dtiocfadh na fianaisí cearta. Ni raibh an t-am i bhfad ag dul thart. Bhí scéalta ag teacht gach lá as gach cearn d'Éirinn fán méid airgid a ghoid sé.

Tháinig an lá go gcaithfeadh sé seasamh os coinne breithimh. Nuair a fiafraíodh de caidé a bhí aige le rá ar a shon féin, dúirt sé nach raibh mórán. Dúirt sé nach raibh aige ach a bhean agus iníon amháin agus leis an mhéid gadaíochta a rinne sé riamh nár mharaigh sé duine ar bith.

Ní raibh gar ansin. Tugadh breithiúnas go gcaithfí a chrochadh. Crochadh é. Leathuair i ndiaidh dó a bheith crochta tháinig iníon mhéara Bhaile Átha Cliath go dtí an príosún agus d'iarr sí orthu gan Prionsias Dubh a chrochadh. Dúradh leithe go raibh sí rómhall. Dúirt sí gur fhéach Cuirristín lena marú ar an oíche a goideadh an t-airgead agus go mbeadh sí marbh aige ach gur sheas Prionsias Dubh ina choinne.

D'imigh Cuirristín leis fríd Chonnachta agus níor stad sé riamh go dtáinig sé go bruach na farraige. Chonaic sé long mhór ag dul thart. Chuir sé brat suas ar bharr bata. Chuir an long amach bád beag. Thóg sí Cuirristín agus chuir sí ar bord é agus ní raibh sé i bhfad ina dhiaidh sin go ndeachaidh sé chun an Oileáin Úir.

Ní raibh sé i bhfad ansin nuair a thoisigh sé ar an ghadaíocht mar a bhí sé in Éirinn. Bhí iomlán arm na háite amuigh oíche agus lá ar a thuairisc ach ní raibh dul acu greim a fháil air. Lá amháin dúirt oifigeach an airm nach raibh gar ann a bheith ina dhiaidh ní b'fhaide mura ndéanfadh siad mar a d'iarrfadh seisean orthu. D'iarr sé orthu dhá bharaille dhéag a fháil agus ar dhá fhear déag cultacha fhir tíre a chur orthu agus go seasfadh gach fear in aice le baraille agus féacháil leis, fear i ndiaidh fir, cé a léimfeadh amach as ceann amháin agus isteach i gceann eile. Dá mbeadh Cuirristín san áit agus dá dtiocfadh sé thart go gcuirfeadh seisean geall cúig chéad punt leis nach raibh aon fhear ar an domhan a léimfeadh an dá bharaille dhéag; mar gur Éireannach é agus gurbh é a bheadh ann go saothródh sé an duais.

Rinne siad mar a d'iarr an t-oifigeach orthu. Fuair siad an dá bharaille dhéag agus chuir siad orthu cultacha fhir tíre. Lá breá samhraidh a bhí ann agus thoisigh siad ag léimnigh, fear i ndiaidh an fhir eile, ó bharaille go baraille, go bhfeicfeadh siad cé a dhéanfadh an dá cheann déag. Bhí sé ag sárú orthu mar nach raibh fear ar bith acu in innimh an cleas a dhéanamh.

Le linn don dream seo a bheith ag gabháil don chleas tháinig fear uasal thart nach bhfaca siad riamh. Sheas sé ag amharc orthu. D'fhiafraigh sé caidé a bhí á dhéanamh acu. D'inis siad dó go raibh siad ansin gach lá ach nach raibh fear ar bith in innimh an dá bharaille dhéag a léimnigh.

"Muise, is dona sibh," arsa an duine uasal. "Chonaic mise fear a léimfeadh isteach iontu taobh chúl a chinn."

"Ní fhaca riamh," arsa an t-oifigeach.

"Chonaic," arsa an fear uasal.

"Cén áit a bhfaca tú é?" arsa an t-oifigeach.

"Tá, chonaic mé go minic thall in Éirinn é," arsa an fear uasal.

"Bhal, cuirfidh mise cúig chéad punt leat nach bhfuil aon fhear ar an domhan inniu," arsa an t-oifigeach, "a léimfeadh amach as ceann agus isteach i gceann eile taobh chúl a chinn."

"Cuirfidh mise cúig chéad eile leat," arsa an fear uasal.

"Bhal, caithfidh muid fanacht," arsa an t-oifigeach, "go dtiocfaidh an fear anall as Éirinn."

"Is cuma sin," arsa an fear uasal, "tá sé anseo anois."

Leis sin d'éirigh sé den talamh taobh chúl a chinn agus léim sé amach as ceann isteach i gceann eile nó gur léim sé an dá cheann déag.

Nuair a bhí sé ag teacht amach as an darna ceann déag bheir an t-oifigeach air.

"Tchím," ar seisean. "Is tú Cuirristín, ach a fhad a rith an madadh rua beireadh sa deireadh air."

Thug siad leofa é agus ní dhearna siad stad ná cónaí gur chuir siad isteach i bpríosún é. Níor thug siad spás ar bith dó. Bhí eagla orthu go n-imeodh sé orthu mar go raibh sé chomh haclaí sin.

Dúirt an breitheamh go gcaithfí é a chrochadh ar an mhaidin dár gcionn. Ba é sin deireadh Chuirristín agus Phrionsais Dhuibh. Níor baineadh an t-airgead d'aon duine, bocht ná saibhir ar shléibhte an Bhearnais Mhóir ón lá sin go dtí an lá inniu.

Díoltas an Fhir Fhalsa

Bhí fear agus bean ann fad ó shoin in Éirinn agus bhí triúr de mhuirín acu, ach bhí an fear an-fhalsa agus ní raibh dúil aige dadaí a dhéanamh agus bhí a bhean i gcónaí ag troid leis ach ní raibh maith ar bith ann – ní raibh obair ar bith á déanamh aige. Lá amháin d'iarr sí air imeacht amach as an áit agus cibé a d'éireochadh dithe nach dtiocfadh léi a bheith ní ba mheasa ná mar a bhí.

D'imigh sé leis amach ar an doras agus bhí sé ag siúl leis riamh. Fá Nollaig a bhí ann agus bhí an lá an-ghoirid. Tharla isteach i gcoill é agus ní raibh sé i bhfad go dtáinig an oíche dhubh dhorcha air. Ní raibh bun cleite amach ná barr cleite isteach. Bhí éanacha beaga na coille craobhaí ag dul chun síorchodlata agus suaimhneas na hoíche ach tchí sé solas i bhfad uaidh agus níor i ndeas dó, agus tharraing sé ar an tsolas agus nuair a chuaigh sé isteach ní raibh aon duine sa teach ach bean.

D'iarr sé an dtiocfadh léi é a choinneáil go maidin agus dúirt sí nach dtiocfadh, gurbh é teach fathaigh é agus nach dtiocfadh leofa duine ar bith a choinneáil.

"Bhal, níl mé in innimh dul níos faide," ar seisean.

Is é an deireadh a bhí air gur thoiligh sí ar é a choinneáil agus chuir sí é isteach i comhra mór a bhí i dtaobh an tí. Nuair a bhí sé istigh d'amharc sé agus bhí poll mór i dtaobh an chomhra. Ní raibh sé i bhfad istigh nuair a chuala sé an tormán ag teacht, fathach mór na gcúig gceann agus na gcúig meall.

Bhí scaifte gabhar roimhe, scaifte gabhar ina dhiaidh, cloigín éanacha fána mhuineál agus bradán fíoruisce ar bharr a bhata. "Tá duine inteacht istigh anseo anocht," arsa an fathach. "Níl aon duine istigh ach mé féin," arsa an bhean. "Tá mé ag róstadh anseo giota bagúin duit. Suigh síos." Nuair a d'ith an fathach a sháith, ar seisean, "Fan go bhfeice tú caidé an tseod a fuair mise inniu." "Caidé a fuair tú?" arsa an bhean. "Fuair mé beathach nach bhfuil a leithéid in Éirinn ná áit ar bith eile. Ní gá duit ach braillín geal a fhágáil ag a thaobh agus buille a bhualadh air le tuairnín agus na focla 'Beidh tréan óir agus airgid anseo anocht' a rá. Déan sin agus tchífidh tú caidé a dhéanfas sé."

D'imigh sí agus chuir sí braillín ar an talamh ag taobh an bheathaigh. Bhuail sí buille air leis an tuairnín agus dúirt sí, "Tréan óir agus airgid anseo anocht."

Ní raibh na focla as a béal nuair a thoisigh an t-ór agus an t-airgead ag teacht ar an bhraillín, agus nuair a bhí an oiread air is nach raibh sí in innimh an braillín a thógáil den talamh d'iompar an bheirt acu ar shiúl é. D'fhág sí an beathach ansin ina sheasamh. Ní raibh sé i bhfad go dtáinig an-chodladh ar an bheirt. Thit an bheirt ina gcodladh.

"Dar fia," arsa an fear a bhí sa chomhra agus é ag amharc amach ar an pholl, "dá mbeadh sé sin agamsa sa bhaile ní bheadh mé féin agus mo bhean ag troid níos mó."

Ní raibh i bhfad ann go dtáinig sé amach go han-socair as an chomhra. Thóg sé amach an beathach, chaith sé a chos ar an beathach agus as go brách leis. Bhéarfadh sé ar an ghaoth a bhí roimhe agus ní bhéarfadh an ghaoth a bhí ina dhiaidh air agus tháinig sé isteach i lár na coille. Ach nuair a shíl sé go raibh sé ag teacht abhaile san áit a d'imigh sé ar seachrán, chonaic sé solas i bhfad uaidh agus níor i ndeas dó agus tharraing sé ar an tsolas. Nuair a tháinig sé go dtí an teach bhí triúr buachaill ann agus d'fhiafraigh sé díofa an dtiocfadh leis fanacht go maidin, é féin agus an beathach.

"Ó, thig cinnte," arsa buachaill acu. "Tar isteach. Tá stábla amuigh anseo agus cuirfidh mé an beathach amach."

"Ní thig liom fanacht," ar seisean. "Caithfidh an beathach a bheith istigh liom sa chistin."

"Maith go leor." Thug sé isteach an beathach.

"Anois," ar seisean, "tá mise tuirseach. Tá mé ag dul a thitim in mo chodladh. Ná tógaigí libh tuairnín agus ná buailigí buille ar an bheathach agus ná habraígí, 'Tréan óir agus airgid anseo anocht.'"

Ní dhéanfaidh," arsa na buachaillí. "Ní dadaí dár ngnoithe é."

Ní raibh sé i bhfad ina luí nuair a thit sé thart ina chodladh. Nuair a bhí sé ina chodladh tamall dúirt fear acu leis an fhear eile, "Caithfidh sé seo a bheith ina an-bheathach. Fan go bhfeice mé caidé a thig leis a dhéanamh."

D'imigh sé agus fuair sé tuairnín agus bhuail sé buille ar an bheathach agus dúirt sé, "Tréan óir agus airgid anseo anocht." Ní raibh focal amach as a bhéal nuair a thoisigh an t-ór agus an t-airgead ag teacht thart an uile áit. Thóg siad ar shiúl as an bhealach é. Chodlaigh siad ansin go maidin. Mhuscail an fear go han-luath ar maidin agus d'éirigh sé.

Sular éirigh sé dúirt buachaill acu leis an bhuachaill eile go raibh capall acu sa stábla a bhí an-chosúil le beathach an fhir a bhí sa tseomra. Rinne siad malartú ar an dá bheathach. Choinnigh buachaill amháin an fear sa tseomra ag caint nuair a bhí an malartú á dhéanamh.

Nuair a rinne siad a mbricfeasta thug an fear céad míle buíochas daofa, chaith sé a chos ar an bheathach agus ní dhearna sé stad mara ná cónaí go dtáinig sé go dtí an baile, ach nuair a tháinig sé abhaile bhí a bhean agus na páistí ina luí.

"Lig isteach mé," ar seisean. "Tá do sháith liom go síoraí."
"Ó, ní bhfaighidh tú isteach anocht," ar sise. "Imigh leat, tú féin agus do chuid bréaga."

Is é an deireadh a bhí air gur thoiligh sí ar é a ligint isteach.

"Anois," ar seisean léi, "faigh braillín agus leag é ag taobh an bheathaigh seo, buail buille air le tuairnín agus abair, 'Tréan óir agus tréan airgid anseo anocht.'"

Rinne sí sin agus dá mbeadh sí ag caint ó shoin ní raibh ór ná airgead ar bith ag teacht. Is é an deireadh a bhí air gur bhuail sí an-bhuille air. Thóg an beathach a dhá chois leis an bhean agus leag sé í ag taobh na tine agus bhí sí chóir a bheith marbh. Shíl an diúlach nach mbeadh sé rófhada ar an tsaol nuair a bheadh sí ina suí ar ais agus d'imigh sé amach ar an doras agus ar shiúl ón teach ar ais.

D'imigh an fear leis. Bhí sé ag siúl leis riamh go ndeachaidh sé isteach ar ais i lár na coille, agus mar a d'éirigh dó roimhe tháinig an oíche dhubh air agus deireadh an lae. Ní raibh barr cleite amach ná bun cleite isteach. Bhí éanacha beaga na coille ag dul chun síorchodlata agus chun foscadh na hoíche. Chonaic sé solas i bhfad uaidh agus níor i ndeas dó agus tharraing sé ar an tsolas.

Cén teach a ndeachaidh sé isteach ann ach an teach céanna ina raibh sé cúpla oíche roimhe sin agus ní raibh ann ach an bhean.

D'fhiafraigh sé dithe an dtiocfadh léi é a choinneáil go maidin. "Ní thig liom thú a choinneáil," ar sise. "Choinnigh mé rógaire a bhí anseo cúpla oíche ó shoin agus thóg sé leis beathach nach raibh a leithéid in Éirinn, agus ní thig liom tú a choinneáil."

"Ní thig liom dul níos faide," ar seisean.

Is é an deireadh a bhí air gur thoiligh sí ar é a chur suas faoi urlár an tí. Ní raibh sé i bhfad ann nuair a tháinig fathach mór na gcúig gceann, na gcúig meall, scaifte gabhar roimhe, scaifte gabhar ina dhiaidh, cloigín éanacha fána mhuineál agus bradán fíoruisce leis ar bharr a bhata.

"Tá duine inteacht istigh anocht ar ais," ar seisean.

"Níl aon duine anseo ach mé féin," arsa an bhean.

Nuair a bhí a shuipéar ite aige labhair sé.

"Dá bhfeicfeá an tseod a fuair mé inniu," ar seisean.

"Caidé an cineál seoide a fuair tú?" ar sise.

"Fuair mé tábla," ar seisean. "Tabhair leat maide agus buail buille ar an tábla agus abair 'Tréan bia agus dí anseo anocht' agus tchífidh tusa caidé a thig leis an tábla a dhéanamh."

Thug sí léi an tábla agus chuartaigh sí thart. Fuair sí maide i dtaobh an tí. Bhuail sí buille den mhaide ar an tábla agus dúirt sí, "Tréan bia agus dí anseo anocht."

Ní raibh focal amach as a béal nuair a thoisigh gach cineál bia na n-uasal ag teacht ar an tábla, agus shuigh an bheirt isteach gur ith siad a sáith. Bhí mórán scálaí óir den uile chineál ar an tábla. Thóg siad iad agus chuir an bhean i dtaisce iad agus dúirt sí gurbh é sin an tábla ab fhearr a chonaic sí féin riamh in Éirinn ná áit ar bith eile.

Bhí an fear thuas faoi urlár dhíon an tí agus é ag coimhéad anuas. Ar seisean, "Dá mbeadh sin sa bhaile agamsa ní thitfeadh idir mé féin agus mo bhean níos mó."

Nuair a thit an bheirt thart ina gcodladh tháinig sé anuas go han-socair agus bheir sé greim ar an tábla agus d'imigh sé leis amach ar an doras. Bhí sé ag siúl leis riamh go dtáinig sé isteach i lár na coille, ach nuair a shíl sé go raibh sé ag teacht i ndeas don bhaile d'imigh sé ar seachrán agus chonaic sé solas i bhfad uaidh agus níor i ndeas dó. Tharraing sé ar an tsolas agus caidé an teach a bhí ann ach an teach ina raibh an triúr buachaill ann. D'fhiafraigh sé díofa an dtiocfadh leofa é a choinneáil go maidin.

"Muise, thig," arsa fear acu.

"Ní thig liomsa fanacht," ar seisean, "muna dtig le mo thábla fanacht san áit ina bhfuil mé féin."

"Tá sé beag go leor againn sin a dhéanamh," arsa fear de na buachaillí.

D'ith sé a shuipéar, agus nuair a bhí sé ag dul isteach a luí ar seisean, "Ná tógaigí libh maide agus ná buailigí an tábla agus ná habraígí 'Tréan bia agus dí anseo anocht' nó beidh a fhios agamsa nuair a mhusclóchas mé."

"Tá sé beag go leor againn cead a ligean don tábla," arsa fear acu agus thit sé thart ina chodladh.

Ní raibh sé i bhfad ina chodladh nuair a d'amharc duine de na buachaillí thart an uile áit go bhfuair sé maide agus bhuail sé buille ar an tábla.

"Tréan bia agus dí anseo anocht," ar seisean. Ní raibh focal amach as a bhéal nuair a thoisigh an uile chineál thart ar an tábla agus shuigh an triúr síos agus d'ith siad a sáith agus nuair a bhí a sáith ite acu thóg siad na scálaí óir agus chuir siad i dtaisce iad.

Dúirt fear acu leis an fhear eile, "Nach mbeadh sé go hiontach dá mbeadh an tábla seo againn. Tá ceann an-chosúil leis amuigh sa scioból. Gabh amach agus tabhair isteach an seancheann agus tabhair amach é seo.

"Maith go leor," arsa an fear eile. D'imigh sé amach agus thóg sé isteach an drochthábla agus d'fhág sé amuigh an ceann maith.

Ar ndóigh ní raibh i bhfad go raibh teas an lae ann agus nuair a mhuscail an fear d'éirigh sé agus rinne sé a bhricfeasta agus d'fhág sé slán ag na buachaillí agus thug sé céad míle buíochas daofa. Chuir sé an tábla faoina ascaill agus d'imigh sé leis agus ní dhearna sé stad mara ná cónaí go raibh sé sa bhaile, ach nuair a tháinig sé go dtí an teach mar go raibh an lá goirid san am bhí an bhean agus na páistí ina luí.

D'iarr sé orthu éirí, go raibh a sáith acu go brách dá bhfaigheadh sé isteach.

"Ní bhfaighidh tú isteach anocht ná níos mó," arsa an bean. "Fág seo le do chuid bréag."

Sa deireadh thoiligh sí ar é a ligint isteach. Nuair a tháinig sé isteach d'iarr sé uirthi maide a thabhairt léi agus an tábla a bhualadh agus "Tréan bia agus dí anseo anocht" a rá agus go dtiocfadh an uile chineál ar an tábla.

Fuair sí greim ar mhaide agus bhuail sí an tábla agus níor tháinig dadaí ar an tábla. Bhuail sí an darna huair é. Bhí sí ag bualadh an tábla go raibh sí an-tuirseach. Is é an deireadh a bhí air gur bhuail sí an tábla chomh cruaidh sin gur thit clár amach as lár an tábla. Nuair a chonaic an diúlach seo d'aithin sé nárbh é an ceann ceart a bhí leis agus d'imigh sé ag rith amach ar an doras agus níor phill sé ar an teach.

Bhí an fear ag rith leis ón teach agus níor stad sé go raibh sé istigh arís i lár na coille. Bhí an lá goirid. Tháinig an oíche dhubh agus deireadh an lae air. Ní raibh barr cleite amach ná bun cleite isteach. Bhí éanacha beaga na coille craobhaí ag dul chun síorchodlata agus suaimhneas agus foscadh na hoíche. Chonaic sé solas i bhfad uaidh agus níor i ndeas dó. Tharraing sé ar an tsolas ach nuair a chuaigh sé isteach chonaic se gurbh é an teach ina raibh sé ná an teach ina raibh bean amháin.

"An dtiocfadh leat mé a choinneáil go maidin?" ar seisean.

"Ní thig muise," ar sise. "Bhí beirt rógaire anseo le seal agus thug siad leofa an tslí a bhí againn muid a choinneáil beo, agus má thig an fathach anseo anocht agus tusa sa teach, sin a mbeidh d'fhad ar do shaol."

"Ach níl mé in innimh dul níos faide," ar seisean.

Is é an deireadh a bhí air gur thoiligh sí ar é a choinneáil.

Bhí leac taobh amuigh den doras agus bhí poll ar an leac agus chuir sí síos faoin leac é. Cíbe dóigh a bhí air thiocfadh leis a bheith ag amharc aníos as an pholl.

Ní raibh i bhfad go dtáinig fathach mór na gcúig gceann agus na gcúig meall. Bhí scaifte gabhar roimhe agus scaifte gabhar ina dhiaidh. Bhí cloigín éanacha fána mhuineál agus bradán fíoruisce leis ar bharr a bhata.

"Tá duine inteacht eile istigh anocht," ar seisean.

"Níl aon duine istigh agam, muise," ar sise.

Is é an deireadh a bhí air gur shuigh sé agus gur ith sé a shuipéar.

Nuair a bhí a sháith ite aige labhair sé.

"Fuair mé beathach eile inniu," ar seisean. "Seo an ceann is fearr uilig acu."

"Caidé a thig leis déanamh?" ar sise.

"Tá sé thuas ins an poll deataigh," ar seisean. "Suigh thall ansin go bhfeice tú."

Shuigh sí thall.

Scairt sé ar an bheathach. "Gabh anuas," ar seisean, "go bhfeice mé caidé atá tú in innimh a dhéanamh."

Ní raibh focal amach as a bhéal nuair siúd anuas leis an bheathach agus fuair sé greim gruaige ar an bhean. Tharraing sé aníos agus anuas an teach í, bhuail sé anonn agus anall í agus is é an deireadh a bhí air go raibh sí chóir a bheith marbh agus thoisigh sí ag caoineadh.

"Bhal," ar sise, "rud ar bith a iarrfas tú orm dhéanfaidh mé é ach stop an beathach seo agus ná lig dó mé a mharú."

"Bhal," ar seisean, "caithfidh tú gealltanas a thabhairt domhsa nach gcoinneoidh tú aon duine níos mó."

"Ní choinneoidh mé aon duine choíche," ar sise, "a fhad is atá mé beo, ach stad an beathach."

D'iarr sé ar an bheathach dul suas ar ais agus fanacht ann go maidin.

Bhí an diúlach ag éisteacht taobh amuigh agus bhí sé ag amharc aníos as an pholl a bhí ins an leac.

"Dá mbeadh an beathach sin sa bhaile agamsa," ar seisean leis féin, "sin an beathach a chuirfeadh múineadh ar mo bhean agus a stadfadh an troid."

Nuair a fuair sé an bheirt ina gcodladh tháinig sé aníos agus chuaigh sé thart go dtí an áit a raibh an poll deataigh agus thug sé leis an beathach agus d'imigh sé leis ag tarraingt ar an bhaile. Bhí sé ag siúl leis riamh go dtí go dtáinig sé isteach sa choill agus nuair a shíl sé go raibh sé ag dul chun an bhaile d'imigh sé ar seachrán. Nuair a bhí sé tamall fada ag siúl chonaic sé solas i bhfad uaidh agus níor i ndeas dó agus tharraing sé ar an solas. Caidé an teach a dtáinig sé chuige don tríú huair ach an teach a raibh an triúr buachaill ann.

"An dtiocfadh libh mé agus an beathach seo a choinneáil go maidin?" ar seisean leofa.

"Thig muise," arsa fear acu.

Tháinig sé isteach agus d'iarr sé ar an bheathach dul suas ins an poll deataigh. Chuaigh an beathach suas.

"Anois," ar seisean, "tá mise tuirseach agus tá mé ag dul a thitim in mo chodladh ach ná habraígí leis an bheathach seo teacht anuas agus cibé atá sé in innimh déanamh é a dhéanamh."

"Ní dhéanfaidh," arsa fear acu. "Ní dadaí dár ngnóithe é."

Ní raibh i bhfad gur thit sé thart ina chodladh.

"Dar fia," arsa fear acu, "ní dadaí an tábla agus an beathach eile lena thaobh seo." Chuaigh fear acu suas go dtí an poll deataigh agus scairt sé suas.

"Gabh anuas anseo," ar seisean. "Déan cibé atá tú in innimh a dhéanamh go bhfeice muid caidé atá tú in innimh a dhéanamh."

Leis sin tháinig an beathach anuas agus is é an chéad rud a rinne sé an triúr a leagaint i lár an tí. Bhuail sé anonn agus anall iad agus anuas agus suas agus d'fhág sé dúghorm iad. Is é an deireadh a bhí air nach raibh siad in innimh éirí den talamh. Chuaigh fear acu anonn go dtí an áit a raibh an fear ina chodladh sa tsráideog agus mhuscail sé é.

"Éirigh," ar seisean. "Tá an triúr againne chóir a bheith marbh."

"Caidé atá oraibh?" arsa seisean.

"Cíbé cineál beathach é seo, tá muid marbh aige agus tá muid ag iarraidh ort é a stad."

"Ní stadfaidh mé choíche é," ar seisean, "nó go dtógfaidh sibh suas an beathach agus an tábla a chur sibh i bhfolach orm. Tabhair domh an tábla agus an beathach a bhí liom ar na huaireanta eile a bhí mé anseo agus stadfaidh mé é, agus muna ndéanfaidh sibh sin ligfidh mé cead leis go maróidh sé sibh."

"Bhéarfaidh muid sin duit ach stad é."

D'iarr sé ar an bheathach dul suas sa tsimléir ar ais.

Chuaigh siad amach agus thug siad isteach an tábla agus an beathach a fhad leis. Thóg sé anuas an beathach a bhí sa tsimléir agus d'imigh sé leis arís ag tarraingt ar an bhaile. Ní raibh sé i bhfad go raibh sé sa bhaile ach bhí an oíche arís ann agus bhí a bhean agus a mhuirín ina luí.

"Ligigí isteach mé," ar seisean lena bhean. "Is cinnte go bhfuil do sháith liomsa anocht."

"Ní bhfaighidh tú isteach choíche," ar sise. "Tá mé tuirseach ag éisteacht leat an uile oíche."

"Muna ligeann tú isteach mé is duit féin is measa é," ar seisean.

Ní raibh focal amach as a bhéal nuair a d'iarr sé ar an bheathach dul síos an tsimléir agus múineadh a chur ar a bhean. Rinne an beathach sin agus ní raibh sé i bhfad istigh gur thoisigh an bhean ag screadaidh agus ag caoineadh. Scairt sí lena fear ag iarraidh air an beathach a stopadh agus go bhfosclódh sí an doras agus go bhfaigheadh sé isteach.

D'iarr sé ar an bheathach stopadh. Chuaigh sé isteach agus an tábla agus an beathach eile leis. D'iarr sé uirthi braillín a fháil agus é a spré amach agus "Tréan óir agus airgid anseo anocht" a rá agus an beathach a bhualadh le tuairnín. Nuair a bhí na focla ráite agus gur bhuail sí é thoisigh an t-ór agus an t-airgead ag teacht agus nuair a chonaic sí an t-ór agus an t-airgead d'imigh an fhearg dithe.

D'iarr sé uirthi ansin an tábla a thabhairt léi, an tábla a bhualadh agus "Tréan bia agus dí anseo anocht" a rá. Ní raibh focal as a béal nuair a thoisigh an uile chineál ag teacht ar an tábla agus shuigh siad uilig síos agus d'ith siad a sáith.

Bhí siad mar sin cúpla lá. "Dar fia," ar seisean, "tá muid fada go leor inar gcónaí sa chró bheag seo. Rachaidh mé isteach chun an bhaile mhóir agus cruinneoidh mé an lucht ceirde atá in gach áit fríd an tír agus dhéanfaidh mise caisleán a mbeidh cuimhne ag na héanacha air a fhad is atá duine beo in Éirinn."

D'imigh sé agus chuaigh sé isteach chun an bhaile mhóir agus fuair sé saortha cloiche agus saortha adhmaid agus an uile chineál duine ag a raibh eolas ar caidé le déanamh le teach agus rinne sé caisleán ar a raibh creathnadh go brách air.

Nuair a bhí an caisleán déanta dúirt sé lena bhean go dtabharfadh sé coirm amháin uaidh a mbeadh cuimhne in Éirinn air a fhad a bheadh aon duine beo. D'imigh sé agus thug sé cuireadh do bheag agus do mhór, sean agus óg, bocht agus saibhir, íseal agus uasal, críonna agus amaideach, lucht scléipe agus ceoil agus mhair an choirm ón mhaidin go dtí an oíche. Nuair a bhí an choirm thart agus pléisiúr maith orthu uilig shíl mé féin go dtarraingneoinn ar an bhaile. Shiúil mé liom agus ní dheachaidh mé thart an bealach sin ón lá sin go dtí an lá inniu. Fuair an fear falsa a dhíoltas.

Tréanna

Sa tseanam in Éirinn bhí trí mar uimhir thábhachtach. Dhéantaí éisc mar mhuirlis, scadáin agus a leithéidí a chuntas ina dtriúr, agus thugtaí áireamh ar gach triúr acu sin. Nuair a bhíodh daichead áireamh cuntaiste, chuirtí triúr eile leis ar eagla go mbeadh dearmad déanta. Thugtaí casc ar an triúr deireanach le cinntiú go raibh an cuntas ceart agus ar eagla go ndearnadh dearmad agus le hádh a chuir leis an díolachán. Céad a tugtaí ar an méid seo – deich nduisín.

∞

Na trí ní is fearr amuigh: beagán síl i dtalamh maith, beagán
 bó i bhféar maith agus beagán cairde sa tábhairne.
Na trí ní nach dtig a cheilt: grá, tart agus tochas.
Na trí baill den chorp is fusa a ghortú: súil, glúin agus uillinn.
Na trí ní is fuaire amuigh: soc casúir, srón madaidh agus braon
 aille.
Na trí ní atá chomh maith le rudaí atá níos fearr ná iad: bean
 ghránna d'fhear dall, claíomh adhmaid i láimh cladhaire
 agus uisce salach ar thine.
Na trí ní is sócúlaí amuigh: pisín cait, meannán míosa agus
 baintreach (mná) nach bhfuil ró-aosta.
Na trí nós is measa amuigh: ag ól an ghloine, ag caitheamh an
 phíopa is ag leagadh drúchta go mall san oíche.

Na trí ní gan mhaith: ag lasadh tine ar loch, clagarnach na gcloch le cuan agus buille d'ord ar iarann fuar.

Na trí ní nach féidir a cheansú: bean, muc agus múille.

Na trí cairde is fearr agus na trí naimhde is measa: tine, gaoth agus uisce.

Na trí ní nár chóir bacadh leo: cailín Domhnaigh, bó samhraidh agus caora fómhair.

Na trí ní is gaiste san fharraige: roc, ronnach agus rón.

Na trí ní nár chóir déanamh gan iad: cat, simléir agus bean tí.

Na trí mífhortúin i dteach ar bith: báirseach mná, braon anuas agus simléir le séideán toite sa chistin.

Na trí ní níos gránna ná a gcuid féin: bean chaol rua, capall caol buí, bó chaol bhán.

Na trí ní nach réitíonn le chéile riamh: beirt bhan pósta i dteach amháin, dhá chat os cionn luchóg amháin, beirt óganach i ndiaidh ógmhná.

Na trí ní nach dtagann meirg orthu: teanga mná, crú capaill in úsáid agus airgead lucht carthanachta.

Na trí fhuaim a thaispeánann dul chun cinn: géimneach bó ag breith, céadscread linbh agus sioscadh an chéachta ag treabhadh.

Na trí ní a chuireann blianta ar shaol an fhir mhaith, mil i ngob a bháirseach mná, an sparán nach dtig leis líonadh agus an teanga nach mbíonn riamh ciúin.

Na trí ní láidir a chuireann beannacht ar theach: an tábla, an tine agus lámh do chuairteoir.

Na trí ní gur chóir seachaint: lucht meisce is leisce agus drúise.

Na trí ní is salaí ar chnoc: fíodóir, muillteoir agus muc.

Triúr a bhíonn ag cuartú teasa: fidléir, táilliúir agus cat.

Triúr leis an amharc is fearr: súil an ghabha ar thairne, súil cailín óig ag comórtas agus súil an tsagairt ar a pharóiste.

Trí chineál daoine bochta: daoine gur fhág toil Dé bocht iad, daoine gur fhág a dtoil féin bocht iad agus iad sin atá bocht gidh go mba leofa an domhan iomlán.

Trí de na neithe is deise a fheiceáil: gairdín preátaí i mblath, bád faoi sheol agus bean i ndiaidh breith.

Seacht "Seacht nÓg"

Seacht n-óg na spéire: druideog, fáinleog, faoileog, fuiseog, glasóg, riabhóg, spideog.

Seacht n-óg na coille: cufróg, driseog, fearnóg, fuinseog, poibleog, raideog, saileog.

Seacht n-óg na farraige: cadóg, cnúdóg, crúbóg, dallóg, feannóg, glasóg, leathóg.

Seacht n-óg an choirp: féasóg, féitheog, maróg, néaróg, ordóg, putóg, scoróg.

Seacht n-óg an talaimh: bachlóg, copóg, cuiseog, gairleog, neantóg, seamróg, seamsóg.

Seacht n-óg an tí: camóg, ciseog, cisteog, cuinneog, fuinneog, murlóg, spúnóg.

Seacht n-óg na mban: brídeog, briotóg, cabóg, catóg, cearnóg, giobóg, tónóg.

Turas ar Chill Charthaigh

Chum Micí Bán Ó Beirn an píosa filíochta seo nuair a bhí sé ag freastal ar ranganna Gaeilge a bhí faoi stiúir Bhriain Mhic Cafáid. D'aithris sé é ar an chlár Cuairt ar Chill Charthaigh *ar Raidió na Gaeltachta i 1977.*

Nach iomaí gleann aoibhinn in Éirinn go fóill
Agus muintir Thír Chonaill ag déanamh coirm cheoil;
Gráinne Mhaol le do chlaíomh dá mbeifeása beo,
Nach ort a bheadh an ciúnas, an suáilceas 's an bród.

Tá muintir na tíre ag siúl ar an ród,
Tá cumann na Gaeilge arís mar is cóir;
Nach orthu atá an suáilceas, an pléisiúr 's an grá,
Fás láidir is daingean go mbeidh an namhaid ar lár.

Ar léanta Thír Chonaill nach minic mo shiúl,
Ó Ghleann Cholm Cille go Bun Glas na n-uan;
Ag Scairbh na gCaorach fuair mé bradán go ciúin,
Agus bhí mná ag baint duilisc istigh ar an Dún.

Tháinig mé anuas Alt Garbh agus rith mé go leor,
Níor stad mé den rása go raibh mé amuigh ar Thrá Lobhair;
Ins an tseanam gheofá fear óg chomh lúfar le fia,
Nuair a d'imir siad an báire, Muintir Mhucrois 's an Cheathrú
  Liath.

Tháinig mé anuas fríd an Tamhnaigh agus anall ar an tráigh,
Ag Portaigh Liam Ailís fuair mé sméara mo sháith;
Thart fá thuras Naomh Pádraig a shiúil mé achan lá,
Tá sé i gCaiseal na nAingeal, an áit is deise le fáil.

Tá na mílte daoine, fir agus mná go leor,
Ag tarraingt ar an turas agus á shiúl mar is cóir;
Tá an turas seo beannaithe agus thig liom a rá
Gur chuir sé deireadh le págánaigh fríd Éirinn go brách.

Tháinig mé aníos fríd na coillte agus amach ar an ród,
Ag turas Naomh Carthaigh bhí daoine go leor;
Thart ag balla na seanreilige a tógadh domh cian,
Ach ba linne an teach pobail – bhain na Gaill é uainn.

Is minic a dúirt mé ins na blianta a chuaigh thart
Go dtiocfadh an lá in Éirinn a bhfaigheadh na Gaeil bhocht a
  gceart;
Seasaigí gualainn ar ghualainn, go fóill níl muid mall
Agus dhéanfaidh muid síocháin idir Gael is Gall.

Tháinig mé anuas Mullach an Teampaill go dtí an baile mór
I gCill Charthaigh bíonn greann agus pléisiúr go leor;
Is í seo oíche Luain, tá sé cóngarach don am.
Tá deifre mhór orm a fhad leis an rang.